文芸社セレクション

アンタレス

～あるテレパスの告白～

丸都　立球
MARUTO RIKKYU

文芸社

目次

一、プロローグ＊そして＊六十年以上前に『僕』が起こした事件の独白《モノローグ》

蠍《さそり》座の心臓部分に位置し、火星と赤さを競うアンタレス。アンタレスという名は本来「アーレスに似たもの」として付けられたが、世間では「戦いの神アーレスに対抗するもの」が名前の由来だと広く思われている。火星（マーズ）の語源はローマ神話の戦いの神から来ており、ギリシア神話ではその名がアーレスになる。人はアンタレスに、戦いの神アーレスに挑戦する気高き勇者の姿を重ねるのだろうか。

勇者の庭は今、定期観測の対象星系であるものの、有人観測は行われていない。

私の名はベータ。テレパス初の宇宙飛行士だった。

今しがた、『ファミリー』から一斉に思念の波が押し寄せてきた。アンタレス星系にある惑星テバイから飛んできたと思われる、観測機の情報だ。『箱』によると、その観測機は不思議なメッセージを発し続けている。

だいじょうぶ……だいじょうぶ……。だいじょうぶ。

定期観測の無人機に回収された観測機は、数日後にワームホールを越えて、国際宇宙局のステーションに輸送されるようだ。

アンタレス星系は我々の太陽系よりも遥かに若い。星系内で唯一地殻を形成している岩石惑星テバイで、まさに惑星規模と言える激しい地殻変動が始まり、観測機はその直前に難を逃れて飛び立ったらしい。もちろんそれは地球で作られたもの。極めて古い型式にもかかわらず、洗練された楕円体で三本足の機体だということだが。

——懐かしい。

かつては私自身でもあった機体。会いたい。心が躍る。あの時の『彼』の予測は正しかった。むろん、彼が予測を外すことなどあり得ないのだが。

ファミリーによると観測機の情報は、今のところ外部に明かされてはいない（とはいえ現代では、一昔前のように極秘情報がいつまでもそうあり続けることは困難だ、特に宇宙においては）。そしてもちろんのこと、国際宇宙局の中は大騒ぎだと言う。

——発見された観測機は昔の宇宙機構が作ったものらしいよ。

——すごい！　天才ね。でも、なんで今ごろそれが。

——訳のわかんないウィルスの危険あり。慎重にいかなくちゃ。

——未知の生物の関与も疑われるから厳重隔離されるだろうね。

——いよいよ待ちに待った知的生命体とのファーストコンタクトが、あるのかな。

——アンタレス星系で有人観測がなされたのは六十二年前が最後よね。

——その時の生き残りはベータ爺、あなただけ。

——上層部から連絡がくるかも。いやいや、きっとくるよ。

――爺、無理しなくていいけど、絶対なんか知ってるよね。

ファミリー間で伝言ゲームのように伝わってきたそれらの波は、彩り豊かな様々な形状のクエスチョンマークを幾重にも重ねて、私のフィールドに押し寄せる。宇宙時代の到来と言われて百年以上になるが、人類は未だ知的生命体との接触がない。だが、それはあくまでも公式見解にすぎず、そして、真実を知っている存命者は、今では私だけだ。

――メッセージの発信者は、誰？　何者？　まさか……

――このメッセージ……

――絶対にそう。忘れる事なんてできない言葉よ。

当時の詳しい記録は抹消されている。だから隠居生活を送っている私めがけてこうした波が押し寄せてくる。観測機の真実が明らかになれば、心地よい静けさに包まれているこの村はどうなるか。いやいや、きっと皆で守ってくれる、昔と違って。

「すぐにでも会いたい」

偽らざる心境がつい口をついて出た。おそらく今の私にはそれをただ眺めるしか出来ないだろう。しかし、単なる郷愁を超えた大切なもの。想い。きっと、その中にはある……、はずなのだ。

秘密をそのまま墓場まで持って行こうと思っていた。遠い昔の、公的には認められなかった真実。だが、こうなったしまったからにはもう、そこにあるはずの希望から目をそらすことなどできない。よい機会、そう、まさに好機が訪れたと言うことなのだろう。

ファミリーなら時間をかけて観測機の秘密を紐解いていく可能性もある。だから、誰かに暴かれるよりも、その前に私自身の口から真実を伝えたい。皆はきっと、それを教訓として未来への希望に継《つ》なげてくれるはずだ。

時代は変わりつつある。

今、後ろめたさというほろ苦い薄雲が晴れ、澄んだ秋の空となって明るい日の光が私のフィールドを満たし始めた。

「だいじょうぶ。これは、正しい選択だ」

人生をこのまま緩やかに締めくくるのでなく、まだやれることがあるならやってみるのがよかろう。そうすれば、諦めていた『希望』に再び巡り会える事もあるはずだ。

昔の『僕』のことを、皆に語るとしよう。

半世紀どころか、もう、六十年以上前になるが……

＊　＊

『僕』は、ある事件を起こした。

「……。お前は罪を認めるか」

何を考えているのか分からない、僕らには理解不能の普通人たちが僕に刺すような視線を向ける。さも自分たちが優越種であるかのように見下して、そしてそれを隠そうともしない侮蔑のこもった視線が兆有害な放射線のように降り注ぐ。広い円形の部屋はすり鉢状になっていて、その真ん中の底の部分に僕は立っている。いや、立たされている、手錠をはめられて。薄暗い間接照明の中、実際にそこにいるかのような精巧な立体映像《ホログラム》が十数体、周りを囲んで僕を見下ろしている。夢や比喩なんかじゃなく、今現実に起こっている出来事だ。

確かに僕は、罪を犯した。

でも病んでいるわけじゃない。心身ともにいたって健康だ、と思う。

ここで、先に僕らテレパスについて、それから、事件の経緯についても、ざっくり話しておこう。ざっくりと言ったけれど、それでもちょっと長くなるかもしれない。

テレパスと普通人は、産まれる瞬間の赤ん坊のアクションから、すでに違う。姿形は同じだが……、

テレパスの赤ん坊は泣かない。

産声を上げない。

だから普通人の赤ん坊が、生まれてくるとき泣きわめく理由が『僕』には分からない。

生まれ落ちるときに泣きわめくほど苦しい思いをしたんだろうか。テレパスの赤ん坊と違って、生まれるときに抵抗するから、お産が大変だとも聞く。もしかするとこんな世界に生まれるのが嫌だからだろうか。やっぱりよく分からない。そういうのも含めて、普通人の行動や考え方が理解不能だった――と言うか、理解しようとも思わなかった。

ちなみに、僕が生まれたときの記憶は僕自身の中にはない。つまり、もう忘れてしまっている。フィールドのどこかに残っている可能性もあり得るけれど、たぶん薄れぼやけていて正確に捉えることは困難だろう。昔の記憶が鮮明すぎると、人は前を向いてそこから先に踏み出しにくいものらしい。それはテレパスも普通人も同じなんだろう。もしかすると、異星人だってそうかも。もちろんそんな存在に出会ったことはないけれど。

僕らの村では全員がテレパスだ。

テレパスの男女は、当たり前だけれど、お互いに相手を認め合って初めて、交際を始める。もちろん結婚を前提にして。夫婦のけんかも時にはあるが、すぐ仲直りする。相手の気持ちが分かって、そして認め合っているから解決できる。だから、テレパスが普通人と男女のお付き合いをするのは難しいと思う。何を考えているのか分からない者とずっと一緒に一生暮らすなんて、僕らには想像できないから。

その点では普通人を尊敬する。分からない者同士で、寄り添って暮らせるのだから。でも、そんなスゴい事ができるのに、戦争をしたりする。

やっぱり、普通人は理解できない。

昔から、仲間内《うち》だけで結婚・出産を続けてきた。そのせいかどうかは分からないけれど、早死にする者の率は普通人よりも高いようだ。僕の両親も、母は僕を産んですぐ亡くなり、父も僕が七歳の時にこの世を去った。祖父母も僕が生まれる前に亡くなったそうだ。でも、一人っ子の僕は不思議と丈夫に育っている。ネットワークフィールドと機械いじりと星空、そしてコミック雑誌が、僕の寂しさを紛らしてくれた。もちろんテレパスの仲間もいる。それで充分だ。

僕たちテレパスにはネットワークフィールドがあって、そこでお互いを理解し合う。その中では言葉は不要だ。遠く離れていても言葉なしに意思疎通ができる。当然、昔から普通人との接触はあったし、村の外へ買い物や旅行に出かける事もある。テレパスが旅行先で、普通人の文明社会の様子をネットワークを通して送ってきたりすると、幼い頃の僕は心を躍らせて普通人を羨んだりしていた。しかし成長して、ひとつの事実を知ってから（それは壁に貼った大切なヒーローを剝がして泣きじゃくるほど、僕にとって衝撃的な事実だった）普通人社会への見方も変わっていった。「ブランド物と偽って粗悪品を高い値段で売りつける」「親切に案内をしてくれたと思ったら、財布を抜き取られていた」などなど、テレパス社会ではあり得ない、ドロドロした汚い部分に目が行くようになった。普通人は何を考えているか分からない。そんな彼らが作る社会は嘘と欺し合いで満ちている。正義のヒーローが、冴えないサラリーマンのふりをしないと生活できなかったりはまだマシな方で、悪者だと思い違いをされてツバを吐かれ石をぶつけられ、それどころか、ろくな捜査もしないのに現場にいただけで殺人犯確定で追いかけ回される。最悪だろう。

まあ、それは置いておいて、普通人とのコミュニケーションで怪しまれないよう、声出しの訓練はする。毎朝の習慣だ。村のあちこちから、病人がうめいているような声が聞こえる。声帯が普通人ほど強くないからだろう。頑張って振り絞っても大声が出せない。世間からは「よく分からない宗教の集団が千人くらいの村を作って共同生活をしている」と思われ、穏やかで人畜無害の人たちが住む村だが、どこか不気味で近寄りがたいという印象を持たれていたようだ。僕らも、そう思われている方が好都合だった。

そうそう、よく誤解されるけれど、テレパスの能力は普通人の思考を読み取ることじゃない。これを先に言うべきだったかな。でもそんな事、できるわけないじゃないか。テレパス同士で言葉を介さない脳内ネットワークフィールドを持つのが、僕らの能力だ。普通人の頭の中にテレパスのような機能はない。何《なん》にも発信しない普通人の思考を読み取れるわけがない。僕らにとって普通人こそが何を考えているのか分からない得体の知れない存在だ。不気味にさえ思える。そう、まるで邪悪な心を隠し持つ異星人のように。

だから、そんな普通人を相手にコミュニケーションを取ろうなんて思うテレパスは誰一人いなかった。だいたい、声を使うコミュニケーションは不正確だし、ネットワークの十倍時間がかかる――まあ、十倍はちょっとオーバーかも。

そんなこんなで、僕たちだけでひっそりと平和に暮らしてきた。

ところが、時代がそれを赦さない。

僕らが特殊な能力を持つことを、知られてしまった。普通人は侮《あなど》れない。

初めは「テロ組織の隠れ蓑《みの》では」と疑われていたらしい。僕ら村人たちは、知らずに衛星監視をされていた。テロの疑惑はすぐ晴れたが「意思疎通に不審なところがある」と、見破られたようだ。昼の動きまで衛星から分かるという。普通人の科学技術は侮れない。重力理論の発達で、ワームホールを通って数百光年先にまで行けてしまう時代だ。

と言っても、僕らの生活はあまり科学技術の恩恵を受けていない。いわゆる自然派だ。昔ながらの方法で農業や牧畜を行って生計を立てている。聞くところによると普通人の生活も宇宙関係なんかの科学技術は発達しているが、それ以外の日常生活は昔とそんなに大きく変わっていないらしい。大昔、人類が初めて月に降り立ってからの百年間、宇宙開発はほとんど進まない代わりに日常の科学技術が目覚ましい進歩をしていったのと逆の現象、なんて言われている。

『宇宙機構』という世界の国々が加盟する組織が派遣した一団が僕らの村にやって来たけれど、まるで軍隊のようだった。何台もの装甲車が畑の作物を蹴散らして広場に終結し、僕らは一人ずつ車の中で尋問を受け、そして、テレパスの存在が広く世間に知られることになった。この宇宙機構は絶大な権力を持っていて、宇宙開発だけでなく様々な分野でその権力を行使しているらしい。

僕らのうちの二十人が、半ば強制的に拘束され、つまり研究材料として人質（僕らはそう呼んでいる）になって、世界各地の研究施設に送られた。

その二十人の中の一人が僕だ。

「さあ、ワン、座るんだ。痛みはない。たぶんそんなにね。さあ、落ち着いて……ほら、キョロキョロするな。目を閉じないか。おとなしく言う事を聞かないと自分が痛い目に遭うだけだぞ」

研究員は、高圧的な態度で脅しをかける。その一団は皆髪の毛はボサボサ、白衣は一様に薄汚れ、度の強いメガネという矯正器の奥にある目は、粗いモノクロ映像からでも分かるくらい白目が充血している。

測定装置のスイッチが入った。鏡に映った男は、頭部一面に無数の電極を刺され、端正な顔を苦痛と屈辱で歪ませている。

「仕方ない。じゃあ、目は開けたままでいろ」

テレパスは決して反抗的な性格じゃない。むしろ従順だ。彼が目を閉じないのは、僕が思念を送ってそうするようお願いしているから。

学術研究という名の拷問によって今、テレパスの頭の中が調べられようとしている。痛みがないなんて嘘に決まっている。そう、精神的に耐えきれないレベルの苦痛だ。

僕ら人質は、若くて体が丈夫そうな者を中心に選ばれ、一人一人ばらばらにされて、世界各地にある二十の研究施設に送られた。前頭葉に明らかに普通人と違うところがあり、それを今から詳しく調べようとしているようだ。

僕らには名前がない。それぞれの思考パターンに明確な区別があるから誰のものかすぐ分かり、それが僕らの名前の役割をする。わざわざ、言葉を使って区別する必要なんてない。イメージとしては色に近いけれど、その思考パターンの概念は普通人にはないと思うから、うまく説明できない。

僕は研究者から「ツー」と呼ばれている。要するに番号だ。囚人みたいだけれど、まあ、二十人中の二番目だからそんなに悪い気はしない。噂では、無抵抗なテレパスの中でただ一人反抗的だったので、順番が思い切り繰り上がったということらしいが、女性も含めてみんな髪の毛を剃られるんだから、少しは抵抗するべきだと僕は思う。

そして今、鏡に映っているのは、記念すべき第一号の「ワン」だ。

ワンは三十六歳。人質の中で最年長。僕らテレパスのリーダー的な存在で、立ち後れている村の医療を改善したいといつも考えている。そして、普通人の医療技術を体験するために、自ら進んで人質になった人格者だ。両親のいない僕をとても気に掛けてくれて、小さい頃はよく科学雑誌の解説なんかもしてくれた。十九歳の今でも、時に兄のように、時に父親のように思える。

今、僕の大切な人が、普通人の研究者たちに実験動物のように扱われている。何を考えているか分からない研究者たちが、悪魔に魂を売り渡したマッドサイエンティストのように映る。もちろん、ワンから送られている映像には感情のフィルターがかかっているけれど、それでも背後にあるドロドロの効果音が彼らの本質だと感じる。きっと僕らを支配したいんだろう。支配してはいけないものを支配しようとするから、悪魔に魂を売り渡すんだ。普通人に対する僕のそんな感情もまた、フィルターを重ねる形で他のテレパスにも伝わる。僕はテレパスの中では気性が激しい。テレパスは元々とても穏健な性格だから、普通人の目から僕を見れば全然そんなことはないと思うだろうけれど。

そして、いよいよ神経伝達組織の解析が始まった。世界各地に散らばった人質たちも、村にいる仲間たちも皆、神経を研ぎ澄ましてワンへの仕打ちを感じ取っている――これが、僕たちテレパスの『ネットワーク』だ。

ネットワークフィールドでは情報の伝達と共有ができるが、それぞれが持っている蓄積された知識や記憶を全部共有するなんて事はできない。また、嘘はノイズにしかならないので、ネットワークフィールドの中でいつも僕たちは本心を共有する。たぶん、嘘発見器みたいな仕組みがネットワークにあるんじゃないかと思う。テレパスは正直だから、嘘をつくときには感情や脳波なんかにすぐ兆候が現われて排除されるんだろう。だから、心で本当に思っている事しかネットワークには乗らない。もし、嘘をつきたければ声に出さなければいけないけれど、わざわざそこまでして嘘をつこうとは思わない。

テレパスの起源はよく分からない。

でも、遙か昔から存在した。まだ数が少ない時は普通人と交わる事もあったようだ。やがて、能力を持つ者は互いに引き寄せられるようにして一つの集落を作った。テレパスでは、正直者が人気があって嘘つきは嫌われる（普通人ではどうか知らない）。適者生存で淘汰されたのか、それはよく分からないが嘘つきは死に絶えて、誠実さを第一とする今のネットワークになったと伝承されている。あくまでも伝承だが。眠っている時も、無意識に自分のプライバシーに関する事などを正直に発信してしまうので、僕らに秘密はない。秘密を持てないといった方が良いかもしれない。

個人のフィールドに『蓋《ふた》』をするのは可能だけれど、それでも少しは感じるし向こうから感知もされる。完全に遮断することは出来ないので、普段は蓋なんかせずにフルオープンだ。子供の頃は、空中を泳ぐようなイメージで様々なフィールドを興味本位に周って遊んでいたものだ。今は意識を向けるとフィールドがあちらから瞬時にやって来る。本当は自分の意識がそっちに行くのだけれど、物理的な慣性力を受けないのでそんな感じになる。そして、情報は公開して共有するのが、言わばテレパスの習性だ。本能と言ってもいい。

そうして僕たちは、周りの世界の文化や文明についてもある程度の知識を持っている。学校はないけれどテレパスのネットワークを使って、自宅で（僕の場合は施設で）ちゃんと教育を受けている。僕はおとなしく座ってノートを取るのが苦手で、好きな機械いじりに夢中になったり、夜の補習でも勝手に施設を飛び出して星を眺めたりしていたからよく怒られた。テレパスでは珍しい問題児だった。

ちなみにテレパスは本もよく読む。僕は宇宙や科学の解説書が好きだが、ヒーローもののコミックなんかも分かりやすくて面白いから好きだ。ただし本格的な小説の類いは、書いてある内容、特に会話がピンとこないので僕はほとんど読まない。

さて――

人質になって、僕らのネットワークが思った以上に強力だと分かった。地球上ならどんなに離れたところにいても、たとえ普通の電波が届かないような地下や密室でも、ちゃんと伝わる。だから、広い地球上にテレパスは、僕らの村の住民だけだと確信もできた。

ただ、テレパスのネットワークフィールドでリアルタイムの映像イメージが流されるのは、そんなに多くない。でも、緊急時や重要な場面は映像になることが多く、今がまさにそれだ。

そして、事件が起こった。

僕はその時、ワンから発信される映像で実験装置を感じ取り、そこに神経を集中して装置に同期《シンクロ》していた。テレパスの中でも、僕だけの特殊能力だ。

僕は生活の一部と言えるくらい機械と宇宙にのめり込んでいた。小さい頃から機械いじりをするうち、ある日、電子機器と『波長』のような感覚がぴったり合った――同期《シンクロ》するんだ。それができるのはごく限られた機器だけれど、中にある情報とお話ができる。つまり、情報を読み取り操作して変える事ができると気付いた。情報やデータの読み取りと操作までで、機械を操って動かしたりするのは、無理だけれど。

やがて、ネットワーク上で送られてきた映像からでも、波長の合う機器があると、同期《シンクロ》して『お話』ができるようになった。もちろん、それができる機器は限られている。でも、そうなると当然機械への興味も増す。内部構造を詳しく知れば知るほどぴったり同期《シンクロ》できて気持ちいいから、機械工学や電子工学の専門書にまで手を伸ばすようになった。

そして、ビンゴ。この実験装置、前頭葉の測定器械に同期《シンクロ》できたんだ。初めてで勝手の分からないところもあったが、センサーの構造は単純。しかも感度がすごくいい。あらん限りの精神力を振り絞って、測定結果をかき回した。

——僕らはお前たちの所有物じゃない。思い知れ、冷酷な普通人ども。

すると、

「なな、なんだこれは！」

「ありえない、桁違いの神経細胞《ニューロン》だ」

「こいつの脳は京《けい》（兆の一万倍）のオーダーで伝達信号が出ている……そんな馬鹿な」

研究者たちは大パニックに陥り、フィールドは爆笑の渦。

——やった！

僕のガッツポーズがフィールドを駆け巡り、みんなはそれをスタンディングオベイションでたたえてくれた。

神経が疲れる作業だが、自分のも含めて「フォー」まで四回連続で、それをやり通した。その測定機器は一社が独占していて、全部同じようにできた。

でも、気づかれてしまった。

普通人は侮れない（「京」はやりすぎだったかも）。

犯人が僕だと言う事もすぐに知られた。さっき言ったように、テレパスは声に出して嘘をつくのは可能だけれど、根が正直で嘘は苦手、そこがたぶん普通人と違う。

二、裁判と試練

僕は連行されて、取り調べを受ける事になった。

と言っても警察でじゃない。ここは権威と権力を持った科学者、つまり、名誉○○のような肩書きを持った、世界的に有名な偉い科学者たちの集会場の一つだと聞かされた。普通人の世界では今、そんな老科学者の集団が宇宙機構の要職を占めている。様々な分野で権力の中枢に入り込み、世界を動かすほどの大きな影響力を持っているらしい。まるで世界の支配者を気取っているみたいだ。

そうして僕は、すり鉢状の広い円形の部屋の底に立たされている。発言者にスポットが当てられると、その都度僕の足元が回転してそちらの方向に向かされる。バランスを崩してしまうし、足元の不安定さは精神にも影響する。それも狙いなのかもしれないが。

「お前は、測定器械に干渉して検査結果をねじ曲げた。その事は認めるか。つまり、お前は罪を認めるか」

その偉い人の中でもとりわけおっかなそうな老人の言葉から僕の裁判が始まった。でも、ここはどう見ても裁判所じゃない。

「はい、認めます」

素直に答えた。テレパスは正直なんだ。どこかに高性能マイクがあるようで、僕のかすれ声が明瞭に拾われた。

するとその偉い人は、語気を強めて僕に聞いてきた。

「お前は、科学に興味があるそうだが、そもそも科学の目的とは何か、知っておるのか」

普通人と会話すると訳が分からなくなるのはこういうところだ。何でこの質問なんだ。意図が不明。まず、質問の理由を先に言うのが礼儀だと思う。テレパス同士なら二、三秒で済むような素直な意思疎通をしない。とても回りくどいやり方でねちねちと探ってくるし、態度が高圧的だ。僕らを調べる普通人の研究者も似たような感じだから、たぶんこの老人たちの部下なんだろう。彼ら普通人は自分の優位性を保つために手の内を明かさず、徐々に間合いを詰めてこちらの隙を狙っている。まるで泥だらけの不潔な壁が迫ってくるようで、気持ち悪い。

でも、ここで黙ってしまえば相手のペースだ。科学と一言で言っても、いろいろな分野がある。目的も様々だ。とりあえず大雑把に言ってみた。

「真理の探究……ではないかと」

「ほう。まあ、それもあるだろうな」

とりあえずセーフ……だったようだ。全然、嬉しくないけれど。フィールドでは――ぱち、ぱち――と、まばらな拍手が起こった。この様子は、もちろん僕らのネットワークに乗ってテレパス全員が注目している、映像付きで。僕が発信する映像はネットワークでとても人気がある。他のテレパスよりもカラフルで格段に鮮明らしい。と言っても発信者本人は直接感知はできないから、仲間たちから送られてくる反応に自分自身のイメージを重ねていくのだけれど、実際の映像とイメージ映像がダブって混乱することがよくある。だから、映像化は特別な場合に限られる。

『拍手』の場合も音だけが伝わってくる訳じゃない。その感覚はテレパスしか持たないから全て説明するのは不可能だが、音に視覚イメージが重なる。普通人が映像から匂いや触感などを連想するような感覚、かな。

老科学者は、さらに僕を問い詰める。僕の視野ではその姿がだんだんデフォルメされていって、今はその口元の両端から上向きに牙が生え始めている――冷静にならなくちゃいけない。

「では、科学者はどうやって真理を知る。その方法は」

「それは……、実験や観測を行ってデータを集め、そこから仮説を組み立て、それが正しいかを検証するために、さらに実験や観測を行う……」

具体的な問いかけになったから、前の質問ほど迷わずに答える事ができた――だからといって、何なんだ。

少し自分を取り戻した。と言っても、爺さんの口元にフラッシュバックのように牙が出現しては消える。

爺さんは、年の割にはよく響く声で責め立ててきた。

「それが分かっておれば、話は早い。科学者にとっては、実験や測定で得られたデータこそが全てだ。自説に合わせるために測定結果をねつ造・改ざんするのはもちろん犯罪行為だ。そういう輩《やから》はクズの中のクズ。科学者と呼ぶに値せず。極刑に処して即刻抹殺すべきである！」

やっと話が見えた。

僕がやった事は測定結果の改ざんで、クズがやる犯罪行為だとこの人は思っている。それならそうと初めから言えばいい。何でこんなベトベトねちっこい言い方をするんだろう。テレパスのデリケートな心をびくつかせてやろうという目的か。そうなら普通人は、とてもイヤな時間の使い方をする種族だ。

とはいえ、この老人は相当おっかない人のようだ。正義のレッテルさえ貼っておけば何をやってもいい、みたいで、相手も同じ人間だなんてこれっぽっちも思っていない。この老人の怒りを買って、社会的地位を奪われた人やクビにされた研究者なんかも、大勢いるんじゃないだろうか。

さらに老人は、ここぞとばかりに僕の心臓に向けて総攻撃をかける。

「我々は実験や測定を繰り返し、得られたデータに合うよう自説を考え直す。つまり科学者にとっての絶対は、自分が唱える説ではない。信頼できる実験や観測で得られた測定結果の方である。お前は測定結果という『科学の神』を冒瀆《ぼうとく》した。犯罪者よりも忌むべき悪魔なのだ」

僕のフィールドに、仲間たちが持つこの男へのイメージが幾重にも重なって、極彩色の輪郭になり、場面を作り上げていく。そうして「DOGOOOOON!!!」の効果音付きで完全に大魔王に変身したこの老人に悪魔と言われたら、それは褒め言葉だ。ちなみに、僕だけでなく仲間内でも古いコミックのリメイクが人気だ。小説なんかよりも百倍わかりやすい。でも、おどろおどろしい粘着質の響きは、ネットワークフィールドに薄汚れた粘膜を張って、みんなの足を搦め取る。それは僕が発信する映像エリアを越えて、じとじととネットワークを浸食し始める。

さらに別の魔王、「DOGOOOOON!!! パートⅡ」がたたみかけてくる。足下の床が不意にそちらに向けて回転したから、転んで思い切り尾てい骨を打ってしまった。

「お前は、ほんの出来心でやったのだろうが、これは科学を根底から揺るがす恐ろしい行為だ。我々は、正しい測定結果が得られるならば、何年も何十年も、寝食を忘れ全てを犠牲にする事を厭《いと》わない。それが真理を得る唯一無二の方法だと信じて疑わない。

ところがお前たちによって、その努力——人生を賭けた血のにじむような努力が水泡に帰す。得られた測定結果が正しいものか、お前たちによってねじ曲げられたものか、判定は困難だ。今回は『水増し』というレベルを超えて、あまりにも稚拙だったので判明したが、この行為は、極めて深刻な事態を生む。科学の危機に繋がる暴挙だ」

暴挙と言われたときに感じた猛烈な怒りの感情が僕のネットワークフィールドを絨毯爆撃する。魔王パートⅡは軍服を纏ったマッドサイエンティストに変身した。メガネという矯正器のせいで巨大に見える目をらんらんと光らせ、導火線のついた黒い球体爆弾を連射器のように打ち込んでくる。あちこちでBANG!! BOOOOOM!!! BANG!! BOOOOOM!!!

僕は完全に地雷を踏んでしまったようだ。

彼らにとっては僕の能力こそが罪なんだ。だから、こんな裁判じみたものは茶番、形式的なもので、すでに何か恐ろしい罰を用意している。そんな気がした。

焼け野原と化したネットワークフィールドで、埃まみれの数多のヒーローたちが力なく立ち上がり、ペンキを出現させて修復にかかる——だいじょうぶか。やばいんじゃないの——顔を見合わせながら巨大な刷毛で背景を描き直す。それでも、コールタールみたいな気色悪いネバネバが、容赦なく視野を覆っていく。

普段、ネットワークのフィールドはとても心地よいものだ。言葉で説明しにくいけれど、澄み切った青空の下でどこまでも続く草原、そこかしこに木も生えていて、蝶や鳥たちだけでなく人間までもが自由に飛び交う場所のような——生まれた瞬間から、テレパスは個人のフィールドを持ち、個体差はあるようだが外のネットワークフィールドを少しずつ認識していくらしい。産まれる前は母親のフィールドに包まれているそうだが、産まれる前後の記憶は僕にない。

今そこに、不安という粘着質の影が身をもたげ、修復能力を超えて見る見る膨れ上がり、空まで覆い尽くそうとしている。足元が不安定で力が入らないのと、言葉での慣れない意見交換が、焦りをさらに増幅させる。

そんな中で精一杯の反論を試みた。かすれた、情けないくらい小さい声を高性能マイクらしきものが拾う。

「僕たちは自分の頭の中を引っかき回されるのは苦痛でしかないんです。こんな実験動物みたいな扱いには耐えられない。でも、あなたたちの心証を害したのなら謝ります。そして、その能力を持っているのは僕だけです。他のみんなには関係ない。僕一人の責任です」

なんとかして、仲間を安心させたかった。

するると、今度は急に百八十度回転させられたが、そこは、手すりを持って何とかこらえた。僕にも学習能力はある。

そして、目のつり上がったしわくちゃの魔女が口を開く。

「あなた、証明できますか。他のテレパスにその能力がない事を。『悪魔の証明』は知っているわね」

「はい、知っていますが」

魔女は悪魔に『ショウメイ』までつけた。普段ならスポットライトを浴びた悪魔のイメージに笑いでも起こるところだが、今はそれどころじゃない。

ない事の証明、それが悪魔の証明で、とても困難だ――大昔からずっと変わらず、今でもネス湖のネッシーを信じている者がいる。ネッシーがいない事を証明するには、ネス湖の水を全部抜いてくまなく捜索しないといけないから――と、何かの本に書いてあったのを覚えている。

「でも、千人くらいのテレパスなら、ネットワークを使えば『悪魔の証明』も可能かもしれないわね。その時は必ず私たちに協力するのよ。皆にも伝えなさい。分かった」

「はい……」

神妙に返事をしたけれど、みんなにはもうリアルタイムでうんざりするほど通っている。僕はこの人たちにとってネッシーなんだろうか。そして彼らはさらに他のネッシー捜しを続けるという事なんだろうか。言っていることが回りくどくて、今ひとつピンとこないが。

「今、私たちがどこまでテレパスについて調べたか教えてあげるわ。もちろん、あのデータ改ざん事件の後で新型の測定機器を使って」

魔女のキツい目が、きらりと光った。その時初めて僕は「目は口ほどにものを言う」という言葉の内容を実体験した——本当に光るんだ。瞳孔の関係なんだろうか。表情を読むなんて、今まであまりやったことがなかったから、これは新鮮だ。映像を送っているせいで、脚色されたのかもしれない。でも、確かに実際に光ったよな。

普通人との会話経験がないから、つい、変なところに思考が捕らわれてしまう。

——いけない。ちゃんと言葉を聞かなきゃ。

「……その能力伝搬が電波やそれと同系統の法則に従わない事は分かった。しかし、何であるかはまだ不明。あなたたちのネットワークやそのフィールド自体、装置で検出できていないから。それでも、見くびらないで……」

そこで、魔女はもったいぶって間を置いた。

不気味な間だ。そしてその後で、ニヤリと口角を上げた。すでに彼女は黒いとんがり帽子をかぶっており、細長い爪を伸ばした皺だらけの手にはドクロマークのついた真っ赤な大きいリンゴがある。

「テレパス能力を司《つかさど》る前頭葉の部位は脳内で特定できている。それが何を意味するか、分かる？」

この老女も、普通人特有のねちっこい遠回しな言い方を使いまくって、これでもかとばかりにいたぶってくる。

――な、何なんだ。コワーイ。

仲間たちの思念が押し寄せると、黒雲に覆われたフィールド内からも、口元が耳まで裂けた巨大な魔女が「ぬうっ」と顔を覗かせたから、ネットワークがざわついた。

「つまり、手術で除去が可能。あなたたちは、それを取り去れば『普通の人間』として生活できるのよ、たぶんね。……どう、嬉しいでしょう」

魔女は思いっきり勝ち誇り、本当に耳元まで裂けた口から薄汚れたよだれを垂らしながら舌なめずりをする。そしてネットワークは、魔女の高笑いで「ざわつく」どころの騒ぎではなくなった。フィールド一面に暗い竜巻群が吹き荒れ、高笑いが不吉な羽音に変わると、それらは巨大カラスの大群に変化《へんげ》し押し寄せてきた。

背筋がぞわぞわっとして、震えが止まらなくなった。テレパスはデリケートなんだ。

でも、テレパスにも人権がある。もしそんな手術をしようものなら、確実に人権侵害だ。しかも僕の罪が裁かれるとしたら、ここでなく法廷のはずだ。

そんな僕の心を見透かしたように、初めに口を開いた一番偉そうでおっかなそうな魔王が、本物の地獄の番人のように宣告した。

「お前は超法規的措置という言葉を知っているだろう。我々には政治的な力もある。世界各国のトップである政治家たちも、警察さえも動かせる。そして彼らを黙らせる事もできるのだ。覚えておきなさい」

今度は、背筋が凍った。超法規的措置って、どんな使われ方をするのかよく分からないけれど、普通人は侮れない。僕らと違って残酷な精神構造を持つ者たちだ。

――仲間を守らなければ。

彼らが何をしたいのか、はっきり言って分からない。しかし、僕のせいで仲間に危害が及ぶ事だけは、絶対に避けなければいけない。すり鉢の底で、僕は寒さに震える小動物のように老人たちには映っているんだろう。小動物をいたぶるような奴らに負けちゃいけない。とにかく仲間を守らなければ。

お腹に力を入れて、精一杯大きな声で言った。

「他のテレパスに、絶対にひどい事をしないで下さい。僕一人がやったんです。僕一人が責任を取ってどんな罰でも受けます。何をされてもいい。そして、二度としません。誓いますから」

「よろしい。お前は今非常に重要な発言をした。証言として残る発言だ。今の発言は、お前がもし我々の意向に逆らった場合、そのせいで仲間に危害が及ぶと解釈させてもらう……論理的に正しかろうが正しくなかろうがだ。それも、覚えておくんだな」

――覚えておくんだな。

その言葉が僕の心の深いところに突き刺さった。

でもそれきり、彼らからの招集は来なかった。

他の人質を利用し、ネットワークを通して僕みたいな能力を持つものが他にいないか捜していたけれど、諦めたのかそれとも、ないという悪魔の証明ができたのか――何も言ってこない。それはそれで不気味だ。

彼らは、僕の能力を世間に公表しなかった。

関係者には「周知の事実」というやつだろうけれど、それについてメディアで話題になる様子もなく、また、僕がインタビューを受けたりする事も一切なかった。もちろん、あんな目に遭ってその能力を普通人に自慢するつもりは全くなかったけれど、何か違和感というか、嫌な感じだった。

そして、証言台に立った日の一週間後から、変な訓練を受けさせられた。

体力測定から始まって、ぐらぐら揺れる床の上に立たされたり、それができるようになったらバランスをとりながら綱渡りみたいに歩かされたり、深いプールの中で作業をさせられたり、息を止める訓練やら、とにかく、いろいろやらされた。

特にキツかったのは、やたらグルグル回されたり、宙に浮かされたり……ジェットコースターに乗った事はないけれど、たぶんそんな感じなんだろう。慣れないうちはめまいや吐き気に襲われて、最悪の気分だった。

訓練を担当する教官は、厳格を絵に描いたような鬼教官だ。僕一人のために付いてくれているんだから、ありがたいと感謝しなければいけないのかもしれないけれど、そう思えるほど僕は人間ができていないし、マゾヒストでもない。それに、あの怖い老科学者たちの部下だとすれば、僕に敵意を持っているはずだ。訓練にかこつけて必要以上に僕をいたぶったとしても、不思議じゃない。

しかもそんな訓練で終わりじゃない。毎日のように、細身で長身の男が僕の頭に電極を刺し、訛りの強い言葉でブツブツ言いながら実験をする。どの種類の機械が操れるか、しつこく調べているようだ。とは言うものの、これはそれほど苦痛じゃなかった。仕組みや構造を知らなければ同期《シンクロ》しても無意味だから、毎回この男がそれらの解説をしてくれる。同期《シンクロ》してかき回した単純なあの測定器械と違ってかなり高度でややこしい。機械いじりが大好きだから、専門知識もそこそこあるつもりだったが、それよりずっと高度だ。肉体疲労が溜まっているのに、頭をフル回転させなければ振り落とされる。でも、男は思いのほか親切で、聞き取れなかったり意味が分からないときにはそれを察して、いやな顔をせずにもう一度ゆっくり説明し直してくれる。だから「いい人かも」と、ちょっとだけそう思った。けれど、同期《シンクロ》がうまくいった後で、テンションの上がった僕がつい「イエイ！」とハイタッチをしようとしたとき、男はそっぽを向いた。やっぱり嫌っているみたいだ。

さらに、背が高くて目鼻立ちが整ったおばさんに心理テストのようなものを、いやになるほどやらされた。手際がとてもよいのは素人目にもわかる。でも、聞かれる内容も見せてくる絵や映像も、意味が分からないものばかり。そして意味不明のそれらがなぜか、心の奥深くに重くのしかかったりグサリと突き刺さったりするんだ。

――この人たちも、やっぱり『部下』なんだろうか。

何を考えているか分からない人たち。

僕の初心者マークの猜疑心《さいぎしん》は膨らみ続ける。「覚えておくんだな」なんて言われたら、いつ危害を加えられるかと身構えてしまうのは当然だ。普通人たちと過ごすと、いろんな可能性や危険性をあれこれ考えすぎて、神経が疲れる。

普通人同士って、どんな付き合いをするのだろう。こんな風に神経をすり減らしたら、自己中心の醜い争いが生まれるんじゃないだろうか。たぶん、そうかも。いや、きっとそうに違いない。

普通人は自分の頭だけで自分のネットワークを作っていく。理解の仕方がまちまちで、個人ネットワークしか持たないから、そこから導かれる結論の振れ幅も大きいはずだ。過激な性格・思想なども育つだろう。僕はテレパスの中では過激なタイプの人間だけれど、そんな僕なんて足元に及ばないくらいの過激さで、自分勝手な考えや妄想に囚われたりもするんだろう。足元に及ばなくて幸いだ。

——そこまでじゃあくではないだろ。目的を尋ねたらどうだ。

と、ネットワークで呼びかけられもしたが、拒否した。意地になっていた所もある。それを弱音と受け取られたくなかったんだ。僕は、そう、邪悪なモンスターたちに一人で立ち向かう正義のヒーロー、と言ったところ。

——負けるもんか。絶対に耐えてやる。テレパスは、ひ弱な臆病者なんかじゃない。

そう思ってはいるものの、濃い霧のかかった灰色の空間に飛び込んで堅い壁に跳ね返されるような毎日で、肉体も頭脳も精神も、全てに疲れ果ててベッドに直行。


そんな地獄の日々が、三ヶ月くらいも続いて……

ある日、鬼教官に呼ばれた。

何かとても重要な話があるらしい。

——何だろう。

僕たちのネットワークでは、悲観的な予測が広がっていく。

——今、宇宙機構とそれに対抗するΩ《オメガ》連盟とが『きなくさい』関係になっているぞ。

——ひょっとしたらテレパスのネットワークを使ってヒゴウホウのスパイ活動をさせられる危険性あり。

——決死隊としてサイゼンセンに送られる、かも。

フィールドのあちこちに疑惑のモヤモヤ空間が発生する。テレパスだけで暮らしているときは、こんな嫌な感覚に囚われることはなかったのに。

ちなみに、僕が発信する『鬼特訓レポート』は仲間たちの間では好評だ。多くの同情と励ましが寄せられている。

それはともかく、びくびくしながら教官の前に立った。すると意外にも、労いの言葉が彼から出た。

「ツー、よく耐えた。普通なら二年くらいかかる訓練を、君用の特別プログラムを組んで三ヶ月に詰め込んだから相当キツかったと思うが」

思いも掛けない言葉で、かえって不安になった。しかも表情は普段通り。

彼はいつも、「いやいや、情けない。テレパスは、なんて腰抜けなんだ」「悔しかったらやり遂げて私を見返してみろ。まあ、無理だろうが」などと、僕のプライドを傷つけまくる。できないのを見越した上で、けしかけたりもする。

でも、彼の突き放すような態度は、もしかすると、僕の「普通人なんかに負けるもんか」という反骨心を引き出すためだったのか。いや、やっぱり根っからの鬼なのかも。言葉遣いなんかにもうるさいし。とにかく普通人は何を考えているのか分からない。僕らとの間には大きな壁がある。まさに彼らは『壁』。そして、言っている言葉をそのままに捉えてはいけない人種だ。

だから、彼から出た優しい言葉を素直に受け取れないでいると……次の言葉は、そんなものじゃない、超新星大々爆発レベルの凄まじい衝撃波だった。

「ところで、宇宙に行ってみないか」

頭がクラクラして僕は、猜疑心をまとめてブラックホールに投げ入れると、

「行きますっ！」

即答してしまった。

――スパイ活動じゃなくてよかった。

後先を考えない軽はずみな判断だと、ネットワークは非難の嵐。

――ダマされるな。ゼッタイに何かウラがある。気をつけろ、ワナだ。

フィールドの至る所から警告の赤色灯群が溢れ出し、僕めがけて猛スピードで押し寄せる。でも、物心ついた頃から宇宙飛行士に憧れ、星空の美しさと宇宙の神秘に魅せられて少年期を送った者なら誰でも、ここは即答でイエスだろう。そして、それが僕だ――僕は警告灯で溢れかえった空間を懸命に泳ぎ抜け、純白の翼をつけて、まとわりつく赤色点滅ライトを蹴散らし飛び上がる。翼を力一杯広げた僕は、どこまでも澄んだ大空の、さらにその先にある宇宙空間に思いを馳せる。夢見心地で、そこら中キスをして回りたいほどの気分――あくまでも、例えだ。僕はまだ女の子とキスしたことがない。

もし、僕がノーと答えたとしても、無理矢理引きずってでも行かされたんだと、それは宇宙に飛び出した後で、ひとりの女性から聞いたこと。

三、宇宙へ

ワームホール（穴）を通って恒星間航行が可能になったが、どこでも気軽に行けるわけじゃない。今は宇宙時代の幕開けで、そういうのを黎明《れいめい》期と呼ぶそうだ。いつまで黎明期が続くかは分からないけれど。

まず、調査用の『穴』を空ける。それも、宇宙には不確定要素がまだ多く、どこに通じるのかはやってみないと分からないと言うのが現状だ。中には予測と全く違う方向に空いてしまったり数光年もずれてしまう場合もあるらしい。

しかも（理論は僕には難しすぎてよく分からないが）、ある程度の質量がないと『穴』は通れないから、電波だけをそこに通す事はできない。だから、『箱』と呼ばれる調査用の超小型機を行き来させて情報を得、調査の価値があればさらに本格的に『穴』を広げる。

もちろん、『穴』を空けるのにも、拡張するのにも巨額の費用がかかる。維持するのにも費用がかかるが、それは巨額ではない。ちなみに、変なところに空けてしまった失敗作を閉じるのは簡単だと言う。どちらにせよ、国の単位で行う事は禁止されていて、宇宙機構という、世界の国々が加盟する組織の中で、各国が分担金を出し合って合同で宇宙開発を行う取り決めだ。その機構と対立しているΩ連盟との争いは今も続いているし、機構内でも、いろいろとややこしい揉め事は絶えないらしいが。

宇宙技術は当然軍事機密とも関わってくるので「真の宇宙開発は世界平和なしには考えられない」として、「まず、兵器開発をやめ、軍事に使っていた技術開発や研究費用をすべて宇宙に注ぐのがこれからの人類が取るべき道だ」と、主張する者もいる。それが宇宙機構設立の理念だけれど、現実には問題が山積みのようで、そんな主張はただの理想論だと相手にされていない。

宇宙開発の優先課題は地球外生命体の発見と資源開発。学者たちは、宇宙物理の学者を中心に他の調査も積極的に行うべきだと異論を唱えている。しかし、二つの優先課題のうちどちらに重きを置くかについてさえも学者間や国家間で、常に論争になっている。人類はまだバクテリア以外の地球外生命体を発見していないが、その中で偶然、アンタレス星系のワームホールが恒星系からとても近い位置に空いた。非常に調査に適した場所に空いたものだから当然調査隊が組織され、そして、テバイと呼ばれる岩だらけの惑星が注目された。暴君アンタレスの星系は、太陽系と比べてとても若いから可能性はそれほど高くはないものの、生命や生命誕生の兆しが見つかるかもという期待が少しだけだがあるらしい。

地質調査もかねて探査機が何度かテバイに接近して観測を行った。ところが、いつも計器が原因不明のトラブルに見舞われ、観測機自体も何かに弾かれたように跳んで行ってしまう。やっとそれを捕獲できても、中の観測データは引っかき回されたようにグジャグジャで、全く使い物にならない。どれだけ厳重な防護をしてもそうなるので、もしかすると高度な科学技術を持つ知的生命体の仕業と考えられ……ない事もない。

とても曖昧でつかみ所がなくて、本当にそうかどうかは分からないが、「計器トラブル」イコール「ツー」という発想からか、お前も罪滅ぼしで少しは人類の役に立ってみろという事なのか。

教官は「君の能力に期待している」と言っていたけれど、苦虫を嚙み潰したようなその顔は、期待の新人に向ける表情とは程遠いものだった。たぶん、『藁《わら》にもすがる思い』の、藁レベルのポジションで選ばれたんだろう。

四名の乗組員《クルー》は皆、訓練された優秀なエリートのようだ。

船長（キャプテン）は、僕に「宇宙に行ってみないか」と言った苦虫鬼教官。そして、僕を使って実験をしていた長身の男と、心理テストをしたちょっとカッコいい大柄なおばさん。もう一人は操縦士で初対面、いつも筋肉を見せびらかせているようなマッチョだった。

当然、クルーたちは僕が何者か知っていて。僕に対する敵意や嫌悪感を持っているんじゃないかと思う。だけど、全然そんなそぶりを見せず、自分のやるべき作業を見事に的確にこなしていく。まさにプロの中のプロ集団。

その四名とは別に、一般公募で選ばれた女性の乗務員が一人いた。正式な飛行士ではなく、将来を担う若者たちに宇宙的な視野で世の中を見てもらうため、以前から頻繁に行われている体験学習の一環のようなものらしいが、僕には初耳だ。まあ何にせよ、選ばれたんだから、彼女もきっと優秀なんだろう。

もちろん僕も正式な宇宙飛行士になれたわけじゃない。ゲストとして特別に招待された形だ。三ヶ月間それ用の訓練はされたけれど、そんなので本物の飛行士になれるはずはない。しかも、テレパスには飛行士になれない事情がある。

その女性は、エリイという名前だった。彼女も僕と同じような訓練を受けたんだろうか。どちらかというと小柄で華奢な感じだから、アスリートのようには全然見えないけれど。

「ツーさん、はじめまして」

若いのに落ち着いた口調。真っ直ぐ僕を見てそう言った後、ぺこりとお辞儀をしたので、僕はちょっとドキドキしながら、

「どうも……」

同じようにお辞儀を返した。

顔を上げたところで目が合って、思わず視線を逸らした。恥ずかしかったし、とても可愛い顔立ちに似合わず、その瞳から強い意志を感じて受け止めきれなかったから。

――融通の利かない清楚。

そんな感じを受けて僕はさらに緊張した。科学者たちとも他の普通人とも違う視線。いや、テレパスの仲間たちからもこんな風に見つめられたことはなかった。そのあと儀礼的に握手を交わし、小さくて柔らかい手の感触と、握手の後で僕を見た彼女の目――きりっ

とした印象からくりっとした感じに変わり、どこか悲しげに見えた——が強く印象に残った。

出発の三日前、僕とエリイさんは、空いた時間を利用してレストランで食事をする流れになった。「若い者同士で交流を深めるといい」というキャプテンの提案だけれど、命令のように僕は感じた。本当かどうか分からないがクルーたちは用事があるようで、とにかく、二人きりでの食事だ。

親切な仲間から早速、

——排泄と性交の話題はだめだよ。

との忠告。

ネットワークでの普通人情報によると、普通人は必要以上に排泄行為とその排泄物に嫌悪感を持っているらしい。自然な行為だし、排泄物はよい肥料にもなるのに。そして逆に、性行為に関しては必要以上に好きらしい。好きなのに、その嗜好を隠すことが美徳とされるそうだ。だから、普通人社会では男性が初対面女性と二人きりで話すとき、排泄や性交を話題に選ぶと、かなりの高確率で平手打ちを食らうという。気をつけなくてはいけない。性交も自然な行為だが、排泄と違うのは相手が必要なところ。テレパス間でも、みんなが見ている前で堂々と行うことはなく、子供たちが寝てからするくらいの慎みはあるし、ネットワークで性行為の中継はしない。とはいえ、行為者たちが『蓋』をしていても、どんな気持ちになるかはそこそこ伝わる。だから、テレパスはたぶん、普通人より幸せな夢を見て眠っているはずだ。

「ツーさん、あなたは、なぜ宇宙に行くことになったのですか」

ウェイターが注文を聞いて背を向けた瞬間、エリイさんの方からそう水を向けてきた。クルーたちの会話を聞いていたとき、彼女は口数が少ない控えめな性格に思えた。だから、話をどう切り出そうかと僕は思案していた。彼女なりの堅苦しい言い方だったけれど、あちらから話題を切り出してくれたことで、胸のつかえがすっと下りて気が楽になった。しかも、落ち着いているけれど透明感があって、とても聞き取りやすい声だ。

完全透明コーティングのテーブルは、黒い縁取りと模様が宙に浮かんでいるように見える。水の入ったエリイさんのコップもそうだ。僕は口をつけかけたコップをテーブルに戻し、なるべく胸や下半身を見ないように注意しながら答えた。もちろんこれも、テレパス間の普通人情報。

「だって、夢だったんだ。小さい時から星空が大好きでね。宇宙にもすごく興味があって本もたくさん読んだし、自分で天体望遠鏡を作ったりもしたんだ。経緯台じゃなくて赤道儀だよ。あ、違い分かるかなあ。赤道儀って言うのは、こう、星を追尾、つまり、地球が自転しているから星も……あ、ごめん。こういう話を聞きたいんじゃないよね」

もちろん僕に普通人の友達はいない。こうして普通人の若い女性と二人きりで話すのも初めてだ。互いの緊張を和らげたいと言う気持ちもあったし、何より、理知的な口調で尋ねる彼女の小さめの唇と口元がとても知的で上品で見とれて。こんな風に若い女性の唇を見ながら、言葉を使って日常の会話をするという刺激的な体験に、ついテンションが上がってしまった。それに、頷きながら優しい視線を送ってくれてとても話しやすかったから。

――舞い上がるんじゃないよ。れいせいに、冷静に。

仲間たちの思念の塊が僕のフィールドにザバンと押し寄せる。氷のうが、僕のおでこに堆く積まれた感じだ。中には――映像をキボウ――と、水着イメージをつけてせがむ者もいたが、それは速攻で却下。ちゃんとした本物の彼女と向き合いたい。

「よかった。無理矢理連れて行かれるんじゃない、のですね」

思いがけないほど高いトーン。エリイさんの口角が上がった。もちろん彼女は、ネットワークでそんなやりとりがあることなど知るはずもない。

その一言と表情で、印象が変わった。感情を思った以上にはっきり外に出す、誠実でとてもいい人だ。硬い表情が和らいだから、僕も「よかった」と思った。でも、やっぱり真っ直ぐな視線が受け止めきれない。

仲間たちからすかさず第二波が、今度は囁きのさざ波で寄せてくる。

――普通人の女性には気をつけよう。

――見かけにだまされてはいけない。

――今まで女の子にもてたことなんてないだろ。社交辞令でときめくなよ。

――汝自身を知れ。

うるさい。けれど、確かに見かけにだまされてはいけない。残忍な心を隠しているかもしれない。お腹に力を入れて身体を固く引き締めた。

僕も気になっている事を聞いてみる。

「僕のこと、君たちはどう思っているのかな」

エリイさんは、こう答えた。

「テレパスという存在を知って、大騒ぎでした。でも、少し収まってきています。それに、測定器に干渉するあなたの能力は公開されていません」

本当は、クルーたちが僕をどう思っているかを聞きたかったのだけれど、普通人の会話では、こんな感じで話が思ったのと違う方向に展開をする事もよくあるんだろう。だから直さずにそのままの流れで話を続けた。

「そうなんだね。でも、あのね、みんな結構誤解してるんじゃないかな、僕たちのこと」

「初めはそうでした。心を読まれるのではないかと。でも、今は正しい情報がちゃんと浸透していますから安心して……あなたの能力以外はですが。わたしは、あなたのことをもっと知りたい」

「そうか、僕も君のことが知りたいな」

――なにそれ。乗せられてる。

――どうせまた、フラれるんだろう。

本当にうるさい。

僕は正直言って、普通人に嫌悪感を持っている。けれど、彼女とはどこか通じ合える気がして、自然に気軽に話せた。話の方向が意図していたのと変わってしまったのも、それはそれで新鮮に思えた。

「わたし……ですか」

君の反応を待って口元を見つめていると、仲間たちから今度は赤色イメージが来た。

――普通人の女性はそうやって男の気を引こうとする。だからシャコウジレイだよ、乗るな。ケイカイせよ。

すると、

――なんか面白そうなことになってるじゃない。ねえねえ、ちょっとでいいから映像。映像。映像。映像。

おばさんたちが大挙して野次馬に加わった。あまりにも映像映像としつこいから、数秒だけ視野をネットワークに繋げたら、

――まあ可愛い。これはタイプだわよね。

――そうそう、前に振られたあの子も……

いちいちかまっていたら集中できないので、僕は野次馬たちの波状攻撃に『蓋』をして会話を続けた。

彼女は目を閉じて小さく息をついた。きゅっと閉じられた小さい薄めの唇から、真剣に

考えて答えようとしてくれていることが伝わる、ような気がする。

　そして彼女は、ぱっと目を開き、くりくりした瞳で僕を見つめる。

「趣味は読書で、心理学を専攻しています。体力にはそんなに自信のある方ではないのでこの二、三ヶ月、あなたも大変だったでしょうが、訓練やテストや」

「あの、体験学習の応募者って、何人くらい」

「それは言えません。わたしは、たまたま運がよかったんです」

　応募者数は即答で却下。でも、嫌みを感じさせない爽やかさがある。しかも、「運がよかった」と言った時に今までとは違う目線で僕を見てくれたので、つい、顔がほころんでしまった。

　蓋をすると、例えば鮮やかなカラー映像が薄まってコントラストの弱いモノクロになるような感じで思念は弱まるが、ネットワークを完全にシャットアウトする事は出来ない。

――ウヌボレるな。

　と、背景のモノクロを突き抜けて鉄錆色の矢が、僕めがけて一斉に降り注ぐ。ただし、蓋のおかげで、僕の心までは痛まない。

――普通人もやるわねえ、きっと好みのタイプを選んだのよ。

――でも、ちょっと華奢かなあ。

――うんうん、安産型とは言えないわよね、さっきの映像では。

――でも、いい感じじゃない。それに、そろそろだれかいい人みつけなくちゃねえ。

そんなおばさんたちの無責任な思念もスルーできるのだが、一応これだけは返しておく。――好みのタイプを選ぶなんて、あるわけないだろ。

蓋をすることで自分自身の脳内イメージが強く（こちらは色つきで）浮き上がることがある。思いがけず僕のフィールドに一枚の絵が現れた――縦長のカンバス。モネという有名な画家が描いた連作のひとつ。純白のドレスに身を包んだ女性がひとり、裏地が薄緑色の白い上品な日傘を差して、草が茂った小高い場所で佇んでいる。首までを覆うドレスからは両腕の肘から下だけ肌の色が見える。青い空を背景にして白と灰色の雲が草むらから湧き立つよう。長いドレスの裾と薄い青色のスカーフが背中からの風にはためいている。そして白いドレスのウエスト部分の左側に刺繍だろうか、一輪の赤い花が大きくとても鮮やかだ。女性の顔は陰って表情は分からない。そして風に抗うかのように背筋を伸ばして立つ姿は、凛としているが同時に憂いや儚さを強く感じる。手を伸ばせばそのまま風に同化して消えてしまいそうな気さえする、一輪の花だけを残して――小さい頃に見た絵だけれど、以来その絵は、僕にとってなぜか母親のイメージとして心に強く刻まれた。ワンによれば「とても美しい人。最後まで君を案じながら、出産直後に息を引き取った」と言うことだが。

でも、どうしてこんな時に母のイメージが出てきたのだろう。目だろうか。真っ直ぐに僕を見つめながら、時折愁いを含むその目が気になる。

そこにウェイターが料理を運んできた。

ところがそのウェイターは、皿をテーブルに置いた後、とんでもない事を言ったのだ。

「こちらトマト、スープになります」

「ええっ！　トマトがこれからスープになるの」

ありったけの大声で叫んだものだから、ウェイターが皿を落としてしまい、ちょっとした騒ぎになった。ウェイターにとって予想外の反応だったのかもしれないけれど、うろたえすぎだ。大声と言っても普通人では普段の会話くらいの音量だ。僕はテレパスの中で結構声が出る方だ。でも、普通人にはやっぱり聞き取りにくいと思う。赤道儀の件《くだり》なんかもエリイさんに届いていなかったかもしれない。でも、一度も聞き返さなかった。優しさなんだろうか。テストと言っても、たぶん、聴力テストまではなかったろうから。

それはそうと、普通人と言葉で会話する時、混乱する原因のひとつがこれだ。テレパスのようにイメージが一緒に付いてくるといいけれど、そうはいかない。だから、せめて、誤解しない言い方で伝えてほしい。言葉を切るところがおかしいし、だいいち「トマトスープになります」と言ったら、手品でトマトをスープにするのかと思うじゃないか。たぶんここでは「トマトスープでございます」が正しい言い方だと思うが、普通人にはあれでも通じるのか。ちなみにヒューマノイド型ロボットをウェイターに使っているレストランもあるが、職業権侵害問題とかで、まともなレストランは人間がやっている。昔脚光を浴びていたロボット工学も、人権団体を始めとする反対運動が影響してか、あまり進歩していない。

ロボットのウェイターも「トマトスープになります」と言うのだろうか。

本当に、普通人との会話は難しい。しかも、時間がかかってまどろっこしい。もちろん、エリイさんとの楽しい会話は別だけれど。

でも、その時君は笑ってくれた。目をぱっちりと開けた後細めて、やや堅かった口元がとても素敵に大きくほころんだ。たぶん初めて本当に緩んだ。それが、可愛い。すごく。

初対面や、会話が進んでいない時は、緊張して表情が硬かったんじゃないだろうか。控えめで優しい人だ。そして、可愛いのに、それをひけらかす事はしない。たぶんだけれど、多くの応募者の中から選ばれたのも自慢しなかった。

そんな感じで打ち解けてきたところ、エリイさんは「ところで、そのツーというお名前なんですけれど」そう言うと、唇をきゅっと結んで、僕を真っ直ぐ見つめた。

「テレパスの方々は名前を持たないと伺っていますが、一般人との交流を考えるとそれは障害になります」

「村のみんなも名前をつけるべきかもしれないね。僕にはツーという名前があるけれど」

「それは、研究者からつけられた番号ですよね。名前ではありません。これからの交流を前向きに考えるならあなた方も自分の名前をつけるべきです。出自を表す姓もつける国がまだありますが、そこまでは必要ないですから、名前をきちんとつけましょう」

「そ、そうなのか」

蓋をしているのに仲間たちの動揺が伝わってきた——そうなんだ——こりゃ大変だぞ

──普通人の女の子とお話しするのに必要なんだ──考えよう──ロビン──ピーター──ハルク……

「私の国では、親や周りの人たちが、こんな人間に育ってほしいという願いを子供の名前に込めます。私の名前は、知恵と強い心に恵まれるようにと母がつけてくれました」

今度はおばさんたちが反応した──素敵。私たちもこれからそうしましょう──今からでも遅くないわ。娘に名前をつけなくちゃ……こうして、テレパスの村では、名前ブームが巻き起こることになった。

エリイさんとは話せば話すほど波長がぴったり合う一体感があった。普通人に対してそんな感情を持つのはもちろん初めてだ。危険なことかもしれない。でも次第に仲間たちも彼女に対して警告を発しなくなった。丁寧口調は相変わらずだけれど、彼女は誰に対してもその口調だ。そして最後には「さん」抜きで名前を呼び合えるようになった。

蓋を外すと、突き抜けるような青空に仲間やおばさんたちが浮かんで整列し、

──よくやった。

──上出来じゃないの。

僕に向かってスタンディングオベイションを送ってくれていた。

そして、いよいよ出発の日が来た。

四名のクルーたちは出発前のルーティーンをテキパキとこなしている。相変わらず、僕

には挨拶程度であまり話しかけてこない。エリイと違ってやっぱり堅い『壁』だ。

僕とエリイもマニュアルに従って、自分自身の準備を整えていく。期待と不安が交錯する。胸の高まりが抑えきれない。船内スーツは身体にフィットして首まであるのに圧迫感が全くない。伸縮自在で通気性も良く、しかも軽量だ。下着もそんな感じだが性器の部分だけやや膨らんでいる。放尿の利便性を考えてのことだそうだ。目を閉じると、性器とそれ以外の部分との感触の違いから、服を着ているんだと実感できる。

すると、

「ゴメンネ」

長身男が訛りの強い言葉でそう言って、大きなヘルメットのような物を被せたから、視界が塞がれてしまった。こんな所でもまだ実験をするんだ。出発後しばらくは、重力制御が利いているとはいえ、それでもやはりGが不安定で電極を刺すわけにはいかないから、今なんだろう。

「大丈夫、ですか？」

「うん、ありがとう。エリイ」

問いかけに反射的にそう答えたけれど、ヘルメットが邪魔して君が見えない。

「ところで、名前は考えましたか」

「うん。ベータに決めた」

「じゃあ困ったときは言って下さい、ベータ」

この状況だから、エリイも名前の由来については尋ねなかった。まあ、要するにギリシア文字の二番目、アルファ・ベータ……のベータ。それだけだけれど。

そして、宇宙船は地球を離れる——


宇宙空間に出て、自分の愚かさを痛感した。

ネットワークでも警告されていた事だ。でも、宇宙旅行の期待感があまりにも大きかったから『蓋』をして、無視し続けた。

出発の日の朝もずっと蓋をしたままだった。仲間たちがしきりに——ヤメロ。思い直せ——と、引き留めようとしていたから。エリイを受け容れた仲間たちだったが、宇宙に行くのは相変わらず猛反対だった。

その理由というのは、

『ネットワークには到達限界がある……たぶん』

普通に考えれば当然あり得る、いや当たり前とも言える。しかし僕は、テレパスの中でごく少数の『量子もつれ派』だった。それならば到達限界はないし、光速を無視して瞬時に伝わる（量子もつれというのは、ペアの素粒子が、どんなに離れていても同時刻で情報共有をする現象だ。この宇宙で僕らが認識できるのは三次元空間に時間を加えた四次元だが、素粒子などの量子は十一次元というとてつもない高次存在だ。だから量子はあるときは粒子、あるときは波、またあるときは弦のように振る舞うが、その実態は僕らには認識不可能。裏を返せば何でもアリみたいなものなのだ）。

期待のフラグが見事に打ち砕かれるのはいつものことだけれど、そんな自虐に浸る余裕なんてない。想像を遙かに超えた、深刻で絶望的な現実が僕を打ちのめした。

出発後しばらくして、加速のGに耐える中でみんなの思念がスウッと遠のく感じがしたから、慌てて心の蓋を開け、意識を集中して、そこはなんとか取り戻した。フィールド内に僕を気遣う仲間が発する不安の思念が次々に感じ取れて、かえって安心したりもした。けれど何分か経ち、蓋をしていないのにフィールドが薄まり色あせていくのを止められなくなって、黒い点のイメージがポツポツ現れて広がったかと思うと、プツン……と、本当にあっけなくプツンと全てが切れて、一面が闇になった。

何もない暗黒のフィールド、それは、孤独という名の、絶望。

僕は生まれて初めて本物の孤独を知った。

孤独とは、一人だけのネットワークフィールドだった。今まで当たり前のようにそこにあったネットワーク、青空と草原のフィールド、あんなに広かった明るい世界が僕という狭いスペースめがけ、シュッと一気に収束して漆黒の闇になる。思考を飛ばしても、何もない。向こうから、何も送ってこない。いや、その『向こう』すら存在しないんだ。虚無の世界に取り込まれた気がした。切り立った断崖絶壁の下は果てしない虚無。

これが、孤独。

頭の中はどこまでも、ただただ黒いだけの闇。僕は心の蓋を閉ざすしかない。それでも、孤独の闇は隙間を見つけてじわじわ心の中心めがけ侵攻する。

——僕しかいない。

漆黒の世界で「これがお前だ」と大魔王が裁判官のように死刑宣告をする。神経繊維が根元からぐらつく感じだ。呼吸困難に陥る。僕の頭が、心が、身体の隅々が、こんな所はイヤだと訴えかけてくるけれど、金縛りにされて身動きがとれない。

——悪夢だ。

しかも、醒める事のない。

——宇宙にいる間ずっと、これと向き合わなくちゃいけないのか。

でも、きっとこれこそが普通人なんだ。

ネットワークを知らない彼らは、生まれてからずっとこんな感じでいるのか。

——なんて寂しい。何て深い心の闇。

誰とも通じ合えない孤独。こんなのといつも向き合っている。

やっと、普通人の赤ん坊が泣きわめく理由が分かった……自分なりにだけれど。

悪夢に支配されそうで、もがいて無理矢理、実験用のヘルメットを引っぺがした。

カツーン！

……カッツーン……カッツーーン……カッツーーーン……

床に落ちたヘルメットが大きな乾いた音を立て、それが耳にこだまするたびに意識が遠のいていくのをはっきり感じる。矛盾しているけれどそんな感覚で、ようやく取り返した視界の中にいるエリイを眺め、そして最後に見たのは——シートベルトを外して向き直ったエリイの、紅潮した顔からゆっくりズームインした、スローモーションで動く丸くあいて何かを叫んでいる素敵な口………

テレパスは、普通人よりも精神的ダメージを深く受けやすい……、らしい。

四、エリイ

どれくらい気を失っていただろう。

意識が戻りつつあるのを感じ、でも、まだ夢の中をさまようようで……、突然また、孤独のイメージが襲ってきた。

——耐えろ。

僕は志願してここに来た。せっかく『夢』を叶えたというのに、それを悪夢で終わらせるのは、あまりにもったいない。

夢と悪夢の境界線で、意識の身動きが取れずにいる。

けれど、僕はこの後、さらに厳しい『現実』に直面する。


意識がさらに戻ってくると、スウッと、闇のフィールドに光が差してあの、日傘を差した貴婦人の絵が現れた。

——ずっとこうしてくれていたんだろうか。

闇から救ったのは、君の体温を伴った柔らかい手の感触だった。今まで体験した事のない、テレパスとは違う種類の優しい波長が手のひらを通して伝わった。匣の一番奥底には、

『希望』があった、とても淡くてすぐに消えてしまいそうな感じだけれど。

僕に心理テストをした背の高いカッコいいおばさんが、慣れた手つきで瞳孔を調べ、脈を測って計器で健康状態をチェックする。彫りの深い整った顔が心配そうに微笑みかける。業務用の笑顔かもしれないが、えくぼが少しだけ見える。

他のクルーたちは腕組みをして、深刻な様子で僕を取り巻いていた。

「早く話してあげた方がいいんじゃない。セカンドやサードについて。ステーションを通り過ぎたから、ここまで来れば長老会議の連中にも知られないし」

そのおばさんはそう言って、キャプテンの方を見た。

「帰還までにすればいいんだから、今はそっとしておく方がいいんじゃないか」

そう言ったのは、キャプテンではなく、マッチョな操縦士。ぶっきらぼうな口調だけれど、目が優しい。業務用の優しさかもしれないが。

「それをするのは調査が終わった後だが、何も言わずにいると、確かに彼との間に壁ができてしまう。それは、チーム全体としてよくない」

腕組みしたままそう言ったのが苦虫鬼キャプテンだ。

すると、キャプテンの横にいる細身の長身男が口を開く。

「デモ、今、彼は意気消沈。かなり参ってるからネ」

僕の頭に電極を刺していろいろな実験をしていたあの男だ。無表情なので、本当に僕の事を心配しているかどうかは分からない。

僕はまだ、まどろみの中にいるようで、その会話を他人事のように聞いていた。

日傘の婦人はもう見えなくなったけれど悪夢の感覚は少し薄れて、僕のフィールドは灰色がかった深い霧。エリイはずっと手を握ってくれている。

——ひとりじゃないよ。

勝手な思い込みかもしれない。普通人の心は分からないから。でも、君の手はそう感じ取らせてくれる。

そして、エリイはこう言った。

「今、言うべきです」

レストランで話していた時からは想像できないくらい、語気が強かった。これは確かだ。

エリイはその強い語気で言葉を続けた。

「彼が拒否すれば、今なら引き返せます。本来これは、出発前に言うべき事です」

それを聞いたクルーは、全員深いため息をつく。ため息の意味は、分からない。

それにしても、クルーたちに向かってここまで強く言うエリイは、本当に一般公募の体験学習生なんだろうか。

キャプテンがおもむろに口を開いた。

「エリイ。これは『任務』だ。我々の感情を挟む事は許されない。君も承知していたと思うが、ネットワークが機能する場所で彼に告げる事はできない。しかも、Ω連盟が怪しい動きをしているという情報もあって、引き返す猶予はない。その中で最善を尽くすしかないのだよ。力が及ばなくて本当に、済まない」

その後に取ったキャプテンの行動が僕を驚かせた。彼はそう言った後で、エリイに頭を下げた。なんと船長が、訓練生ですらない体験学習の若い女の子に、宇宙船の中で頭を下げて謝罪する。

意外な展開に心をつかまれて、意識が完全に戻った。

エリイはきつい言葉を発する間もずっと、僕の手を握ってくれている。

――何の話をしているんだろう。

僕はツーと呼ばれているが、あのおばさんはセカンドとかサードと言った。それに、今の僕はベータだ。だから、緊張した場の雰囲気を和《やわ》らげるきっかけになればと思って、僕の方から先に、軽い感じで聞いてみた。かすれた声だけれど、聞き取れるようにゆっくりと。

「僕のこと、セカンドと呼んでいたのかな。でも僕はツーだったし、今はサードじゃなくてベータなんだけれど」

すると、みんなは一斉に顔を見合わせる。

予想外だった。その言葉で、場の緊張がさらに高まったようだ。

――どうしたんだ、いったい。

エリイが答えようとしたのを制して、キャプテンが口を開いた。僕はどうも、その呼び名について誤った解釈をしていたようで、彼がそれを正してくれた。

「長老会議の中の呼び名なんだよ。我々普通の人類、君たちが普通人と呼んでいるのが『ファースト』、テレパスが『セカンド』、そして、君一人が『サード』だが、君の名前と一致点があったのは偶然だ。でも君は……」

そこで、キャプテンは他のクルーたちを見回した。アイコンタクトを取っているように感じた。この先を話すかどうかの。

僕は混乱した。

——僕だけが「サード」。機械とお話ができるからだろうか。「ネッシー」よりはいいけれど、でもなんでそんなに特別視されるんだろう。

それほど僕の能力は煙たがられているのだろうか。それに、長老会議って。

——何の事かさっぱり分からない。

お節介と感じていた仲間たちの思念が、今となっては懐かしい。いや、そんなレベルじゃない。焦がれている。でも今は闇しかない。そう感じた途端、フィールドがまた、きゅっと収縮して虚無へ落ちていく。心の中で温まりかけていた液体が、強烈な孤独感で一瞬にして消え失せ、気化熱を取られて身体が震え始める。

そんな僕の様子に気付いてくれたのか。

「わたしから、話します。これは、わたしの務めですから」

エリイは、続けようとしたキャプテンに向かってそう言うと、言った後も口をきつく結んで彼を見ている。悲壮感さえ漂わせていたから、僕はさらに困惑した。どうも、ただの体験学生ではないようだ。それくらいは分かる。でも、彼女の真の姿が見えない。普通人社会には『秘密』というものがある。少年期にそれを知った僕は驚き、そしてその後、激しい失望を味わった。

するとと、長身のクルーが同調してこう言った。

「これから始まる調査に支障が出る危険性は否定できなイ。ケド……キャプテンの言うとおりデ、秘密にしてたらどうも後ろめたくテ、つい避けちゃうから彼は四面楚歌の状態。それもよくないヨ。そして、話すのは確かにエリイに任せるべきダ」

はからずも彼から出た秘密という言葉で、「はっ」と我に返って会話に意識を戻した。ひとりぽっちのフィールドに慣れないせいか、会話とフィールドとの意識の折り合いが難しい。でも、ここでは、かなりの心の準備をしておかなくてはいけないようだ。気分はまだ孤独の悪夢を引きずっているのに。

「エリイに話してもらった方がいいわね。モトウが言う通りで、彼女が適任よ。他の人だと、彼、デリケートだから壊れちゃうかも」

僕の脈を測ったおばさんはそう言って、エリイを見た。我が子を見るような温かいものを感じた。もちろん、親子ではないだろうけれど。

エリイはその女性に向かってお辞儀をした。でも、口は相変わらずきつく結ばれていて、しかも、くりっとした目が伏し目がち。僕を見る時によくみせた、愁いを含んだ瞳になっていた。

「ありがとうございます。彼は大丈夫です。そして、彼の考えも聞いてあげて下さい。キャプテン、お願いします」

エリイが、僕に対する「大丈夫」を疑問符なしで言った。彼女の真の姿は分からない。けれど必死に僕を何かから守ろうとしていると、自惚れじゃなくそう感じた。ずっと離さないでいてくれる温かい手が、その証拠のように思えた。

キャプテンがゆっくり頷いたのを見て、エリイは話し始めた。ひとつひとつかみしめるように、淡々と。その話し方は、僕のショックを少しでも和らげようと配慮したものだと思う。

「ベータ、いいですか。宇宙船って、機密が至る所にある。それは分かりますね。軍事機密もいっぱい詰まってて」

「うん。もちろん分かっているけれど」

痛いほど分かっている。だから、

『テレパスは宇宙飛行士になることができない』

仮に僕らが普通人の世界に飛び込んだとして、飛行士だけじゃなく、守秘義務を求められる職業は無理だ。ネットワークで『全世界に発信』みたいなもの。僕らは重要機密を洗いざらい発信してしまう。新しい情報を共有するのがテレパスの本能だから。仮に百歩譲ってそれが回避できたとしても、睡眠中、本能の赴くままに無意識に発信するのまでは止めようがない。特に宇宙開発に関する機密事項は、敵対するΩ連盟が喜んで飛びついてくるだろう。

普通人社会は秘密というものに溢れていて、秘密を保持出来ないテレパスは宇宙飛行士になれない。それを知った時、僕は激しいショックを受けた。「伝説の宇宙飛行士シグマ」の本には——人間同士でも、そしてまだ見ぬ異星人とでも『真《まこと》の心で向かい合う』——そんなことが書いてあって、テレパスと同じだと感じていたのに。

幼い頃からの夢が本当に夢物語でしかないと気付いた時の、身体の力がスウッと抜けていくような空しさ。ネットワークでみんなが慰めてくれたけれど、「普通人はずるい！」泣きじゃくりながら心の中だけでなく、声にも出してそう叫んだ。その日以来、憧れのヒーロー、人類で初めてワームホールを越えた宇宙船の船長として名高いシグマは、八つ折りになって抽き出しの隅に追いやられた。僕は、他のテレパスが持たない考えだけれど、普通人のいる広い世界に飛び出したい気持ちが強かった。でも、夢を封印した後は、村でみんなと一緒にこの繋がりを大切にして生きていこうと決心した。そして、普通人との接触すら嫌うようになった。

今回の僕の立場は招待客のようなものだから、機密は僕の目に触れないようにするだろう。それは容易に想像できる。エリイはその事について釘を刺すつもりなんだろうと思っていたけれど、そうじゃなかった。

ここからがいよいよ、『衝撃の事実』のプロローグ。でもまだ、プロローグに過ぎない。

ゆっくり間を取ってから、エリイは、話を続けた。

「そう……、でも今回あなたがシンクロする予定の観測機は、その機密が満載の最新鋭機です。ワームホールを抜けてテバイに着くまでの間に、あなたはその構造を熟知しておかなければいけない」

言葉に詰まった。

今回、僕の任務は観測機に同期《シンクロ》して惑星テバイを探る事だと聞いている。軽い気持ちではできない。エリイが言うように設計図などをつぶさに見て仕組みを知り尽くしておく必要があるだろう。小さい頃から宇宙と機械いじりが大好きだったし、ある程度の専門知識はある。観測機に斬新な仕組みがあればたぶん分かるだろうし、知れば自然に発信してしまう。ここではネットワークは届かないけれど、地球に帰還すればもう秘密は秘密でなくなる。

——じゃあ、僕はどうすればいいんだ。普通人は僕に何をさせたいんだ。機密を隠して僕に同期《シンクロ》させて、うまくいくと思っているのか。そもそも同期《シンクロ》した僕から機密を覆い隠せると本気で思っているのか。適当にお茶を濁してハイ終わりみたいに、結局僕はやっぱり藁でしかないんだろうか。でも、エリイは「最新鋭機の構造を熟知」と言った。機密が漏れちゃうじゃないか。エリイは僕に何を言いたいんだ。あの老科学者たちのような、こんな回りくどい言い方をして。

普通人との深刻な会話に慣れていないせいか、止めどない思考がどんどん先回りしてうまく言葉にできない。観念のレーンを回り続けている僕に、『話し言葉』が追いついてこない。しかもここにはネットワークのフィールドがないから、誰も助言をくれない。相手に自分の気持ちを伝えられないもどかしさが、気を滅入らせていく。こんな経験は初めてだ。これから先、いつもこの嫌な気持ちがつきまとうのだろうか。

孤独の悪夢感覚が、また。

温かい手を振りほどいて頭を抱え始めた僕を見て、エリイは背伸びして両手を伸ばすと、優しく僕の手を頭から下ろしてくれた。ハッとして、反射的に一瞬ピクッと身構えたけれど、手の感触を心がすぐに受け容れた。

確かに言葉での会話はまどろっこしい。でも、あの老科学者たちのような悪意は全く感じなかった。むしろ、エリイは僕を気遣ってくれている。君の手を通して、昏睡から覚めた僕が最初に感じた暖かな感触が蘇ってきた。

そしてエリイは、他の四名のクルーたちに正対した、頭から下ろした僕の手を携えたまま――君の手から今度は、熱いものを感じる。

「ごめんなさい。彼と二人きりにしていただけますか。会話は聞こえるようにしておきますから」

丁寧な言葉遣い。でも、驚くほど強い語気で感情を思い切り外に出して、高ぶりからか、僕の手を強く握り直す。そして感じた――守りたい――もちろん、僕の身勝手な思い込みかもしれない。でも、感じた。普通人も、言葉以外に気持ちを伝える手段を持っているんじゃないだろうか。こんな風に触れ合う事で繋がって。

エリイは「引き返す」とも言っていた。調査もせずにそれはあり得ない。
――いったい、クルーたちは僕に何を隠しているんだ。
早く知りたい。

五、衝撃の事実と乗組員《クルー》たち

四人のクルーが退出した後、再びベッドに寝かされた。

エリイはその横に椅子を運び、顔が見える位置まで動かして腰掛けると、シーツの外に出た僕の右手を両手で握りしめ、一言一言かみしめながら、ゆっくり話し始めた。

「ベータ……最後まで取り乱さずに落ち着いて聞く……それを、約束して下さいますか」

「分かった。大丈夫だよ」

――きちんと伝えたい。

その真心が温かい手から伝わってくる。ネットワークとは違う普通人との繋がり。それでいて、どこか懐かしいイメージがある温もり。君の手は、テレパスなら感じていたはずの生まれる前の母の愛情。僕が思い出せないでいるそれとも重なるような気がして、悪夢の感覚が少し治まった。

でも、不安はぬぐい去れない。

エリイはゆっくりと、『衝撃の事実』の本編を話し始めた。

「あなたは、誓約書にサインしたんです」

「誓約書?」

同意書というのは確かにあった。もし、事故などで命を落とした時の保険なんかも見た覚えがある。そういうのをひっくるめた書類なんだろうか。

「たぶん、知らないでしょう。長老会議が作ったのです、勝手に」

「ちょう……ろう」

さっき、キャプテンの話の最初に出てきた言葉だ。

「連れて行かれたでしょう、政治力を持った科学研究者の集まりに。あれが長老会議です。宇宙機構内で最も強い権力を持っています」

——そうか。すり鉢の底で、グルグル回されたやつだ。

彼らは権力者らしく、裏で何かを画策しているんだろう。あのままで済むとは、思っていなかったけれど。

確信に近いものが得られ、小さく頷いた。

「その誓約書に書かれている内容は……」

そこでエリイは言葉を切った。目を、間接光が照らす。表情を取り繕う事を忘れ唇をかみ、そして、自分自身を落ち着かせるように深呼吸をすると、また、冷静な調子に戻ってゆくり話を続けた。

「ベータ、あなたは、調査が終わたら、帰還する前にこの船の中で手術を受ける事になります。前頭葉のある部位の除去手術。そして、『ファースト』になる」

——これが、真相か。

僕は手術をされて、人類で初めて『もとテレパスの普通人』になるということらしい。だったら、最新鋭の観測機に同期《シンクロ》しても問題ない。その後で手術をすれば、地球に帰還してもテレパス能力を失った僕から機密が仲間に漏れることはない。彼らが考えそうな事だ。沈黙したように見せかけて、裏で策略の根を伸ばしていた。例の超法規的とか言う政治力を働かせて。

エリイの手から脈動が伝わってくる。ダイレクトに感情の動きが伝わってくる。手に取るようにわかるってこういうことなんだろうか。手のひらを通して僕とエリイとのネットワークフィールドが作られたかのよう。言葉は、その中にいろいろな感情を詰め込む事が出来る。テレパスの僕は、手を通す事でそれを初めて実感した。

テレパス同士なら何の苦労もなく、投げかけられたイメージから論理も感情もくみ取ることが出来る。でも、普通人との会話は自分で論理を組み立て、想像力を働かせなければいけない。会話なのに難しい学術書を読むような論理力と想像力を使う。特に真剣な会話では言葉の奥にある隠れた意味を読み解かせようとする場合も多いはずだ。

慣れなくちゃいけない。大変だけれど。

キャプテンもいきなり手術を口にしなかった。今考えると、彼の言い方や表情からはエリイのように、僕への気遣いが見られた気がする。それに、手術の事を地球上では僕に話せない。ネットワークを通して知られる。そしてそう、長老会議とかにも伝わってしまう。

とはいえ、言葉は人を操ることも出来る。普通人社会では、真の目的を隠して言葉で人を欺く事もよくあると聞く。あの老人なんかも……

　キャプテンの言葉から彼の本心を探ろうとしたら、思考がグルグル変な方向に回ってしまう。コツはやっぱり簡単にはつかめない。でも、実感できた。エリイと確かに繋がった。

孤独な僕には、それが唯一の命綱に思える。藁なんかじゃなく。

　エリイは表情を硬くしたまま、僕を見ている。事実を受け容れる間《ま》を置いているように
思えた。

　そしてしばらくして、ゆっくりと言葉を続けた。

「その誓約書には『飛行士としてアンタレス星系に行き、その後、科学の脅威となる私のテレパス能力を手術で削除する事に同意します』と、書いてあって、あなたの肉声も付いている――誓います。僕は責任を認め、罰を受けます――のような。でも、何とでも加工できる。わたしは認めません、あなたを実験台にするなど。普通なら悪ふざけで済むくらいの事を、重大な犯罪行為のように大きくねじ曲げてあなたを陥れているとしか思えないのです。絶対に許せません。もし、あなたが拒否して戦うのなら、わたしは全力でサポートする覚悟があります」

　地球上でそんな手術をやったら大問題だ。本人の意志を無視してと言う事なら普通人の人権団体だって黙ってはいない。でも、ネットワークはここまで届かない。しかも、手術はアンタレス星系で調査をした「その後」だ。ワームホールの向こうは、ネットワークどころか、電波も来ない隔離された場所。そして、能力を失った僕の中に、もうネットワー

クは存在しない。帰還後、真相を闇に葬るのは、彼らの力を以てすれば簡単だろう。

――さすが、老人の智恵は侮《あなど》れない。それにしても、エリイは……

そう思ったとき、仲間たちが以前発した――ケイカイせよ――の思念が脳裏をよぎり、そこからまた『闇』が顔を覗かせる。

――何でエリイが手術のことを知っているんだ。重要機密のはずだ。エリイがただの体験学習生じゃないと思ったけれど、もしかすると人権団体のメンバーでたまたま当選した、とか。いやいやそれならなおのこと、エリイに手術のことは言わないだろう。だいたい、そんな事情がある宇宙船に一般人が乗船していることがおかしい。エリイは本当に一般人から公募されたんだろうか。もしかすると、長老会議が……いやそれは絶対ない、はず。

慌てて頭を何度も振った。

「ベータ……大丈夫、ですか？」

エリイはいつもの言葉を僕に投げかけて、ちょっと戸惑いの表情を見せた。僕がもっと取り乱すと思っていたのか。地球を離れてネットワークが途絶えた時のように。

「エリイ、ありがとう。君がいてくれてよかった」

そう口に出すと、エリイは微笑んで大きく頷いてくれた。

言葉がきちんと届いたのが分かって、悪夢の感覚が和らいだ。言葉にはこんな効果もあるんだ。そうして冷静になると、今度は手術への恐怖が黒い泥泡のようになって、心の奥底からボコボコ湧いてくる。長老たちへの怒り。クルーへの疑惑。泥が幾重にも積み重なって心にへばりつく。

——でも、救われた。

僕が手術の事を知って一番に感じたのは、柔らかくて温かい君の手。まず一番に、これを信じよう。君の正体が何であれ、僕も君にきちんと応えよう。

体を起こしてエリイと向き合った。ベッドの縁は椅子よりも少し高いしエリイは小柄な方《ほう》だから、見下ろす感じになった。

エリイと話すうちに、普通人をもっと知りたいと思うようになった。友達になれるかなと期待もした。そして今は、クルーたちに疑惑を持ちながら、それでも、せめて彼らは長老会議の手先であってほしくないと、そう思い始めてさえいる。

——テレパスを知ってほしい。僕を受け容れてほしい。

意識が伝わる開いたフィールドを持つテレパスと、一人一人の意識が閉じている普通人とでは価値観が違ってくるだろう。手術は、僕にとって最悪のシナリオじゃない。それをエリイに、そして、この会話をどこかで聞いているはずのクルーたちにも知らせたい。頭を何度か振って邪魔な思考を追い出し、長く喋るための感覚を整えた。

——胸を張って、できるだけ大きく口を開けて、一言一言ゆっくり声を出して。

伝えよう。

「僕はね、宇宙飛行士になるのが夢だったんだ。小さい頃、両親を亡くしてからはテレパスのネットワークが僕を助けてくれた。でもね、昼間はそこらの人や生き物にちょっかいを出したり、機械をいじったり、そして、夜は美しい星空を見上げて、自分自身を癒やさなければいけなかった。

　僕は宇宙が大好きだ。テレパスが飛行士になれないことを知って、その時はショックで宇宙も一緒に封印したかったんだけれど無理だった。こんなにも広くて神秘的で、謎に満ち溢れているんだから。だから、このチャンスに飛びついた。僕が宇宙に行くと決心した時、ネットワークは大変だったんだよ。みんながみんな『絶対だめだ。何をされるかわからない』って。でも僕は変えなかった。エリイ、もし僕が行くのを拒否していたらどうなっていたと思う」

「無理矢理引きずってでも連れて行く、と聞いていました」

「そ、そうなんだね」

　一瞬、その光景を想像して用意していた言葉が飛びそうになったが、気を取り直し、お腹に力を入れ直した――大切なことを伝えるんだ。

「それは置いておこう。実は僕が考えた、本当の悪いシナリオはね」

「悪いシナリオ、ですか」

「あの長老たちの真ん中に立たされてごらん、背筋が凍るよ。その時、最後に長老会議の幹部らしき老人が言った言葉が、僕にとっての最悪のシナリオだ。彼は、僕が意向に逆らうと仲間に危害が及ぶと警告したんだ。僕ひとりならどんな罰でも受けると言ったのは、本当の気持ちだよ。僕のせいで仲間とネットワークを傷つける事が最悪のシナリオ。だからね、エリイ……」

エリイを見つめると、君は高ぶる感情の余韻で赤みが差した顔を上げて、真っ直ぐな視線を僕に向けてくる。僕はテレパスの誇りをもって、そんな君に応えたい。

「僕は手術を受け容れる。地球に帰ったら、手術を受け容れたいきさつをきちんと長老会議のメンバーに伝えてほしい。そうして他のテレパス、そして、ネットワークを守る事に力を貸してくれないか。どうかお願いだ」

「ベータ、だめ、自分を守るために戦わなくちゃ……、いけない」

僕を見上げるエリイの顔がさらに赤らんで、くりくりした目から涙が溢れてこぼれ落ちる。手が反射的に彼女の頰に伸びた。その温かいひとしずくを指でそっと拭いてあげると、君は慌てて涙をぬぐった、僕が寝ていたベッドのシーツで。

——エリイ。

温かい。

湿り気を帯びた人差し指の腹を見つめると、そこの触感がじわりと染み渡っていく。経験したことのない、身体の芯がきゅっとなるような感覚が湧き出て、僕の中を巡っていく。目にいっぱいたまった涙と、それを拭う無意識の可愛い仕草。世界には僕の知らない素敵なことがいくらでもある。知りたい、君を通して。思いが溢れ出る。

——信じてよかった。素敵だ、とても。

テレパスの事なんか、普通人は誰も本気で心配なんかしないと、ずっとそう思っていた。けれど、そんな考えこそが傲慢で独りよがりなんだ。

君の『涙』がそれを証明している。

——まるで『天使の証明』。

エリイの頭の上にそっと手を置いたが、意識せずに涙を拭いてあげた時と違って、それだけでも結構ドキドキした。

「ごめんね、エリイ。テレパスは争いが嫌いなんだ。僕に仲間とネットワークを守らせてほしい。仲間が傷つき、ネットワークが破壊される。そんなこと、耐えられない。最悪のシナリオだ。僕だけでこの事件を終わりにしてほしい。受け容れる事で平穏が訪れるなら、僕らは戦わない。だから、素直に研究材料として人質にもなった。まあちょっと、抵抗や悪さはしたけれどね。僕は、テレパスの中では特別に目立つ問題児だから。そんな僕でも、戦わずに受け容れ守る道を見つけて、そちらを選択するんだ。ネットワークフィールドが健全なら、僕らは決して彼らに支配されることはないから、それが保障される限り普通人と戦う選択をしない。エリイ、それがテレパス……」

突然、

ドアが開いて次の瞬間、

クルーたちが次々となだれ込んできた！

全員が僕めがけて駆け寄ってきたから、あまりのことに跳ね起きて、その拍子にベッドから落ちそうになった。けれど、そんな僕の身体を支え、そして力強く抱きしめたのはキャプテンだった。

僕を特訓した教官は、リーダーのエイブラム。経験豊かなベテラン飛行士だ。みんなから「キャプテン」と呼ばれていて、僕にとっては鬼教官。で、予想もしなかったことだけれど、そんな彼が僕を思い切りハグした。テレパスにはハグの習慣がない。だから、幸か不幸かこれが僕の『初ハグ』だった。

「済まなかったね、ベータ。君にはいろいろと厳しい言葉を投げてしまった。しかし、あそこで君と仲良くなると、ネットワークを通してそれが長老会議に知られる危険があった。実験台となったテレパスからの情報収集を常に行っているからね。長老たちは猜疑心がとても強い。快く思わないだろう。あのように君を嫌っているように厳しく接して、長老会議を安心させなければいけなかった。私だけでなく他のクルーもそうせざるを得なかった」

キャプテンとハグをして彼の暖かみが肌を通して伝わった。そう、まさに、伝わった。でも、正直なところまだ実感が伴っていない――出発前に仲良くなってはいけないのに、彼は僕とエリイの食事をセッティングし、僕ら二人はそれですっかり打ち解けた――些細なことかもしれないがそんな疑問もあって、ぎこちない初ハグになってしまった。

そんな僕の気持ちを分かるはずのないキャプテンは、身体を離すと床に膝をつけて僕を見上げ、言葉を続けた。

「それでも、君はやりとげたね。だから、ここにいる。堂々と胸を張ってほしい。長老会議の方は我々で必ず他のテレパスに危害が及ばないようにする。絶対だ。誓うよ。今回の件も、現役飛行士で作る連盟は猛反対をしたが、力が足りなかった。本当に申し訳ない」

そして深々と頭を下げた、エリイにそうしたときよりも深くだ。僕はなぜか、一瞬イエス・キリストになったような気がした。

「いえいえそんなことはありません。キャプテン、頭を上げて下さい」

そう言って他のクルーたちを見回すと、みんな目も表情も笑っている。業務用じゃないように見えるんだけれど、本当のところはどうなんだろう。

次にハグを求めてきたのは、心理テストをして、そして、さっき僕の脈を取っていた、スカラ。大柄なカッコいい女性で、医師の資格も持っている。何歳なのかは絶対教えてくれなかったけれど四十代前半くらいだろうか。面と向かって「おばさん」なんて言ったら、きっとパンチが飛んでくるだろう。

エリイに「よく頑張ったわね」と労《ねぎら》いの言葉をかけ、頭を撫でた。そして僕に魅力的なえくぼを見せてハグをした。スカラは肩幅が広くて僕より背が高いけれど、均整のとれた体つきをしている。彼女とのハグは、キャプテンのゴツゴツ感とはまるで違った。丸ごと包まれるような、それでいてほどよい弾力のある、高級寝具のような感触だ。エリイと初めて話したときに感じた母親のようなイメージこそなかったけれど、身体が隅々までジーンとなるような素敵なハグだった。

「私たちは偉い研究者っていう訳じゃないから、アナタに全然反感なんて持ってないのよ。悪戯《いたずら》好きの坊やって感じね。あのね、ベータ、いい事を教えてあげましょうか。顔の知られてるテレパスの中でね、アナタ、女の子から断トツの人気ナンバーワンよ、スゴい人気なんだから。まあ、ヘアスタイルは加工してあるけれど」

今まで生きてきた中で一番、頬が緩んだ。単純なヤツだなんて思わないでほしい。テレパスはとても素直なんだ。こんな嬉しいことを突然言われると、照れる。

ちなみに、地球上なら——何かのマチガイだ——と、クエスチョンマークが天高く積み上がってフィールドを埋め尽くしたに違いない。僕はテレパスの若い女性たちから敬遠されていて、誰とも交際できていない。性格が災いしているのか、せいぜい「良いお友達でいましょう」という感じだ。テレパスの若い女性は男性とお付き合いをするのはもちろん結婚を前提にしている。相手の男性に対し堅実さを求める。普通人のように何人もの異性と付き合うことはなく、そして、お互いのことが深く分かってから付き合い始めるから性格の不一致もない。たいてい十代後半から付き合い始めてそのまま結婚をする。

今のところ残念なことに、僕を生涯のパートナーにと、ほんの少しでもそう思ってくれるテレパスの女性はひとりもいない。それが分かっているから僕もパートナーを作る気になれないでいた。だから、人気ナンバーワンなんて予想外だし、はっきり言ってすごく嬉しい。テレパスと普通人で異性の好みが違って良かったと、心からそう思う。ちなみに付け加えておくと、テレパスのおばさんたちには僕は結構人気がある。

パンチを食らうかもしれないが、おしゃべり好きオーラを発散しているスカラがおばさんたちのイメージとだぶって、とても親近感を持った。と言っても顔のパーツはどこも、おばさんたちとは違って整いすぎるくらい整っていることも、一応付け加えておこう。次にハグをしたのは、抜群の操縦技術を持つバズ。僕は気を失っていたから知らないけれど、エリイが言うには、出発時に強いGがかからなくて助かったとのこと。三十九歳のマッチョだ。

「現場に出る俺たちは誰もお前を嫌っちゃいないさ。俺たちはお前のこの三ヶ月をちゃんと見てたんだぜ。そして『やるじゃないか』と思ってるさ、エリイもだけどな。お前たちはやり通した。だから仲間なんだ。歓迎するぜ。ただし、操船中に何かするのはなしにしてくれよ」

ハグしても、僕の手が全然後ろまで回らなかった。岩に手を回している感触。そしてこの『岩』は、汗臭いんだけれど、ベトベトした感じが一切ない。茶目っ気たっぷりな仕草とも相まって、思わず笑顔になってしまった。バズとスカラを見ていると、二人は今までの状況を結構楽しんでいたんじゃないかとさえ思える。そしてそれは彼らを知るにつれ、確信に変わっていく。だってこの人たち、サプライズが大好きだから。

最後は、毎日のように実験に付き合わされたエンジニアのモトウ。年齢不詳。痩せ型の長身で、独特の訛りがある。

「君に会えてウレシイヨ。ボクたち技術屋はキミの能力に興味津々ダ。だから、ホント力《ちから》になれなくてゴメン。こんな素晴らしい能力を封じるなんテ、言語道断。残念な事に老人の研究者たちがスゴイ政治力を持ってテ……。ここでは遠慮しないでイイから能力を縦横無尽に発揮してヨ」

モトウとのハグは『樹木』の感触だ。おそらくクルーの中では一番若いと思うけれど、年輪を重ねた奥深さを感じさせる。表情は豊かではないが、澄んだ瞳と瞳以外の部分の目の白さが、褐色の肌の中で際立って見える。

そんなモトウがハグの後、右手を高くかざしてきた。

「届くかイ。イエーイ!」

僕は思いきり右手を挙げてジャンプした。

「イエーイ!」

「イエーイ!」

あのとき出来なかったハイタッチをしてお互いに笑い合うと、心が和み、わだかまりがスウッと消えていくのが、手に取るように実感できた。

僕のフィールドは知らない間に、心地よい風が吹く草原になっていた。

——普通人はこんな形でお互いを知り、仲良くなって、そして、孤独を解消していくんだな。

魔女狩りをするような色眼鏡で彼らを見ていた。それを外して見直すと、だんだん素敵な景色が現れてくる。そうして心地よい風を受けながら思い返してみれば、真っ先に駆けてきたキャプテンには、エリイとは違う形の誠実さ、宇宙飛行士としての生真面目さと強い責任感が確かにあった。

宇宙飛行士は世界中の子供が憧れる職業と言っていい。子供が夢見心地で眺めている人たち。このクルーたちは正真正銘の宇宙飛行士だ。心の中に「宇宙飛行士になりたい」という少年期の思いがまた、湧き上がってきた。その頃に抱いた漠然とした憧れではなく、実現可能な夢として。だって、もし手術を受けたなら、飛行士になる事ができるんだ。もちろん、簡単になれるとは思わない。けれど、テレパスでは絶対に叶えられない夢だ。

大切なものを捨てるけれど、違う大切なものをつかむんだ。

——普通人も、悪くない。そう思おう。思わなくちゃ、うん。

エリイは、ずっと泣きっ放しでハグできなかった。一番したかったのに。

——僕をここまで気に掛けてくれて、ありがとう。

心ではそう思っている。さっきは「ありがとう。君がいてくれてよかった」と言えたのに、なぜか今は口に出すのが恥ずかしくて、感謝の言葉が出なかった。言葉でのコミュニケーションはそんな風に、後で歯がゆい思いをする事もよくあるのだろう。そして、想いを口にできないことも。

君はとても大切で欠かせない存在になっている。そんなことは今ここでは言えないし、これからも言えるかどうか分からない。普通人との恋愛は、誰も経験していないから未知の領域だ。

——気持ちを知られるのが怖い。
こんな種類の怖さは初めてで、
だから、正直なところ、
どうしていいかさっぱり分からない。

六、進化

いよいよ、船は『穴（ワームホール）』への突入準備を始めた。

——どんな気分なんだろう。

『穴』の中では、体がグニャッとなるような感覚でもあるのかとも思って、期待もしていたけれど、船は自動操縦で、僕たちはその間、強制睡眠に入るという。

ちょっと残念。

そして眠りから覚めると、
もうそこに、
アンタレスがあった。
実視スクリーンでも地球から見る太陽の倍くらいの大きさだけれど（この時点で、もう防護用の偏光シールドが必要だ）、それでも太陽から海王星（太陽系内で最も遠くにある惑星）までの距離の十倍くらい離れたところを飛んでいるらしい。そんな恒星系の辺境からの実視で、すでに脅威を感じるほどの規格外。先のことを考えて身震いした。
アンタレス星系への『穴』は、確か一回でここを掘り当てた。どこに空くかは「神のみぞ知る」だから、これは、奇跡的にドンピシャだと言える。下手をすれば一光年くらいずれる事もあるのに、アンタレスまで約二百分の一光年。まさに神のご加護だ。

でも、重力制御技術がなく、太陽系の惑星周辺を探査するのがやっとの時代なら、ここからでさえ、アンタレスに行くのに百年くらいかかるだろう。僕たちはあと二百時間ちょっとで目的のテバイ上空に達するから、宇宙科学の進歩は目覚ましい。

「これを、飛ばすんだヨ」

広いラボで、モトウが長身をかがめて梱包の一つを解き、テバイで使う予定の観測機を見せてくれた。角《かど》を面取りした高さ五十cmくらいの箱の前後にレンズが組み込まれていて、細い短い足が三本ついた、シンプルでコンパクトな機体だ。その中に最先端技術がぎっしり詰まっている。最先端技術は置いておいて、とりあえずセンサーの大まかな概略は、僕の頭に入っている。

「ベータ、入り込めるかやってみないカ」

「でも、動力が入っていないと無理だ。寝てる機械を起こす事はできないから」

「オーケー。じゃあ入れるゾ、GO！」

ブーンとモーター音がして、機体が小刻みに振動し始めた。

「アイドリング中だけド、やれるかイ」

「やってみる」

神経を集中する。周囲の音が消え、頭の中にいくつもの光点が現れ、それらが繋がっていく。測定素子が、ゆっくり立ち上がっていくのが感じられ、僕の意志に反応して瞬いた。それも、すごく鮮明に。

　一旦、同期《シンクロ》を解いて、興奮して叫んだ。

「シンクロした！　すごい。手に取るように分かったよ」

「大成功。じゃあ、ベータ、次はこいつ、飛ばしてみろヨ」

「それは、無理だよ。僕ができるのは測定部分だけで、それを、こう……説明が難しいけれど膨らましたり縮めたり」

「おっと、それは思い込みかもしれないゾ。ベータ、キミは無意識に力をセーブしてないか。壊すのが怖いト疑心暗鬼みたいになってテ」

「そりゃあ、もちろん。だって、壊したら命が消える」

「壊してもいい。モトウがすぐ直す。許可するから思い切りやりなさい。でないと実験にならないからね」

　キャプテンの声だった。知らない間に全員がこの部屋に集まっていた。

「俺は、飛ばない方に賭けるね。もし飛んだら、ベータ、お前にこの船の操縦を任せるよ」

バズは、いつものように茶目っ気たっぷりのノリで、腕組みをして力こぶを見せびらかしながら、そう言った。

　無視すればいいのにスカラが吹っかける。

「ワタシは、飛ぶ方に賭ける。バズ、夕食のステーキで、どう」

「乗った。久しぶりにステーキがたらふく食えそうだ」

そんな、おじさんとおばさんの軽口を聞き流して、神経を集中させる。

とはいえ、何の準備もなしで、動力部侵入なんて、無理な話だ。センサーをかき回すのとはレベルが違いすぎる。おもちゃじゃないから回路だって分からない。

「できるサ、ベータ。君ならネ。何度失敗しても気にすることはないヨ」

モトウの言葉に背中を押され、回路の廊下を漂う自分を強くイメージして、再び、同期《シンクロ》。

すると……初めて味わう不思議な感覚が来た。測定素子と同種のセンサーから動力部へのバイパスのような光を認識して「通じた！」と思った瞬間、そこに見覚えのある景色が広がっていた。見たことのある景色が集合して幾重にもなった複雑極まりない迷路。そこを全神経を研ぎ澄まして超高速でクリア。すると、突然自分自身が巨大化した感覚がやって来て、そして、器械内部の動作音が鮮明に聞こえ始めた。完全に一体化して僕自身が観測機そのものだった。もちろん、僕の体が観測機に変身したわけじゃない。意識が全て観測機の中に吸い込まれた感じ。とは言うものの、手足の感覚がどうもしっくりこない。右手をそおっと挙げようとすると、いきなりつんのめって倒れそうになる。慌てて足をふんばったら思い切り床を蹴ってシュッと垂直に上昇する。そのGを感じて「マズイ」と思って逆を膨らませ、あっちをへこませて、こっちをちょっと押してみて……、強さの感じがうまくつかめない。船内の景色がグルグル回って見えた。

観測機は、垂直に急上昇した後、天井すれすれで止まったと思うと、次の瞬間ジグザグに降下して、また床すれすれで止まり……、そんな動きをしたらしい。

とにかく、ぶつけないように全神経をつぎ込んだ。僕自身がケガをしてしまう。そんな風に思えたから。そして観測機はしばらく訳の分からない動きを続けた後、最後は床をコロコロ転がりながら減速し、壁にチョコンと当たって止まったようだ。

同期《シンクロ》を解くと、エリイの声が飛び込んできた。

「……ータ、ベータ、すごい。UFOみたいですね」

手を叩いて喜んでいる。あれから君はあまり笑わなくなって、でも今、ようやく無邪気な笑顔が見られた。しかも、すごく可愛い。

笑顔を久しぶりに見て嬉しかったけれど、神経を使いすぎてその場にへたり込む。すると、真っ先にエリイが駆け寄ってきた。

「大丈夫、ですか？」

――よかった。いつものエリイ、だ……。


休憩室でバズがスカラに向かって手を合わせていた。たぶん「ステーキは勘弁してくれ」とかだろう。僕には「あれじゃあ、操縦は任せられないな」と、腕組みしてごまかしていたけれど、どちらにせよコミック誌から抜け出したみたいな人だ。

モトウを除くクルーたちは、あの飛行実験に目を丸くしていた。飛ぶ方に賭けていたスカラでさえ、口をあんぐり開けて絶句していたくらいだ。そんな中でのエリイの反応は、本当に無邪気で可愛かったけれど。

　でも、今回一番びっくりしたのは僕自身だったろう。

「モトウ、あれって」

「その通りダ。コノ日のためニ、毎日実験してたのサ」

　地球で毎日やっていた同期実験《シンクロ》。モトウが丁寧に解説してくれていたのは、ジグソーパズルのピースたちだったのだ。それを繋ぎ合わせることで、動力部へと繋がる道が現れる。

「キミの迷路を解ク速さハ、まさニ電光石火だったネ。実験中ハ理解度の速さに実ハ感心してたケド、今回ノあれハ予想以上。つまり、極めてユウシュウということダ」

　僕はまた、思いっきり照れた。

「それでもまダ、難しい問題はいっぱいあっテ、ここから先は機密事項満載だから、実験をしながら秘密の回路についてひとツひとツ説明していこう。キミにその連結がうまく把握できるかとか、実際やってみないと分からない事が多いけれどネ。でも、宇宙科学は進歩してル。日進月歩。だって、少し前までは、今みたいな動力パネル自体、なかったんだからネ」

「やってみないと分からないって、どうして地球でちゃんと実験しなかったんだい」

「できるわけなイ。なぜかというと、実験には必然的に、ベータ、キミが必要不可欠ダ。そして、地球でそれをやったら最後、君たちのネットワークで明らかになってテ、『長老』たちに知られル」

突然、モトウは声を潜めた。

「ここから話す一部始終ハ、スゴイ極秘事項。トップシークレットだから、絶対誰にも言っちゃいけないゾ」

その途端、バズとスカラがわざとらしい仕草で忍び足で近づいてきて、聞き耳を立てるポーズをした。それを見たいつもは真面目な二人、キャプテンとエリイまでもが、同じ仕草を真似て近づいてきたから、僕は吹き出してしまった。

でも、そこでまた『衝撃の事実』を知らされる。普通人との付き合いは、驚きの連続で身が持たない。

「おっと、ごめん。小声にならなくてもよかっタ。壁に耳ありダケド、この会話ハ、聞き耳を立てても、彼らにハ絶対聞こえないんだっタ」

モトウは、普通の声で続けた。

「ベータ、キミの能力は進化してル。さっき『ある特定のセンサー』といったけド、何種類か知ってるかイ」

「確か……四種類だと、思うけれど」

「そう、僕のところで検査し始めたときはネ。デモ、三ヶ月後の最後の検査デは十六種類になってたんだヨ。人間が手足を動かすのにいちいち筋肉ヤ関節のひとつひとつヲ意識しないのと同じデ、センサーの種類が増えたことには気づきにくイ。デモさらに習熟するにはセンサーの特性も把握しないといけないケドネ……。気づいてなかったろ、自分の『進化』。そしテ、実はそれこそが、長老たちが最も恐れてた事なんだヨ」

　また、頭が混乱し始めた。

「外部と接触して、精神的にいろいろと刺激を受けたせいで能力が開化していったのかもしれないわね」

　そう言ってスカラがさらに後を続けた。僕のプチパニックを悟ったエリイは、そばで何も言わずに手を携えてくれた、両手でさりげなく。

「今はもっと進化しているかもよ。頭の中のテレパス能力を司る神経は、新たに得た感情や学習、そして、それらの経験によって、脳の神経細胞と同じで繋がりが密になる事は充分考えられるから。アナタにとって刺激が強い出来事がいろいろあったものね。どう、何か自分で変化を感じない」

　そういえば、さっきの同期《シンクロ》はすごく鮮明だった。外部の情報が遮断されて機械と一体になった感覚は初めての経験だった。それを言うとスカラは大きく頷き、今度はキャプテンが応えた。

「長老たちは躍起になって君と同じ能力を持つテレパスがいないか調べたようだ。結局見つからなかったようだがね。それは、彼らの『科学』を守るためもあるが、もっと大きい別の理由があった。おそらく今もテレパス村の監視と、君たちの言う人質の検査は続けているが、今のところターゲットは君一人。つまり、君一人が言わば『突然変異体』なんだよ」

突然変異体。

その言葉は得体の知れない不安を僕にもたらした。長老会議が僕だけをサードと呼ぶ。そのことと深く関係している気がした。

エリイが手を握ったままで僕の方を見た。

「ベータ、生物進化が劇的に起こるときがある。その引き金は何か、知っているね」

キャプテンが問いかけてきたから、反射的に答えた。

「いろいろな説がありますが、一番は突然変異」

——まさか！

思わず身体がこわばった。

エリイも驚いたように僕とキャプテンを交互に見ている——知らなかったんだ——この手術にはもっと深い理由があると。

会話に少し慣れてきた僕は、普通人のように想像の翼を広げてみた。

——真相に繋がるキーワードを今、僕は言った。長老たちが恐れていたのは今の僕じゃなくて未来に起こるかもしれない『テレパスの進化』。老い先短い彼らが、そんな遠い未来を考えている。とても好きにはなれない人たちだったけれど、彼らなりの考え方で、この世界の行く末を案じているのだろうか。でも、どんな未来が。

キャプテンが打ち明けてくれた、手術の背後にある長老会議の思惑。それは、僕の想像を遙かに超えた、恐るべき未来予測だった。

「そう、突然変異だ。テレパス自体が突然変異体とも言えるが、ベータ、我々はね、その中でも特に君がテレパス進化の引き金を握っていると予測したのだよ。君は、君自身やテレパスたちが思っているよりも遥かに特別で重要な存在『サード』なのだ。そして、長老たちは確実に君を恐れている。将来テレパスが進化し、対抗勢力となって我々に危害を及ぼすのではないか、その引き金が君ではないかと。もちろん、今回の君の行為は、科学実験に深刻な問題をもたらすものだが、手術の理由はそれではない。彼らは、進化の引き金となる『サード』の欄を空白にするために必死だ。戦いの神アーレスに対抗するアンタレスを、覚醒する前に葬ろうとしているのだ」

戦いの神アーレスに似せて創られたアンタレス。それが、軍神に牙を剝《む》く。

未来に、テレパスが普通人に戦いを挑むとでも言うのか。

——あり得ない。

テレパスは、正直な平和主義者だ。争いを好まない。

医師でもあり生物学者でもあるスカラが、長老たちが今、テレパスをどう見ているかを詳しく付け加えてくれた。ちなみに彼女は、この年齢で（何歳かは知らないけれど）心理学の権威でもある。見かけによらず凄い人なんだ。

「正確に言うと、長老会議や研究者たちは、テレパスを人類の進化形態じゃなくて変異種、まあ変種ね、そう位置づけている。今のところはだけれど。そして、変異種の行く末は大きく二通りなのよ。絶滅か繁栄。変異種が今のままの状態を保って細々と長らえることは、考えられない。前者なら問題はないけれど、後者だったら取って代わられる危険がある。彼らは、普通の人間、あなたたちが言う普通人と、テレパスがこのままの関係を続けるとは思っていないわけ。しかも生物進化は、長いスパンで緩やかに淘汰されて変わっていくものよりも、極めて短い期間で爆発的に起こるケースの方が遙かに多いのよ。おそらく、劇的な突然変異が一個体に起こり、それが何らかの要因で、このあたりがまだ謎なんだけれど、急激に拡散する。つまり、次の世代でその遺伝子が、アナタの直系子孫だけでなく周囲のテレパスにも広まって進化爆発が起こる」

——そうか。彼らはそんな風に思って、あのすり鉢の上から僕を見下ろしていたんだ。

スカラは、さらに続けた。

「とは言ってもね、気分を悪くしないで聞いてほしいんだけれど、あなたたちテレパスの運命は当初は前者、つまり絶滅と思われていた。早世、つまり早く死ぬ人が多いのは、近親婚が真の原因じゃない。千人単位の村だからそんなに近親でもないはず。原因は現代病なのよ。昔ながらの生活をしているテレパスの村でなんと現代病が蔓延していたわけ。遺伝子の第V因子、それが不活性になると血が止まらない血友病の症状を起こす。しかも不活性型の変異型が登場して、昔より重篤な症状が出たり深刻な合併症の種にもなる。そして、この変異型不活性因子が優位になると活性化させるのは極めて困難。癌は特効薬で脅威が減ったけれど、今は『薔薇《ばら》病』と呼ばれるこの現代病が癌に変わりつつある。男性に多い普通の血友病と違って現代の薔薇病は女性もかなり多いのね。女性は特に出産時が危険なの。脇腹にバラのような模様が浮き上がると、もう手の施しようがない。しかもアナタたちの村の医療はずいぶん遅れていた。『セカンド』はやがてポジションを失い脅威でなくなる、そう思われていた。

ところが、医療チームがテレパスの村に入って診察や検査をした結果、意外な事実が判明した。実はこれも機密事項なんだけれど、十代とそれより若い子供たちは、ほとんどその症状がないのよ。つまり私たち普通人にはない遺伝子変異の兆し、あくまでも兆候だけれど、それが見られる。長老会議が持つ危機感の理由が、それ。まさに進化の兆候なのよね。特に一番の危険人物が十九歳のアナタというわけ。彼らはアナタを突然変異種と位置づけて『サード』と名付けた。特殊能力を持つだけじゃなく、知能が極めて高くて身体能力も優れている。たぶん、そのアナタがリーダー的存在になってネットワークフィールドを変えていく事を、最も恐れているんじゃないかしら。ネットワークが活性化すると、テレパス進化の種となる。この先の世代で、次々とアナタのような存在を生み出す危険がある。その引き金となるアナタ、つまりサードという進化の芽を早いうちに摘んでおこうとした。そんな感じね」

――信じられないし、考えられない。とても非現実的なシナリオだ。

スカラがそんな思いを見透かしたように、僕の背中を平手でポンと叩いた。

「ありえないと思っているわね、ベータ。もしあったとしても、アナタの知らない遠い未来だと。でも、アナタ自身が短期間で進化しているでしょう。いや、厳密には生物進化とは言えないから、そう、能力開花ね。だから仮にね、アナタの能力がどんどん開花して、いろんな機械を操作できるようになったとする。操作のコツのようなものを伝授する力を持ったとする。人類だって、二本足で立って生活することを覚えた個体が能力開花を促し、それが次なる進化爆発に繋がった。そんな風にこれから先、アナタが引き金になって、テレパスの能力開化や進化爆発が起こる可能性だって充分にある。どちらにせよ、アナタは二本足で立った初めてのテレパスなのよ。そして、アナタを引き金にしてあっという間に人類の脅威出現。どう、恐怖のシナリオでしょう」

クルーたちが全員、僕を見てきた。

また、彼らと初めて会った時の気分に戻ってしまいそうだ。

──僕だけ、ポツンと離れて壁の向こうにいる。

普通人にとって僕は『とんでもない厄介者』なんだろうか。孤独のイメージがまた、背中からやって来る。

「そんなこと、この手術を正当化する理由になりません」

落ち込んでいる僕を見て、文字通り救いの手を差し伸べたのは、エリイ。握りしめてくれた手から希望の波動が伝わる。

すると、キャプテンが寄ってきて、僕の頭を優しくなでた。

モトウは、僕の目線までしゃがんで微笑んだ。

バズは肩を揉みにきた──痛いんだけれど。

そして、スカラが「何しょげてんのよ」と、豪快に腕を振って背中めがけて平手パンチ！

「ゴホッ。くうーっ」

咳き込んでしまった。さっきの十倍くらいの強さだ。

でも、

――安心した。

普通人とのコミュニケーションは、誤解と理解、不安と安心。刺激が強すぎる。振れ幅が大きすぎるから、本当に疲れる。

それでもたぶん、普通人のコミュニケーションが、時間をかけて薄皮を一枚ずつ剥がしていく感じで深まるのと同じように、普通人たちが作るこの世界もまた、一枚ずつベールを剝がしていくようにして、こんな風にだんだん深い真実が見えてくるんだろう。

スカラが言った。

「これが最悪のシナリオだけど、長老たちはまだ、ベータ、あなたの能力開花に気づいていない」

「絶対に気づかせないサ」

と、モトウが、力を込めて続けた。

「検査データや、観測機の改造記録はボクのチップにだけ保管してテ、あとは全部削除されてるヨ。改造があった事自体、長老たちは知らなイ」

「知らせてはいけない。それが我々宇宙局が出した結論だ」

　キャプテンはそう言って、真っ直ぐに僕を見ながら、続けた。

「未来を担うのが、君たちであって悪いはずはない。しかし今回の任務の中には君の手術も含まれている。いくら理不尽でも、任務の遂行は義務だ。分かってくれるかい」

　頷くしかなかった。

　――その覚悟はできている、つもりだ。

「ありがとう。本当に済まない。だが、そこから先の未来を決めるのは長老たちの世代ではない。そして、我々は敵対でなく『共存』すべき。そして、自然に任せるべきだと思っている」

「だから言ったろう、俺たちも仲間だって」

　バズが、筋肉を見せびらかすように両手をテーブルについて言った。しかしその後でキャプテンから出た言葉は、思いもかけないものだった。

「今回の事でテレパスの進化は遅れるかもしれない。だが、進化が必要ならば、いつか必ず起きる。私は、生物進化の謎の要因こそ、『神のご意思』だと信じている。人間が逆らうのは傲慢な越権行為だし、そもそも、それを支配するなど不可能な事だ」

　面食らって見つめる僕に向かって微笑み、キャプテンは牧師のように言葉を続けた。

「ベータ、信心深い飛行士は、おそらく君が想像するよりも多い。私はワームホールを通っていろいろな恒星系の惑星を見たが、地球のように、美しい海をたたえた宝石の様な惑星には、まだお目にかかったことがない。地球はまさに『奇跡の惑星』なんだよ。私が宇宙で最も感動した光景、それは、他の恒星系のものではない。月面から見た地平線の向こう、漆黒の宇宙空間に浮かぶエメラルドの地球だ」

目を閉じて有名な、そして懐かしいその光景を思い描いた——手前には月面に広がるクレーター群と荒涼とした灰色の地平。その背景にある漆黒の宇宙空間に、ただ一つぽっかりと浮かぶ鮮やかな青い宝石。下側が少し欠けた姿は、どこか別世界から暗黒を貫いて今まさにこちら側に顔を覗かせたかのように思え、青い海、白い雲の渦巻き、うっすらと見える大陸、それら全てが『宇宙の奇跡』。

——神々しいまでに美しい、奇蹟。

「その場に立って地球を眺めた飛行士の中には、神を感じ、その声を聞く者がいる。そんな伝説があってね。実は私も昔、遅ればせながらそれを体験した一人だ。月は今、ややこしい状況になっているから、行くのは難しいが」

僕が目を開けてもキャプテンは目を閉じたままだった。思い出にしばらく浸っているようで、その間、沈黙が訪れた。

神の声の話は知っている。

子供の頃、本で読んだ。

——誰のものでもない。

という声だ。そして、巻末に収められた「月の地平から昇ってくるエメラルドの地球」

を併せ見て、文字通り心が震えた。著者は、伝説の飛行士「シグマ」。僕の宇宙飛行士の夢。その「原典」とも言える子供向けの本で、それこそむさぼるように何度も繰り返し読んだものだ。

シグマは最近、現役を退任したと言う噂だ。それでも、宇宙局のトップとして全飛行士を束ねる存在らしい。表紙には大写しで端正な彼の顔があり、それを印刷して壁に貼っていた。いつか彼のようになりたいと憧れて。それが『はかない憧れ』でしかないと悟るまでずっと。

やがてキャプテンは、僕に微笑みを見せて言った。

「ベータ……、君にも是非、月面からの地球を体感してほしい。確かにそれは誰もが知る有名な景色だが、実際に体験したもの以外、誰も知らない眺めでもあるんだよ」

僕はやがて、この言葉の真の意味を知るのだが……、このときは、その後のキャプテンの言葉の方に完全に心を持って行かれてしまった。

『真《まこと》の心で向かい合う』。人間同士でも、まだ見ぬ異星人とでもそうしよう。『地球人こそが真の宇宙人《うちゅうびと》』。異星人がそんなことを言ってくれる時代を作りたいと思わないかい、ねえ、これを読んでいる美しい奇跡の惑星の宇宙人たち」

心が湧き立った。キャプテンの微笑みは、僕に「知っているかい」とでも言いたげ。知らないはずがない。これこそ、まさにシグマの本に書かれていた言葉。僕が夢を膨らませた世界だ。それを一言一句そのまま変わらずキャプテンの口から聞いた。

「それくらい俺だって言えるぜ。えー、真《まこと》の心で向かい合う。人間同士でも……」

バズを制して、その先は僕が暗誦した。子供の頃の想いと交じり合って胸の高鳴りを止められない。熱いときめきを伴い、飛行士社会への憧れが極限へと振り切れる。

キャプテンは、篤い信仰を持つ者に特有の澄んだ目でそんな僕を見つめると、こう言って僕らの『秘密会談』を締めくくった。

「将来テレパスが、君たちが言う普通人に取って代わる。いいではないか。平和的に行われるのなら何ら問題はない。テレパスも人類なのだから、まさしくそれは人類の進化なんだよ」

七、ファーストコンタクト

僕はモトウと組んで、観測機の内部構造を隅々まで頭にたたき込み、操縦技術を磨いた。エリイは、転がった機体を持ってきたり（女の子でも軽々と持てるくらい観測機は軽い）、ラボや他の部屋の掃除をしたり、水や差し入れを持ってきたりもしてくれた。もちろん、他のクルーに呼ばれて雑用をこなす時もある。よく気がつくし、とても素直だから皆から可愛がられている。でも、体力面にやや不安があるようだ。

僕はメンタルチェックで医務室に行くのを義務づけられていて、そんなとき、スカラが僕を待たせてエリイを看ていることもあった。栄養剤を打ってもらったとエリイ本人は言っていたが、本当かどうか。スカラに尋ねたら「あら、女の子のカラダについて知りたいの」と、軽くかわされてしまった。エリイの正体は依然として僕には謎だけれど、小さなことでも何でも気になって、だからいつも、つい目で追ってしまう。

言葉で告白するなんて、できるんだろうか。どうやって前に踏み出せばいいか全く分からない。誰か教えてほしいけれど、『テレパスと普通人の恋愛Q＆A』なんて、あるはずがない。

テバイに行くまでの航路は、少しだけだが小惑星帯をかすめる。

そこを使って僕とモトウは観測機の実地訓練をした。時間が貴重だが、実験は船を停止させて行った。「猶予がない」と言っていたキャプテンも操縦士のバズも協力してくれた。地球で検査を受けた時のように、せっかく伸びてきた髪の毛を剃られて電極や何かを頭に付けられた。けれどそんなのはもう、全然苦じゃなかった。

そして、初飛行。

僕の身体は、宇宙船の実験室にあるリクライニングシートにもたれかかっているはず。でも、僕が感じているここは本物の宇宙空間だ。背中のひんやり感まで直に伝わってくる。もちろん、生身で飛び出したら、ひんやり感どころの騒ぎじゃない。とは言うものの、船内訓練で感じていたGと空気抵抗がない。寝転がったまま足でちょっと押すだけで、後は何もしなくてもすいすい進んでいく、そんなイメージだ。

しかし進むにつれて恐怖感が心地よさを押しつぶす。小惑星帯と言っても、岩石でごちゃごちゃしているんじゃない。目標物までの航路には塵のひとつも存在しない。本当に何もないんだ。そう、じわじわ押し寄せる恐怖は、ネットワークが消滅したときに感じた絶望的な『孤独』の再来。まさかこんなところで、そいつが網を仕掛けているなんて。

無数の星々が見える。視点を変えれば大きさを増した暴君アンタレスが僕をにらみつけている。それでも、それら全ての背後にある暗黒こそが、このフィールドの支配者なのだと『孤独』が僕にささやきかける。虚無が覆い被さって、体中の毛穴から心臓部へと侵入する。

絶望に支配されそうな中で、救いの手が差し伸べられた——逆噴射まであと十秒、九、八、七、……——モトウの指令だ。音声をそのまま認識しないので訛りがない。当たり前だけれどそんなギャップになぜか心が和んだ。慣性法則に従った等速度運動では同期《シンクロ》効果の実験にならないと言うことで、その後はモトウの指令に従い、加速したり逆噴射で減速したり蛇行したり、そんな動作を繰り返す。それらの感覚がとても軽やかに身体に馴染んでいく。しかし、彼の指令がもう少し遅ければ、僕は頭を抱えて同期《シンクロ》を解いていたかもしれない。

生身で体験する宇宙はそれほどに寂しかった。

測定の結果、僕の操作が及ぶ範囲は直線距離で約三万二千km。ただし、そのあたりになると、タイムラグの感覚が強くなって、操縦のコツをつかむのに苦労した。また、地球で行われていたテレパス波の実験で、途中に障害物があっても関係なくテレパス波は直線、つまり、障害物を突き抜け最短ルートで伝わるようだと予測されていた。小惑星を通過後、その小惑星が船から観測機を隠しても操作に影響がないことがわかり、予測を裏付けた。ちなみに、操作可能距離を超えた観測機は、その後しばらくは同期《シンクロ》を続けられるから等速直線運動をする。そして同期《シンクロ》限界を超えると、普通の操縦でちゃんと戻ってくる。

地球上ではさらに、人質になったテレパスたちを薬品で強制的に昏睡させたりするような、非人道的な実験まで行って、テレパス交信の減衰度を測定し、感知の限界距離を計算しようとしていたようだ。二万km以内という結果が出たらしい。ちなみに地球の直径は一万三千km弱だ。ただし、モトウによると地球上で出したその二万km以内は、根拠のないデタラメな予測にすぎないとのこと。確かに実証実験には宇宙に飛び出さないといけない。彼が出発時にヘルメットみたいなのを僕に被せたのは、限界距離を正しく測定するためだった。その時得られた値は二万三千kmから二万六千kmだったようだが、モトウがそれを地球にどう報告したかは聞いていない。そして、今の実験結果はそれをかなり上回った。進化した結果なんだろうか。

だから、僕らが乗っている船がテバイすれすれまで近寄らなくても観測機の操作は可能。万が一攻撃を受けたとしても、回避が容易になり、船の安全性も高まる。

テバイは直径が約八千kmだから、火星より少し大きくて地球よりは小さい。大気は薄く、そして、自転周期と公転周期が同じ、つまり、いつも同じ側をアンタレスに向けている。地球と月の関係と同じだ。

アンタレスに向き合っている表側は壊滅的で、とても生命どころじゃない。裏側にしても、アンタレスは巨大だから、放射線の影響は避けられない。こんな所に生命が育《はぐく》まれるだろうか。相次ぐ観測機の故障は、やっぱりただの事故だったんじゃないか。

アンタレスはもちろん、初めから赤色巨星だったんじゃなく、これはまさに老年期の姿だ。大昔、テバイも氷に覆われていた時期があったかもしれない。そして、アンタレスの成長に伴ってその氷が溶け、海まで行かなくても水分が地表にある時代も。しかし、地球を照らす太陽の寿命が百億年以上あるのに対し、アンタレスは太陽より遥かに重いため、寿命はたったの千二百万年くらいと言われている。重い星は成長スピードが飛躍的に速くなる。もし生物がいたとしても急いで進化しなければいけないだろう。

しかも、太陽系で言うと木星軌道の近くにまで膨らんでしまったこの巨星は、あと数万年か数十万年で壮絶な最期を迎える。少し前にオリオン座のベテルギウスが起こしたのと同じ超新星爆発が、アンタレスの最期の姿で、その時蠍《さそり》は、心臓を大きく光らせた後でそれを失うのだ。また、寿命が尽きる前でも激しいフレアを何度も起こすので、惑星に生物がいたとしても、たまったものじゃないだろう。

テバイは岩と砂の惑星だ。太陽系に比べると遥かに若いアンタレス星系、その惑星の中で唯一地殻を形成している（ただし、アンタレスに面した表側は未調査）。今までの観測機は正しい情報を何一つ得ていないから、内部に水などの液体があるかどうかすら分からない。実視で、昼夜の境界（トワイライトゾーンと言う）から裏側では、表側からの熱風の影響で砂塵が舞う事が多いのは分かったようだが。

僕らはテバイの、トワイライトゾーンよりも夜側、つまり裏側に千七百㎞進んだ地点。高い山に周囲を囲まれた直径百㎞ほどの丸い盆地に狙いをつけた。砂塵は穏やかだが、薄い雲のようになって盆地全体を覆っている。今までの調査での観測機トラブルは全て、この地点にさしかかる寸前に起きている。

観測機に放射線を防護する機能は一応あるが、船本体のように厳重な防護を施す事はできない。だから、時間との勝負になる。観測機は同じものが全部で三機。どれもモトウの汗の結晶だ。

今までの観測隊は、だいたい上空二千㎞くらいを周回する途中、急にはね返されるようにして操作不能になり、勝手に飛んで行ったようだ。それをやっと回収しても、鮮明なスポット解析ができるはずの地表レーダーの情報でさえ、完全にボケていて使い物にならなかったという。データは特に厳重に保護されているはずなのに。

船は動力パネルに重力制御を使っているので、目的地に最短経路で近づく事が可能だ。でも、どうしても船内重力に影響するから、僕たちはシートベルトを締めていてもゼロGや逆Gや横Gなどでひどい目に遭うかもしれない。そこはバズの腕の見せ所でもある。また、観測機には重力制御パネルは装備されていない。電力がもたないのだ。だから、目的地を探査するには綿密な軌道計算が必要になる。こちらはモトウの腕の見せ所だ。僕はそのプログラムと、モトウからの指令に従って操作すればいい。

今回は、まず手始めに一機だけ試験的に飛ばす。観測機に何かあった時に備え、それが船を離れてテバイを目指した瞬間に、僕が同期《シンクロ》する計画になっている。

やがて、船がテバイ上空約三万㎞を保って落ち着くと、僕らはシートベルトを外した。

そして、観測機が船を離れてテバイを目指す。

僕は、同期《シンクロ》――器械内部の振動は僕自身の内臓の動きのように思える。モトウの指示が来るまでは身体の力を抜いて身を任せればいい。実験でそのコツはつかんでいる。プログラムに従う操り人形の気分だ。

しかし今回もまた、そんな感触を楽しむ心の余裕はなくなった。

小惑星帯での時とは比べものにならない、暴君アンタレスの凄惨な威圧感。後ろの視野に大きく広がり、狂ったようにうねる巨大な紅炎《プロミネンス》の群れ。そしてその対比で、背景にある宇宙の暗黒が僕を吸い寄せる。紅蓮の悪魔と漆黒の死神が相乗効果で僕の身体（計器）を痛めつけ、さらにおぞましい魔王と冥府の王へと変貌する。荒れ狂う魔王の放射線流が身体を容赦なく貫き通す。虚無の暗黒は妖しく手招きしながら覆い被さって、背後から冥界に引きずり込もうとする。物理学だけでは説明できない圧倒的なパワーがひしひしと伝わって目を背けたいけれど、視線をそらすことさえ出来ない。冷たい。背中から全身に広がっていく輻射の冷気が、身震いするイメージを伴って死への恐怖を呼び覚ます。しかも観測機は前にも後ろにも最新鋭３Ｄの眼が付いていて、今回の観測で僕は、三百六十度の視野を義務づけられている。だから逃れられない。巨大なアンタレスはどこまでも付いてくる。死のイメージを増幅させる暗黒を背景にして視界に大きく広がり、いくつもの紅蓮を大蛇のようにぐわっと伸ばして、僕（観測機）に迫ってくる。

「問題の座標まであと一分」

——助かった。モトウ、やっぱり訛りがない。

そんなことを思った、次の瞬間！

『そいつ』は唐突に、何の前触れもなくやって来た。

異質で異様なもの。心の準備なんて全然できていなかった。

――日が差し込む無音のリビング。真っ白。なんでこんな所。動けないスゴいG、壁にぐいぐい。瞬間、目前の空間。何もなかった場所からヌウウッと青黒にょろにょろ、のぺっ、塊。分かれる。右頬へばりつく。顔、動けない。頭右側白壁、白かった壁、グニャリ歪んで青黒ドロドロ、取り込まれる！　あらがう。必死。目と左腕取り憑かれた。視界が青黒粘着質生暖かい。強烈な力。皮膚と筋肉、骨からみしみし剝がされめりめり壁に吸収されそう。右頬左腕、どろり青黒ゲル状変化、見えない向こう側、引きずり込まれてく必死に抗《あらが》う引き込む力強さ増す逃げろ逃げろ逃げろ逃げろ！　身体が斜め傾いた視界が歪んだ手脚がぐいぐい吸収青黒いかーぁべーぇ……行くなぁぁっぁあ

「うわっ！」

背筋がぞわぞわっとして、汗が噴き出しそうになったが、柔らかい暖かい感触が僕を現実に引き戻してくれた。

「……じょうぶ？　……大丈夫、ですか？」

――助かった。

エリイの手にはまるで目覚まし時計のような効果があった。

「本当に大丈夫、ですか？」

「あ、ありがとう……」

かすれた声でそう言って、僕はエリイを見つめた。

懐かしい。そんな感覚と共に、言葉に出せない想いに胸が詰まる、切ない。

――エリイ、もし君がいなくなってしまったら……

胸の中を直接触られているようで、むき出しの切なさと寂しさが湧き出てくる。まるでそれらが記憶に生々しく刻まれてしまったかのように。

「何があったの」

スカラの言葉で、僕は「はっ」と自分を取り戻した。それでもまだ、無防備な心に入り込んできた非現実の余韻がくすぶっている。取り込まれる恐怖よりも深いところにあったもの。

――最後に強く感じた、培養されたような切ない感情の塊は、何だったんだ。

心配してくれているのは、僕の手をまだ離さないでいるエリイだけじゃない。そして、今のこの奇妙な体験を、急いで伝えなければ。

これは、想像していたものではないけれど、異星生命体とのコンタクト、なのか。

みんなの方に向き直り、たった今体験した出来事を、できる限り冷静に話した。

「確実、デス」

いつもと違って、モトウが口火を切る。眉間に皺を寄せて。

「まさに、ファーストコンタクトね」

スカラは、僕の肩を優しく叩いてくれた。いつもだったらもっと強く叩いていた。

「俺たちより先に、ベータ、お前が人類初の栄誉を手にした訳か……」

バズはでも、トーンが低くて羨んでいる様子はない。

「言わずもがなだが、この異星生命体は言語があっても我々の想像を超える異質なものだろう。そして精神構造《メンタリティ》も、今、ベータが体験したようにやはり異質で計りかねないと思わねばならない」

キャプテンは、みんなを見回した。

空気が張り詰めていた。宇宙飛行士たちは全員がそれをコンタクトだと結論付けていた。誰一人「悪い夢でも見たんだろう」などと茶化したりしない。

スカラも、そしてバズだって浮かれて「やった！」なんて言わない。そんな雰囲気ではない。今、人類史に残るような重大局面を迎えたのだ。しかも相手の正体が分からない。対応を誤れば取り返しがつかない事になる。

「モトウ。まず、一番に心がける事」

「イエッ・サー。『真《まこと》の心で向かい合う』。友好関係を築く努力。相手がボクたち以上に恐れてる可能性を忘れるナ」

「よろしい。では、バズ。もし、相手が我々より高い文明を持ち、しかも攻撃的である場合は」

「即座に撤退し、穴を閉じて痕跡を消す、であります、キャプテン……。緊急時に穴を閉じる機能を持たせたせいで船の操作性に支障をきたすのが悲しいのであります」

「余計な事は言わなくてよい」

キャプテンに怒られて、バズは、ばつが悪そうに、「イエッ・サー」。

少し空気がなごんだ。

重力制御は、重い方がむしろスピードが出るけれど、船の操作は難しくなるようだ。そして、これは本当に最悪の場合だけれど、人類の安全保護を考えた場合、自分たちが地球に戻れなくなっても、ワームホールを通過するより閉じる方を優先しなければならないケースもあり得る。閉じるのは『穴』を空けるより遙かに楽だ。

「キャプテン、『箱』を飛ばしますカ」

「いや、モトウ、それはもう少し状況を見てからでいい。『箱』は一台だけだからね」

緊急時のメッセージは、『箱』をワームホールの向こうに飛ばして対応する。しかし『箱』は軽いから、ここからだとワームホールに着くまでに日数がかかる。それが行き来する間、ずっと待機しているわけにはいかない。ワームホール近くに『箱』を置き、中継ブイを立てる方法もあるが、この船にブイはない。状況判断はキャプテンを含むクルーたちに一任されている。

重大な責任だ。とはいえ、僕の話を聞いてからの彼らの言動には澱みが一切ない。

観測機は、弾かれたように反対の方向へ跳んで行っている。

「一旦離れて、作戦を立て直そう」キャプテンから、次々と指示が飛ぶ。「バズ、観測機の跳んだ方向に進路を取れ。回収に向かう。モトウ、観測機の予想進路を算出。バズに送れ。三分以内だ。ベータ、今は危険だ。観測機にシンクロをするな。もちろん、他の機器にもだ」

大きく頷いて、正直ほっと胸をなで下ろした。あの感触を思い出すだけで身震いがする。知らない間にエリイが水を用意してくれていたから、それを一息に飲む。

キャプテンの指示で、僕らは各自の席につきシートベルトをきつく締めた。そして頭を引っかき回されるようなGとの格闘に備える。

「行くぜっ。アーユーレディー」

操縦席についてバズだけが、いつもの顔に戻った。

たぶん、彼はジェットコースターが大好きなんだろう。テバイに近づく時に前後左右いろんなGがかかって、エリイが真っ青になっているのに気づいたバズが「おっと、ごめんよ」と言った次の瞬間からGのお祭りがピタリと止んだ。わざと揺らして楽しんでいたのかもしれない。

で、エリイはきっと、ジェットコースターが苦手だ。

そして――

観測機は予想より随分早く無事回収された。

バズとモトウの連携は見事だった。

特に真剣モードに入った時のバズの操船技術はすごかった。モトウの計算通りの場所でレーダーが観測機を捉えてから、それを格納するまで一切の無駄がなかったし、船も思ったほど揺れなかった。

やっぱりテバイに近づく時は『G祭り』を楽しんでいたんだ。

観測機の解析からデータの刷り込み痕跡が見つかった。一定時間で消えるように仕掛けられていたから、今までの観測では見つけられなかったようだ。遠隔操縦されたのではなく、誤った情報を刷り込まれたための誤作動で、自ら弾けて跳んだ——大きすぎる引力のデータ、そして（そこから脱出しようとしても）引かれて近づいているという誤った情報。観測機のコンピュータは、母船からの操作よりも優先される緊急避難に入り、その後も緊急避難のスイッチが入りっ放しの状態で、偽の引力に抗いながら狂ったように反転して自分から跳んで行った。

でも、重力パネルはないから船の方が断然速い。さらに、回収作業が極めて的確で迅速。だから、刷り込みや放射線によって計器がボケてしまう前に、バズの言う『だだっ子』を取り押さえる事ができた。そして、モトウの素早い分析により、痕跡が見つかった。

「刷り込みと同時に観測機の通信機能を破壊。一定時間後にデータを潰シ、同時にそれらの痕跡が消えるようにしたようデス。痕跡は今はもうすでにあとかたもなイ。スゴイデス」

モトウの報告を受けて、キャプテンは腕を組む。

「恐るべき科学技術と言うことか。いや、科学技術ではない何か未知のものの可能性も考えられる。細心の注意が必要だ。しかし、今までの調査の時と明らかに違うな。今までは上空二千km付近まで近づいたところで、それが起こった」

「彼らも学習したという事かしらね」

と、スカラ。

「俺はベータの存在が大きいと思うな。機械以外のものを感じ取って、慌てたんだぜ、連中も」

バズが筋肉を見せびらかすように、キャプテンを真似て腕組みをして言った後——

沈黙が訪れた。

「五里霧中……デス」

モトウがそう言って少しだけ沈黙を破ったが、確かに、誰も異星人の考えは分からない。本当にいるかどうかさえ、まだ確実じゃない。

とにかく、何かの参考になればと思って、気づいた事をみんなに言ってみた。

「僕も観測機と同じだったんじゃないかな」

全員の目が僕に集まった。

「身動きが取れなくて、僕は彼らに『取り込まれる』と感じて必死に引き離そうともがいた。それは、観測機が刷り込まれた情報と同じだと思う」

言葉が、静かな水面に放り込まれた石のように波紋を広げ、そして、皆がまた意見を言い始めた。言葉でなく思念なら、ネットワークでもこれと似たことがよくあった。

「なるほド、ベータ、当たってると思うヨ。『大きすぎる引力で自由を失う』その観測機内の刷り込み痕跡ト、キミが言った『壁に押しつけられ、引き込まれそうでもがく』というイメージ、一致するみたいダ」

「さすが、ベータ、お前、機械にシンクロだけでなく感情移入までできるとは、スゴイやつだな。お前なら、訳の分からない異星人にだって感情移入できるだろう」

「という事は、彼らは君を、取り込もうとしたのでなく、その逆で」

「追い出す目的でそうした、って事。なるほど、アナタも観測機と同じに思われてたのね」

「そう。確かに背筋が凍るようなイメージだけれど、今まで感じた事がない精神構造《メンタル》に触れた違和感が大きかった。彼らの感情がどす黒いとか、そんな感じじゃ、ない」

「なるほど、ベータ、それは君にしか分からない事だ。そして、極めて重要だ。感覚的なもので不確かだとしても、テレパスとしての君の感性が何を読み取ったか。それは、歓迎ではないようだが、憎悪または支配なのか、好奇・調査なのか、拒否・排除なのか。思い出したくない不気味さもあるだろうが、もっと詳しく伝えてくれないか。きっと、これからの指針を与えてくれる」

　キャプテンの言葉に応えて、僕は目を閉じてコンタクトの感覚を掘り起こそうとした。

「エリイ、すまないけれど手を握ってもらって、いいかな。あの時のように」

　僕がそう言っても、誰も冷やかさない。みんな『真剣お仕事モード』に入っている。そしてすぐに、エリイの手の感触がした。目を閉じていると、エリイが人肌の液体のように、僕の手を伝わって全身にゆっくり染み渡っていくのを感じる。

あの時の感情が呼び覚まされていく。

「僕が観測機とのシンクロを解こうとした時、僕を取り込もうとした者は慌てたようで、何かを伝えたかったんじゃないか。今思い返すとそんな気がすします。僕の方はその時、解き放たれた感覚が強くて、恐ろしさは霧のように拡散して消えたけれど、その後で心を締め付けられるようなとても切ない寂しい感じになりました。まるで『感情の核』をつつかれたみたいで、そこから不安と、そして、もどかしさ、のような。次々とそんなのが湧き上がって……」

その切ない感情がエリイへの想いと同化した。けれど、そこまでは言えない。

「うーん。そういう微妙なのは俺には分からん。ギブ・アップだ」

バズは、肩をすくめた。

「ベータ、アナタ確かモトウとの操縦訓練で、能力の範囲を測っていたわよね」

スカラのその問いには、モトウが答えた。

「なんと三万二千㎞だヨ。スゴイと思わないか。途中にどんな障害物があっても平気で突きぬけちゃう。猪突猛進、じゃあないナ。まるで、ニュートリノ（ほとんど全ての物体を透過する素粒子）みたいサ」

「じゃあ、どうして感じないの。ベータが感じたのはあの時だけよね。その前もその後もテバイの生命体とコンタクトをしないのは、なぜ」

モトウがそれに答えた。普段は口数が少ないが、こういう話題だと途端に舌がなめらかになる。

「考えられる事ハ……、テバイの生命体はテレパス波と直接交信できなイ。放送局の電波受信などと同じデ周波数のようなものを合わせないといけないケド、波長みたいナ何かがちがウ。観測機がベータとテバイ生命体を結びつけるチューナーのような役割をしてるのかモ。どちらにしてモ、シンクロを解くと感じられなイ。もう一つ考えられるのは偏向性かナ。レーザービームのように偏向性が強いものだと、ごく限られた範囲でしか……」

「ベータ、テレパスのネットワークはどんな感じなの。受信しようと思わなければ、全然感じないの」

スカラが、今度はネットワークについて尋ねてきた。

「いや、いつも感じていたよ、地球上では。神経を集中させればその中の特定の部分がより鮮明になるし、感じたくなければ蓋もできるけれど、完全じゃない。いつでも、『そこにある』と把握はできているから」

「波長が違えばネットワークに繋がらない、か。モトウ、この船自体が厳重にシールドで覆われていることは」

「たぶん影響ナイネ。ベータのテレパス波は全く船内シールドに影響されナイから、たぶんアチラも」

「なるほど。ならば、観測機を通さねば同期しない。だからコンタクトできない。それが正解だろう。とにかく異質な存在である事は間違いないが、敵意はないと見るべきなのか。

そして、これからどうするべきか。誰か意見があればどんどん言ってくれ」

キャプテンにそう水を向けられても、誰もいい答えや解釈が出てこないようだった。

また沈黙が訪れ、仕方なくキャプテンは、僕にもう一度意見を求めた。

「つかみ所がないな。突破口が見つからない。ベータ、他に、何か感じた事はなかったか。テレパスのネットワークとの類似点、相違点でもいい。とにかくなんでもいい」

僕にしても、訳が分からなくてつかみ所のない感じだったけれど、とにかく僕らのネットワークと違うところをキャプテンに告げた。

「確かに、異質というのは間違いないですが、相当強力なイメージだったから、僕たちより遙かに力が上だと思います。こう、深い海の底からやってくる強大な力のような……。強さの印象が全然違ってて」

「切ない、寂しい。わたし、そこがとても気になるのですが。なぜ、そう感じたのでしょう」

それがエリイから出たので、僕はドキッとして、

「なぜって。……そう言われても」

言葉に詰まった。

エリイはこういう話の時は、もっぱら聞き役に回って前に出たりはしなかった——僕に手術の話をした時を除いてだが。あの時のエリイは今考えると、やっぱりいつもと違っていた。キャプテンを押しのけ、感情をむき出しにして話すなんて。ちょうど、僕みたいに

感情の核をつつかれたんだろうか。その時君に何が起こったのだろう。そして——君は本当に、ただの体験学習生なのか。

「確かに、それは重要な手がかりかもしれない」

キャプテンの言葉で、僕は「はっ」と我に返った。少し慣れてきたとはいえ、会話への集中力が保てなくて、気を抜くとつい、頭の中で思考が別の方向に回ってしまう。

スカラが提案する。

「敵対の感情はないのかしら。だったら調査を継続しても大丈夫じゃないかな。どう、キャプテン。それとも脳内解析」

調査を継続。それは当然だけれど、でも、あんな経験をした後では、なんだか、尻込みしてしまうところも、僕にはあった。

「いや、時間が惜しい。スカラが言うように敵愾心がないと判断できるかが鍵になる。次に打つ手がこのコンタクトでは非常に重要だ。しかも早急に決定する必要がある」

「もし、あちらさんが好戦的ですごい科学兵器で攻めてきたら大変だしな」

「いや、それはおそらくない。もしそうなら観測機は攻撃を受けて消滅している。今までの観測隊も無事では済まなかっただろう。しかし、だからといって当船が攻撃される危険が皆無と言うことではない。どうしたものか。同じ事を繰り返して、また同じ反応が返ってくれれば、より深く分析できる可能性もあるが、同じ反応を繰り返すとは限らない」

「いいかげんにしろと、ブチギレる危険性もあるな」

バズが二度も不謹慎な発言をしたけれど、キャプテンは叱らない。

皆が深刻になって、また沈黙が流れる。

重苦しい空気になりそうな時、

「逃げてみてはどうでしょうか」

控えめなエリイが今日二度目で、しかも突拍子もない事を言ったものだから、みんな面食らって彼女を見た。

「向かってくると危険を感じて拒絶する。でも、切ない、寂しい。異星生物に人間と同じ感情があるかは不明ですが、本当は拒絶したくなかったのに、せざるを得なかった。そう考えられないでしょうか」

「なるほど。テバイは苛酷な環境だ。危険を察知した瞬間、反射的に排除する習性を持つことは、大いに考えられる」

「すごいぜ、エリイ。ベータに勝るとも劣らない感情移入の天才だ」

「彼らは、危険を瞬時に排除しないと生きていけない。ここでの生存には不可欠な要素ね。言わば特殊能力だけれど、それが備わっているからこそ、こんな過酷な場所で生きられる。生活習慣として染みついているのね」

「なるほド、そうか」スカラの言葉に今度はモトウが頷いた。「機械なら一瞬で弾き跳んダはずダ、ところが今度の観測機はシンクロしたベータが動力を握ってルから、排除しタあと気づいてシマッタ待ってくれ。お話ししようとしタ。デモ、ベータにシンクロを解かれテ、もぬけのカラ。後悔先に立たズ。ベータはその『待ってくれ』を微かに受け取ッタ。そんなところかナ」
「僕には三十秒くらい格闘していたと感じたけれど」

「主観的時間ね。夢なんかでもよくある現象よ、外部刺激を受けた脳がそれよりも遙かに長いと感じる夢を創り出す」

「反射的に排除して後悔か。少々楽観的だが、ないとはいえないだろう。エリイの提案も的を射ているようだ」

　スカラとキャプテンも頷く。スカラは、「やったわね」と、エリイの背中を優しくポンと叩いた。僕を思い切り叩いた時の百分の一くらいで。

　エリイは、はにかむような笑みで応えて、さらに言葉を続けた。

「ですから、なるべくテバイの生命体に危険だと思わせない方法を取れないかと。能力の高い彼らがベータに興味を持ったのなら、おそらく次のシンクロを待っているでしょう。遠くからでも検知してくる可能性は高いと思われます。具体的な距離設定はお任せしますが、敵意がないことを示すには、逃げないまでも近づかずに彼らに調べる猶予を与えるのが良いのではないでしょうか」

「彼らが危険と判断したのは、この船じゃなく観測機ダ。今までの観測機は、当たり前だケド、調査のために近づこうとするばかり。テバイに向けて調査用のビームも出す。彼らはそれを危険と感じて反射的に排除したタ。たぶん、短時間にあの刷り込みができるくらい彼らは優れた技術ト知性を持ってル。そしテ、その波長は学習済み。次に観測機を飛ばせば必ず認識スル。反対方向に飛ばしてみて今度は彼らがどんな反応をスルか、悲観的に考えるト、モチロン同じ反応が返ってくる可能性もあるケド、一発逆転。これはやってみる価値があるヨ」

すると、バズの拍手が大きく船内にこだました。

「確かに、押してもダメなら引いてみなって、昔から言うもんな」

「その方法なら、彼らを徒《いたずら》に刺激しないだろう。エリイありがとう。どうかね、スカラ」

キャプテンの問いに、スカラは、

「もちろん賛成。エリイ、さすが、私が見込んだ子よ。で、ベータは」

「もちろん僕も、賛成」

――でも、見込んだ子って、エリイはスカラの教え子か。

いや、今はそれを考えている場合じゃない。

「全員一致だな。では、その方向で詰めていこう」

「ベータのシンクロを、どうするかデス。どこでシンクロがいいかナ」

モトウの意見に、キャプテンは、

「アンタレス星系は長く留まりすぎるのは危険だ。それにΩ連盟の動きも気になる。できるだけ一回の調査の質を上げなければいけない。それが鉄則だ」

「ベータがはじめからシンクロして逃げるのがベストね」スカラがキャプテンの心情を察

してずばりとそう言った後、恐ろしい予測も付け加えた。「危険を察知すればすぐにシンクロを解くべきだけれど、向こう側に取り込まれる危険はないとは言えない」

エリイが——大丈夫、じゃないですよね——そんな感じで僕を見る。

「じゃあ、多数決かな。ベータ、俺はお前に従うぜ。ステーキを奢ってくれたらな」

「バズ、真面目にやれ。重大なミッションだと言う事を忘れるな」

さすがにこれは、キャプテンに叱られた。

バズは頭をかきながら、

「済まない、キャプテン。でも、ベータに従うというのは、俺の本音だ。分かってくれ。俺はコイツを信頼している。これも、本音だ」

「エリイ、君はどう思うかね」

「わたしは、船内での観測機とのシンクロを提案します。でないと、危険が大きすぎます」

「いや、船内でのシンクロはかえってリスクが大きい」キャプテンは即座に却下する。「この船自体を危険物と認識される可能性が高まる」

「ウオッ。ここの動力に侵入ってか。それだけは勘弁してくれよな」

バズは、大げさに肩をすくめて見せる。

「ベータ、君が決めてくれ。これは多数決で決める事案ではない。君の意志を尊重したい。私は、君にこれ以上、無理強いをしたくない」

皆が一様に頷く。

決定権は、僕に委ねられた。もう一度あの体験をするのかと思うと、正直ゾッとする。でも、この機会を逃すと、異星生命体とのコンタクトが途絶えてしまうかもしれない。

「やります。観測機を船外に出して、できるだけ速やかにシンクロ。それをやらせて下さい。僕も『飛行士』としての仕事がしたい。そのためにここに来たのですから」

クルーたちが、次々とハグをしにきてくれて、場の空気が和《なご》んだ。でも……

エリイは、僕の手を握ってくれただけだった。

「ごめんなさい、ベータ。あなたを危険な目に」

小さくて柔らかい手。

――温かい。

心の底から心配してくれているみたいだ。でも、ハグしてくれない。君がハグしてくれたなら、僕はアンタレスに飛び込むことさえできるだろうに。もちろん観測機としてだけれど。

後から聞いた話だが、エリイの故郷では、テレパスと同じでハグをする習慣がないらしい。きっと、エリイのように奥ゆかしくて礼儀正しい人たちが住む国なんだろう。昔は、挨拶などの風習を国際標準として統一しようという動きもあったが、今では逆に、国ごとの文化と捉え、尊重すべきという風潮になっている。濃い挨拶を強要しない、それが宇宙時代の心構えのようだ。例えば、僕らの握手が異星人にとって、とんでもない行為かもしれない。逆に僕たちにとってとんでもない事が、異星人の挨拶になっている可能性だってある。だから、互いに強要しない文化を作るべき。ピンと来ないところもあるけれど、そういう事らしい。

僕はそんな事情を知らないから、こう思った。

――僕たちのつきあいは仕事上。ただ、それだけのこと。

普通人は難しい。

「エリイ、僕に異変を感じたら、こんな風に手を握ってほしい。あの時も、それがすごく助けになったから。……いいかな」

エリイは、僕の手を予行練習のように握って、大きく頷く。もちろん、お仕事モードで。

「ヒュウ。いい感じじゃないかお二人さん」

お仕事モードを破ってはやし立てたのは、もちろんバズ。

「ほんと、お似合いよね」

スカラもそれに倣って後ろから、僕たちの背中を軽くポンと叩いた。

「いや、そんなんじゃなくて、これはあくまでも職務で」

僕は慌てて、首と手を大きく振って否定した。エリイも、握っていた手を慌てて放して顔を赤らめながら、僕と同期《シンクロ》するように同じ仕草をしたものだから、それがまた皆の笑いを誘った。

エリイが、「お似合い」と言われて「わたし、ベータが大好きよ」なんて言うはずがない。テレパスにとってそんな非現実的で自分勝手な妄想をするのは、とても恥ずかしい事なのに、「そうならいいな」と、ちょっと思ってしまった。

——ああ、恥ずかしい。

そう言えば僕は、『普通人に憧れるなんて、恥ずかしい』。壁に貼った伝説の飛行士シグマを剥がしてからずっと、そう自分に言い聞かせて普通人を拒絶してきた。

この任務を終えたら、その、『普通人』になる。

手術の恐怖と飛行士への憧れが、胸で交叉する。

マイナスとプラスが激しくせめぎ合う。

八、テバイ生命体

「ベータ、絶対に無理はしないで下さい。わたしの手を感じたら、絶対戻ってきて下さいね」

エリイは「絶対」を繰り返し言った。船外同期《シンクロ》を前にした僕の右手を自分の小さい両手で固く包み込むようにして。どこか遠くに去ってしまう人を見送るかのように、いつもより随分強く僕の手を握った。

その強さに心臓が反応して、ただ黙って頷いた。けれど、心では、

――ありがとう。大丈夫、大丈夫。

そう応えていた。大好きな人の所に必ず戻ってくる。それに僕の体は船内にある。船外に出るのはもちろん観測機だけだ。でも……、絶対に無理をしないと言い切れるかどうか。この先何が起こるかは、誰にも分からない。

「ベータ、友好的に。いいね、『真《まこと》の心で向かい合う』。真心を伝える事が今後の交流への道を開くからね。そして、『恐怖心に支配されるな』。相手が君に恐怖を与えても、我を忘れて攻撃的になってはいけない。冷静に状況を見つめる事。相手も君を恐れているかもしれない。そして、恐怖以外でも明らかな精神攻撃をされたとき、または、それを予見した

ときは即座にシンクロを解きなさい。決して反撃してはいけない」

「了解。キャプテン」

異星生命体との接触マニュアルは頭にたたき込んでいる。キャプテンもそれを承知していながら、それでも基本中の基本を繰り返し僕に言い聞かせた。

それ程に、重要な任務だ。

観測機が今、放たれようとしている。

結局、観測機が出た瞬間でなく、ゆっくり旋回させながらテバイ上空一万キロに達したところで僕が同期《シンクロ》することになった。そこからは進行方向も含めて全て僕の操作に委ねられる。どこで接触が起こるか分からない。精神力が続く限り全て僕が操作する——エリイが手を握るまでは。

そして、観測機を出しておよそ三十分——観測機自体に異常は見られない。

「GO!」

モトウの号令が出て、僕は観測機に意識を合わせていった。

いつもの何倍も慎重にドアをノックする。慣れ親しんだ『一号機』とは、違う匂いがある。今回は、視野調整も含めて全てが、僕の自由になるが、他人の家にお邪魔する気分で、恐る恐る入り込んでいく。ぼんやりかすんでいた宇宙空間が、ゆっくりと、鮮やかさを増す。アンタレス方向の、カメラは、切っておくか。宇宙船の姿は、遠くて、見えない。動力を、止めたこの家は、このままでは、テバイに近づいていくが、ほぼ等速運動で、今のところ、彼らが、脅威に感じるような、速さでは、ないだろう。さて、しばらくこのままに、しておこうか、それとも……、少し、遠ざかって、反応を、うかがうか……。

そうこうするうち観測機がようやく我が家になり、やがて僕自身と完全に同化したが、何かしらの違和感が消えずに残る。そしてそこで初めて気づいた。

――遅すぎる。

時間感覚がおかしい。等速度の運動も、視野の切り替えも、脳内電流でさえもが全て、広い浴槽に浮かんでのんびり昼寝をしているような………


僕は浮かんでいる。

燃えさかるアンタレスの表面を漂っている。

アンタレスの引力に負けて、落ちてしまったんだろうか。

いや。あり得ないし、もしそうだとしても生きているはずがない。

炎の渦に呑み込まれもせず、ゆらゆらと浮かんでいるようだ。

熱さは感じない。代わりに手の温もり……

――エリイ！

あの、青黒いのぺっとしたものたちが現れて、両側からエリイのフォルムになって増殖していく。

――何かに取り込まれてしまったのか。

首は動くけれど金縛りのように身動きが取れない。それでも不思議なことに、一回目のような恐怖心はなかった。

青黒いエリイの集団は、ザアッと音を立てて僕を囲むように堆く積み上がり、四方から「ハグ……、ハグ……」そう、耳元で囁いては身体が触れようとするその瞬間に霧になっていく。

――ハグしたいのに、できない。

永遠に続くかと思われた「ハグ……」のじらしだったが、やがて水平線の彼方まで広がっていたエリイの群れ全てが、ゆっくりと青黒い海に呑み込まれていく。

そして、静寂が周りを包むと、次の瞬間、海がコールタール状の粘つく感じに変わり僕に覆い被さってきた。僕の中に入り込んだコールタールがいくつもの赤黒い泡となって体中から吹き出していく。「覚えておくんだな」「アクマのショウメイ」「オマエハ、科学ヲボウトクシタ」「普通人には秘密があるんだよ」「キミハ飛行士ニハナレナイ」「シグマなんてウソツキだ」

胸をえぐりながら泡は赤黒い空に同化していったが、そこでまた風景が大きく変わった。

――きれいだね、パパ。

一面の星空だ。テレパスの村で、手をつないだ青黒い顔の父が語りかける。「母さんはきっと、見てくれているよ」「うん、絶対に行くんだ。あそこに」

幼い僕の言葉が終わると同時に世界がグニャッと歪んで砂嵐の中に吸い込まれて消えた。

そしてまた、青黒い海が現れ、僕は今度は赤ん坊だった。仰向けに大の字になった同じ僕が次々と増え、海を覆い尽くしていく。僕はその赤ん坊たちでありながら、それらを空から眺める存在でもある。その意識が一体になっている。神秘的なこの感覚をもっと味わいたくて深呼吸。すると、吐く息と呼応するかのように風景が色づき始め、虹色の波紋がいくつも出来て混じり合いながら海から空へと広がっていく。

――心地いい。

僕という名の細胞が一体となって作る『僕』。

昔、こんな感覚があった気がする。

なんだか……懐かしい。

『よ、う、こそ』

突然、耳元で声がして、全身がしびれた。

すると場面が変わって、

そして――

テバイにいた。

なぜか分からないが、そこがテバイだと確信出来た。

テバイの生命体と接触《コンタクト》している事は、間違いない。

――今までの幻影は何だったんだろう。頭の中を調べていたことは間違いないが、彼らはいったい何者なのか。

「彼らは何者なのか」

つぶやいたその瞬間、突然赤ん坊のイメージを保ったまま、キラキラした新しい世界に飛び出した。

生まれたての僕を慈しむ暖かい輝きに包まれながら、広い世界に出た喜びを全精神で享受する。

――生まれた時、こんな世界にいた気がする。

そう、まさにこれは、

――ネットワークフィールド！

僕たちのとは比べものにならない強力で堅固で濃密な、そして、見事に統一された。いや、そのイメージは統制や統率ではなく、調和と融和。

僕は色とりどりの光の塊たちになってぱあっとはじけ、万華鏡の幾何学模様を作ったかと思うと、優雅に波打ち、その動きの方向によって様々に彩色された波形に変えられる。速さによる濃淡が生まれる。ダイナミックな振動、繊細で滑らかな波動、そしてシャープな躍動感。それらのイメージもまた次の瞬間、色の明るさやコントラストや彩度のイメージに変わり、そしてさらに光が和音と連動する。様々な動きが見事に連なりあって、僕の波の濃さと明るさの違いが和音の音色や音の大きさの違いになる。今まで耳にしたことがない澄み渡った純粋な音色、いや、僕自身が音そのものでハーモニーを奏でながら、二十色はあろうかという、知らない色で溢れた虹の世界に包まれる。紫外線や赤外線までも、そして低周波や高周波までもが僕自身のような超感覚。僕自身が鮮やかな色彩と和音の競合体のよう。いや、それでも足りない。言葉ではとても語り尽くせない未体験に溢れる、異次元の調和世界。全てが調和し、融和し、そして虹色の和音の中で慈しみ助け合いながらひとつになっている。全てが包まれている。慈愛に満ちた、命への優しさが隅々にまで浸透した、そうすることで限りなく強固となるネットワーク。ここは、

――『理想郷』だ！

僕は、圧倒的に広がる美しい世界の構成員だった。この世界をみんなに伝えたい。そうすればきっと、世界は変わる。そう、この理想郷には世界を変える力がある。

――地球に帰った僕に、何ができるんだ。誰にも伝えられないじゃないか。

突然、その想いが大いなる空しさを引き連れて押し寄せた。

手術をされると聞いて覚悟はした。それでも、心にぽっかり穴が空いたようだった。失って一生取り戻せないもの。感じられないもの……。

しかし、そんな心の空洞は次の瞬間に埋め尽くされ、それよりさらに何倍も大きな至福が包み込む。

今、僕は光の粒たちのような、ハーモニーの中の音符たちのような、生まれたばかりのそんな存在になった。肉体は宇宙船のリクライニングシートにあるはず。そして意識は観測機の中にあったはず。けれど、それでも、不思議と身体の隅々までネットワークと繋がっている感覚で、感動の大波がフィールドを通して全身に打ち寄せてくる。

──ああ、ここにいたい。

その時、思念波がやってきた。

『ありが、とう。君、こそ、が、私の救世主、だ』

慌てて辺りを見回した。

虹色のフィールド。でもそれは普通人には感じ取れないもの。突然観測機の映像に切り替わる。地面は赤茶けて荒廃している。そこに生命の痕跡は見て取れない。間違いない、ここは惑星テバイ。しかしそれは一瞬のこと。視野も頭の中も、僕の周りだけでなく僕を含めた全てが、再び理想の世界に戻されると、虹色の世界の底から、モノクロームの泡がザワザワと湧き上がり、無数のそれらがシャボン玉のように空に舞った次の瞬間、一斉に僕の意識目がけてザッと押し寄せてきた。

テバイ生命体の歴史だ。イメージの塊は僕を包み込み、ゆらゆら揺れる走馬灯のように駆け巡る。しかし、粒子がとても粗い。埃を被った古いテキストの付録ディスクで見る、変色したノイズだらけの記録映像みたいに。

──僕に伝えてくれているんだ。「彼」がテバイ生命体の代表なんだろうか。

「彼」が教えてくれるテバイ生命体の歴史──

黒い塊、ゲル状のもの、それこそがテバイの生命体で、その二種類の生物を中心として数十種類の生命体が共存して地中に棲息している。地球とは違って、生物の種類はあまりにも少ない。

恒星としてはとても短い寿命の中、さらにより短い周期でフラッシュ（核融合の反応が切り替わる現象）を起こし、異なる反応元素の層を積み重ねながら巨大化していったアンタレス。しかし、繰り返される環境の激変が生命の素を生んだ。テバイ生命体は、氷の中の有機体として発生し、金属を取り込んだ複合体を作り上げ、盆地内の小さな水たまりの中で劇的に進化をしていく。アンタレスの変貌によって繰り返し壊滅的な打撃を受けるが、かえってそれが進化を驚異的に加速する。痕跡を繋ぎ、地中へと棲み場所を変え、ネットワークを強化し防護を固める。ある種の放射線の他に地熱もエネルギー源として取り込みながら再進化を続ける。しかし、地熱だけの深い場所では生きていけない。かといって浅すぎるとアンタレスが引き起こす災厄のダメージが大きい。さらに、繰り返される地殻変動。テバイ生命体の歴史は自然環境との戦いの歴史だった。

地球上の生命が持つ最も根源的な本能は種の保存。それがテバイでは、生命そのものの保存に変わる。協力して強固なネットワークを構築することが生き残る道。

――生命同士が戦えば自然環境に負けて絶滅してしまう。

エメラルドの地球。それ自体が素晴らしい宝物。その代償としてある掟《おきて》。しかし、それは地球上に限った掟。宇宙に通用する掟とは限らない。戦いの神に対抗する共存の神が、ここアンタレス星系で、惑星テバイの生物を作り出し、生物はその法のもとでネットワークを進化させていった。

――共存の神にしか守ることができない世界。

その神こそが、巨大な破壊神アンタレスに対抗できる唯一の存在。

生命体がまた、思念波を送ってきた。はじめのたどたどしさはもうない。

『私は地中に棲息している。ようこそ、この地へ。そして、ありがとう。蘇ってきたのだよ、悠久の時の中で埋もれていた

…記憶が』

ダイレクトにくっきりと、フィールドそのものが僕の中に広がる気がした。テレパス波とも、普通人の言語とも異なる思念波だけれど、とても心が落ち着く響きがあった。極限とも言える過酷な環境に、こんな『理想郷』があるなんて。それとも、これくらい過酷でないと、真《まこと》の神は降臨しないのか。

『君のいる、地球の環境こそがまさしく理想郷ではないか』

美しい草原。のんびりと草を食んでいる草食動物が何かの気配を感じてピクッと身体を震わせ駆け出す。それに背後から襲いかかる肉食獣。場面が変わり、集団で槍を持ち、獰猛な獣に立ち向かうホモ・サピエンス。「彼」は僕の中にある知識を検索しているようだ。探られているくすぐったい感覚があるが、不気味さはない。むしろ心地よい。

『しかし、そこでは生命同士が捕食し、それによって淘汰が起こる。豊穣であるが故の残酷。そのような理《ことわり》もあり得るのだな』

彼の意識に僕は野蛮な生物と映るのだろうか。

『それは違う。それぞれの生命は与えられた環境に適応して、最も効率の良い方法を選択するのだろう。私は「生命」の概念が覆されたことに戸惑っている。情報共有能力のない生命活動が存在するなど受け容れがたいが、豊潤な環境であるならそれも可能と言うことか。いきおい、個体数を調節するため、意志を無視した犠牲が伴うのは摂理。捕食者と被食者、それらは対立ではなく、共存だ。同じ地球生命としてその環境で生き抜く理《ことわり》と言えるだろう。
とにもかくにも、君には感謝している。
君は、私に新しい概念をもたらしたと同時に、忘れていたものを思い出させてくれた。昔の私、そう、私の「歴史」を』
すると、僕と一体化していた虹色の堅固なフィールドが突然薄れ、ベールのように頼りない膜状空間へと変貌した。薄れたフィールドと対照的にゲル状の生命たちの動きがクローズアップされる。地表を避けて助け合いながら地中へと潜っていく。遅れた小さな生物を不定形の触手でつかんで背中に乗せる。粘膜をくっつけ合って、落石から他の種族を守る。それらの行動がコマ送りのように展開されていく。これらもまたテバイ生命体の歴史。でもイメージは、先ほどの歴史イメージよりも鮮明だ。「彼」の記憶そのものがだんだん鮮かになりつつあるのだろうか。いや、それだけじゃない。「彼」との一体感が増して、記憶や感情を自分のもののように把握できるようになってきた。そう確信できる。今の僕には。

また、虹色のフィールドが現れ、僕はその構成員から、フィールドそのものになった。

『君の概念に従うなら、私はテバイ生命体の統合意識だ。ネットワークフィールドを強固にしていく中で意識を統合し、一つにした。しかし、恥ずかしいことだがそれらの事柄をノイズに埋もれさせて忘れていた。この世界で唯一の存在であることを当たり前と思い、やがて、それについて何も感じなくなっていたのだ。フィールドを保つため、障害となるものや不都合なものはノイズとして埋没させていく。その機能はおそらく君のネットワークにもあるだろう。

だが、機能を広げすぎたのか、かえって真実が、そう、私の中にあった「真の歴史」が埋没していた。昔を忘れ、自分が世界のはじめから唯一存在する者。自己を守りながら闘い続ける唯一無二の存在。久しくそう思うようになってしまった』

「彼」は、僕に語りかける。もちろん今までの語りかけも「言葉で」ではない。それは、僕の記憶部位にダイレクトに、情報信号を液体として流し込まれているような、生暖かい不思議な感触を伴っている。

そして僕とのファーストコンタクトのイメージは、「彼」にとっても不気味だった事を知った。僕の姿形を記憶から把握した途端に、激しく混乱したようだ。

『生息地に向けての信号は私には自然の脅威と同等に思われた。従って反射的に排除した。私が君を初めて感じたとき、あまりにも異質であるから、正体を測りかねたのだが、同時に君は忘れていた何かを私にもたらした。しかし、反射行動が先立ってしまった。後悔したが遅かった。済まない。

それでも君は再び訪れてくれた。心より感謝する。

忘れていたのは「他者」の概念だったと知ることができた。私に与えたインパクトは計り知れない。それが引き金となって、昔の記憶が鮮やかに浮かび上がってきたのだ。

排除機能によってノイズ化され、この世界の意識あるものはもともと自分だけだと思い込むようになっていた私を、君が瞬時に変革したのだ』

モトウが言ったことはほぼ正解だったようだ。「彼」の戸惑いと後悔が切なさ・寂しさとして僕を共鳴させたのだろう。そして二回目では、一回目よりも随分早く僕の存在を認識した。恐る恐る触手を伸ばして探りは入れたものの、最後には僕自身を認知してくれた。

そして先ほどから、僕に流れ込んでいるのは、「彼」自身が掘り起こした古い記憶の塊だ。

『こうして、君を感じることは無上の喜びだ。君の持つネットワークフィールドのイメージ。たくさんの君が手を繋ぐイメージは、君が赤ん坊の時に持っていたイメージなのだよ。まだ他者を認識せず、飛び出した広いフィールドが自分自身の分身で溢れているかのよう。まさに私のイメージと共鳴する。

従って私と君を繋げる象徴となった。発見できたのは幸運だ。深く沈んだ場所に他と違う何かを感じて取り出したのだ。

君はその頃を覚えていないようだが』

驚いた。僕が思い出せない記憶まで「彼」は検索したのだ。

『君の心を大きく占める。エリイという存在。そのイメージは、私には理解に苦しむ。よって、増幅させたりもしたがやはり意味がよく分からない』

テバイ生命体は細胞分裂で増える形態なので異性の存在が分からないのだろうか。確かに僕にも、「彼」の異性イメージは伝わってこないのだが……、それにしても増幅しすぎだと、思う。

『さらに、父、そして宇宙と君の夢。これらには衝撃を受けざるを得なかった。君のような生命の形態はまだ理解しかねるが…、そして、宇宙とはそれ程に広いものなのか。私がここで感じている世界は、次元の概念こそ君とは異なるが、宇宙の中でなんと小さいものなのか。そう理解はしても、当初は受け容れることが出来ず、思わずノイズで埋めようとしてしまった』

人類の歴史では地動説ですら初めは拒否され、受け容れるのにかなりの年月を要したが、「彼」はもうすでに、僕の知識や経験を吸収した後、自身の価値観を作り直し、宇宙を理解しようとしている。瞬時に意識を改革した事も含めて潜在的な知性は僕らの遥か上を行く。僕には感じ取れない概念もあるようだが、それでもお互いが近しい存在になっていく。

警戒を解いた後の「彼」は好奇心に溢れ、僕らはさらに互いの意識を交換し合う。

『君はその「宇宙船」という乗り物で君の住む地球という惑星は不思議で、なんと美しいなるほど、質量が重力を生み、その本質は時空の歪み君はそう捉えるのだね。そして量子力学を受け容れる過程、非常に興味深い。認識の次元限界は致し方ないおお、味覚というもの、なんと甘美で魅惑的な……』

フィールドが、僕の概念のひとつひとつに興奮してさざ波のように、二十色の光の粒をまき散らす。その中を心地よく漂いながら、僕は思念を返す。

――「君」の創るネットワークにまさるものはこの世にない。これ程美しいものに出合ったことはない。僕は幸せだ。このネットワークは「君」そのもの。だからこれが「君」の人格なんだね。僕は「君」を心から尊敬する。

『私は君が羨ましいよ。君は「機械」というものを、その素晴らしい「手」という器官で組み立てたり動かしたり出来る』

――「君」も、観測機を操作できる。

『私はそれを創ることは出来ない。君の文明を創り出すことは不可能だ。いや、君でなく、君たち……。君は、このフィールドを彼らに体験させたいのか。それは非常に興味深い。しかし、意思疎通を持たない知的生物がそれほどまでに多く存在する……。

私にはそちらが実感できない。君に出会って私の歴史を掘り起こすことが出来たが、君の生物概念では、今の私という意識統合体は群体または一個の多細胞生物と見なされる。私はその形態で永い時を過ごしてきた。より高い意識レベルの存在となる。それこそが生命進化の真の目的であると私は理解している。

私には一つの生存区域に進化の頂点に立つ存在が多数あって競い合っていることが実感不能。君以外の存在と接触していない。君以外の存在を君の中でしか見いだせない。今の私にとって、君こそ唯一認められる他者。それは何物にも換えがたい。そう、君こそが私のかけがえのない存在だ』

――もちろん、僕もそうだ。「君」は僕の理想……。

僕は心の底から共鳴してそう返したが、『君』の思念から僕は、一回目のコンタクト直後に味わったのと同種類の寂寥感《せきりょうかん》を同時に受け取り、その切ない感情もまた胸のどこかで共鳴した。『君』はまだ、僕以外の存在を実感できていないようだ。極めて高い知性を持つ存在でも、イメージ困難な苦手分野はあるのだろう。エリイの存在についても戸惑って認められないでいる。僕の体は今、船の中でみんなに見守られているはず。エリイは、まだ僕の手を握っていない、と思う――エリイ、それを、もうちょっと待っていてほしい。

この『理想郷』をもっと深く知りたい。

ずっと、ここで感じていたい。

ずっと、調和と慈愛に溢れた虹のネットワークで過ごしたい。

僕の傍《かたわ》らにテバイの『君』がいる。

久しぶりのネットワークでの意思疎通。異星でも、しっくり馴染む感覚がある。

ずっとこの世界を漂っていたい……

『私と共にここで、君がアンタレスと呼ぶ存在を糧としてくれるなら、これほど心強い事はないが、それは難しいだろう
しかしやはり気になる
君の中にある「人間社会」がひっかかる
理解しがたい
それは「進化」の概念の掛け違いなのか』
昔の記憶を取り戻したにもかかわらず、僕以外の他者を受け容れられない理由が、進化のイメージが食い違っているからなのだと、『君』は主張する。僕は答えた。
——生命は他の生物との生存競争に打ち勝って子孫を繁栄させることを目的とする。そのために生存に優位な形態へと変わっていく過程のことを進化という。確かそんな感じで習った。
それは、この環境では通用しないということか。
『いや、君は進化を二つの意味で使っている。気付いているだろう。自分自身の能力が向上したとき、それを進化と捉えた。しかしそこに生存競争云々の意識はない』
——確かにそうだ。自分の能力が開発されることを進化と思ったが、それは成長と考えた方がいいかもしれない。
『そうではないのだよ。能力が向上することで意識レベルが上

がるという、本来あるべき進化概念が君に欠如している事こそが問題なのだ。君の頭の中にある「人間社会」と言うものも同様だ。独立した膨大な数の個体が棲息地域によって国家という集合体を作る。確かに理にかなっている。今はそう理解した。私と君が持つ意思疎通能力がないから、意識共有体を構成してその勢力拡大を図る。

しかし君と同様、その国家なるものに進化の概念が欠如している。君の認識不足による可能性もあるから断言は出来ないが、個人と比べその人格が進化しているようには思えない…』

その時だ。

突然景色が一変した。音のない稲妻の直撃を受けて、体中の毛穴が総毛立つ感覚とともに僕は激しく振動し始め、引き裂かれるような痛みを伴って身体全体の振れ幅を拡大していく。そんなところに第二弾三弾。光を失ったネットワークを稲妻の光条が幾筋も貫く。

『心配ない。じきに修復できる』

これが、アンタレスが引き起こすフレアだ。予測できるものもあるが、中にはこのように予測不能なものもあるようだ。その場合は時間との勝負だ。より速く、より速い的確な対応が求められる。それでも、
衝撃的に痛い！！！

ビリビリとチクチクが合成され果てしなく増幅されて体中を駆け巡る。痛点が悲鳴を上げる。節々が削られえぐられていく耐えがたい痛み。

収まった後も衝撃の余韻は覚めない。身体がえぐられる感覚なんて、もし地球上でこの感覚を体験したらおそらく命に関わる深刻な状況に陥るだろう。それでもネットワーク、つまり僕自身は、あちらこちらでまたたきを始めながら虹の光を取り戻していく。

『よくあることだ。さて、先ほどの続きだが』

平然と落ち着き払った『君』を感じて、なんとか冷静さを取り戻せた。でも、痛みの余韻は醒めやらない。

『国家というものはまるで、君の生物進化の固定概念によって君自身が作りだしたコミック上のモンスターのようだ』

え、本当に続きなんだ。そう思うと、さらに『君』が近い存在に思えた。今の体験で、一緒に苦難を乗り越えてきた同胞、いや、もっと近い。尊敬の念をベースにした分身のような、そんな感覚を持ち始めている。

『意識個体が集団を成してなぜ、高度な意識を持つことなく非進化の方向性を取るのか、理解不能だ。

君は進化しなければいけない。そして、君は進化できる。私と共に君自身も進化してほしい。仮に社会や国家というものが本当にあるなら、君はなおさら闘わなくてはいけない。君は本物の闘いをイメージするべきだ』

——テレパスは戦わない、のだよ。

『いや、君の闘いに対する誤ったイメージこそ進化させるべきなのだよ。繰り返すが、本当にそのような社会があるのなら、君は闘って勝ち取るべきものを見つけることで進化するはずだから。しかし、仮想世界を話題にするのはこのくらいにして、現実に立ち戻ろう』

本物の戦いとは何かと疑問を投げかけたが、『君』はすでにその議論を打ち切り、代わりに、避けて通れない恐ろしいイメージを私に突きつけた。

『終末が迫っている』

地球ではない。このテバイに重大な危機が迫っているというのだ。

アンタレスの成長に呑み込まれ、何万年か後にテバイは滅びる運命だが、それとは違う。私が理解出来る限りでは、惑星規模の大規模な地殻変動のようなものらしい。アンタレス星系は誕生してからせいぜい一千万年程度。太陽系の四十六億年に比べると遙かに若い。ほとんどの惑星はまだ固まりきっていない状態だ。その中でテバイだけが（トワイライトゾーンから夜側部分にかけての情報だが）地殻が存在し、それが調査対象になった理由の一つでもあった。とはいえ昼側と夜側の激しい環境の違いなど、惑星自体に不安定な要素が多いのだろう。

『君』の知性は極めて高く、長年のデータで（私は地球との時間感覚の違いがまだ完全につかめていないが、おそらく）あと百年以内に、地球で起こるそれとは比べようのない強大な変動が惑星全体に及び生命は滅亡すると、予測していた。テバイ生命体の歴史でも、百年後はすぐ間近だ。

――ここを離れるべきだ。安全な場所を探そうではないか。

『君』を運んで、別の場所に連れて行けば良い。

『いいや、悠久の歴史を刻んだこの地を離れることは考えられない。私にとってこの地は、もはや体の一部なのだ』

――しかし、滅亡したら終わりだ。そのようなことは言っていられない。

『それが運命だ。ここを離れることは私にとって死よりも遥かに深い恐れ、そして悲しみなのだ。私はこの地と運命を共にしたい。そうさせてほしい』

痛いほど『君』が私に伝わってくる――『君』の終末イメージは、虚無の暗黒でなく、均一化された光の粒だった。それが無限というイメージと重なっている。平坦でどこまで行っても、いや、行くという行動さえもが無意味な、ゼロと無限大が重なる白い均一世界が『君』の終末。対して、この地を離れる『君』のイメージこそが、不気味なおぞましい冥府なのだ。暖かい領域から無理矢理引き剝がされ奈落の底に墜ちていくと、深い暗闇の底から得体の知れない化け物たちが舌なめずりして湧きだしてくる、身の毛もよだつ地獄絵図。

否定できない。一体化して、それらのイメージを共有している今は。『君』はその形状や生命維持の方法から考えても、この地と深く融和しているから。

そしてその一体化が、心地よい。『君』から押し寄せてくる光の粒が、柔らかい波が、私を包み込み、『君』の傍《かたわ》らへと私を誘う。

決心した。

――では、私もここに留まろう、『君』と一緒に。ここで『君』と共に進化したい。

心の中をいろいろつつかれて、奥底にくすぶっていた本音が噴出した。

一番大切なもの。

ネットワーク。

――失いたくない。

二度と感じられないと覚悟はしていた。

自分自身にそう言い聞かせて納得したつもりだった。

けれど……

感じていたい。二十色の虹の世界を。

――私はずっとここにいたい。

それに対する『君』の感情が伝わってくる。暖かい波動が生む一体感と、共に未来に立ち向かう期待感。そして、その奥にあるかすかな戸惑い……。

『君は私にとって、すでにかけがえのない存在だ。自分以外の他者が有り、他者がかけがえのない存在たり得る。その概念は素晴らしいのだが……』

私はすかさずこう返した。

──ひとつになれる。

『ひとつ……か。君の実体はここではなく、宇宙船とやらの中にある。少し時間はかかるが、完全に君の全てをフィールドに投影すればたとえ実体が滅んでもここで生き続けることは可能だ。

意識の次元での繋がりも試してみよう。

実現不可能とは断ぜない……』

その時だった──

──エリイ………

暖かい何かが「僕」をつかんだような感触が。

手のひら？

何だろう。どこか、別の世界のような、でも懐かしい。

──エリイ………？

そのイメージが理解できない。君と呼べるのは、それは、テバイの『君』。

やがてそのイメージは、ノイズの中に埋没した。

美しいネットワークの中に「私」は、いる。

──「私」は『理想郷』に、いる。

「私」はここにいたい。どうやったら、ずっとここにいる事ができるのか。

いや、「私」は、どこにいたのか。「僕」はカンソクキ……？　ウチュウセン……？　イメージが繋がらない。

「私」の中に『君』がいる。

いや。

『君』の中に「私」がいる……。

分からない。どっちだ。

堂々巡りの中で、「私」は『君』との一体感をより強くする。

　『君が必要だ』

──考えよう。留まる方法を！

きらめく虹の中で激しく共鳴し、『君』と、さらなる融合を望んだ。

「私」は『私』で、『私』は、『君』。

『私』こそが、理想のネットワーク。

ネットワーク！

その瑞々しい感覚を全身で受け容れたくて、心を思い切り解放しようとした。

その時だ。

――温かい……

突然、「僕」自身の身体の感触が蘇る。それは頬から身体全体に広がり、瞬く間に「僕」のフィールドを書き換えていく。世界には僕の知らない素敵なことがいくらでもある。知りたい、君を通して。僕……君……なんだ。テバイのじゃない。

「そう、これは！」

頭の中が、動揺と混乱で突然グルグル回り出した。

――『僕』……「僕」……僕……

「ベータ　だめ……？」

――エリイ？　……エリイ……エリイ……！

イメージがこだまになってネットワークに反響する。その度に、ネットワークの虹が揺らぐ。揺らいで統一感と透明性が失われたネットワーク空間に、突然女性の顔が出現する。「顔」はネットワーク上では初め奇妙で異質な存在に思えた。しかし、ノイズになる事はない。

「顔」がネットワークに語りかける。

――ベータ　だめ。

「ベータ」を理解するのにしばらくかかった。遠い昔に見た夢を呼び覚まされたような感覚――でも、夢じゃない。僕を見つめる「顔」の口元は、上品でありながら意志の強さを感じさせる。そして愛しいくりくりした目には……

『エリイ！』

その途端、頭の中が粒子加速器にかけられたように、超高速でグルグルグルグル回転し始めた。僕自身の自我、テバイの『君』と融合しはじめた「僕」、そして、ほとんど一体化した『私』が、回転に呼応するように目まぐるしく入れ替わり……

やがて……

僕の意識集合体が今度は、遠心分離機に入れられたサンプルのように、外向きのGを感じながらぐいぐい回転して、初めはゆっくり、そしてどんどん加速しながら『君』から『私』と「私」と私を剝がしていくと、そこに僕が…………。

遠ざかる『君』が、僕に思念を送る。それを加速のイメージが邪魔をする。頭の中でドップラー効果が起こったようになって、思念の波が引き延ばされる。つかみきれない……

ネットワーク――かろうじて感じる。透明感が戻っている。けれど、その中でエリイはまだ消えずにキラキラの光に包まれ、そして、同じキラキラした文字がゆっくりひとつひとつ、浮かび上がってくる。

『君』が僕に送る最後のメッセージ。『君』はそれを、僕らの言語でやってのける。

ありがとう　ぼくはここで生きる　エリイを一番大切に……

そこまで感知できれば充分だ。猛スピードで遠ざかりながら、僕は『君』に、確かに受け取ったよと最後の、精一杯の思念を送ろうとしたけれど届かない。すると、信じられない事に僕は、叫んでいた。

「進化するよ！」

声なんか出せるはずがない。思念の波が届かないから、言葉だけをイメージしてありったけの力で送った。僕にとってそれは「大声で叫ぶ」感覚だったんだと思う。きっと今までの僕だったら出来なかっただろう。『君』に共鳴した何かが、そのパワーの源。そして、届いたはずだ。最後に、フィールドごと揺れたから。

僕と『君』の、別れ。

「プツン」と、明らかにプツンと音がして、

それと同時にあたりが真っ暗に――

――ここは、どこだ。

絶対的な闇が目の奥と頭の中に張り付いて、何も見えない、イメージさえもままならない。

「行かないで」

エリイの声だ。

それと共に吐息を感じ、そして、柔らかい。とても柔らかくて、熱いものが共鳴した。

その瞬間！
一挙に目の前が明るくなってイメージがものすごいスピードで逆回転していく。
超高速逆再生は初めに体験した妄想——アンタレスのエリイたちのところで一旦止まった後、深く深く沈み込むと——突然真っ赤に燃えさかる世界に変わり、熱い柔らかいものが輝きながら、ぐいぐい僕を引っ張り上げていって、その煉獄を突き抜け……、
突き抜けた途端、
周りの全てが激しく泡だって一挙に飛び散った！
そしてその先——
全てから抜け出した先には、
本物の、
エリイが、いた。
覆いかぶさって、唇を重ねて。
閉じた目の睫毛《まつげ》が濡れていた。
僕の妄想なんかじゃなく、紛れもない……、
現実。

九、ファースト・キス？

「……よかった」

　エリイが、唇を離して安堵のため息をついた。

「やった！」

「ブラボー」

　船内は、歓声と拍手に包まれ、エリイはゆっくりと体を離した。

　僕は訳が分からず、そして、夢から醒めやらない感覚で、実験室のリクライニングシートにもたれかかったままぼんやりしていた。

　――妄想のエリイと、現実のエリイ……

　熱い柔らかい感触がまだ、唇と胸のあたりに残っている。そして頬には、今は冷たくなった、僕のものではない一筋の液体の感触も。

　顔を赤らめ、目に充血の跡を残しながら、安堵のものだとはっきりわかる微笑みを浮かべているこの素敵な女の子は、本物のエリイなんだろうか。焦点のずれた実物大のホログラムのように、僕の目には映っていた。

「おかえり、ベータ」

あらぬ方向から声がして、振り向くとキャプテンが手を差し伸べていた。握った手の力強さで意識が刺激され、そこで初めて現実世界に帰ってきたことを実感した。

「ホント、心配させてくれるわね」

スカラが抱き起こしてくれて、背中をポンポン叩いたから、身体の感覚もまた戻って、僕はようやく、完全に自分を取り戻した。

「いったい、何が……」

スカラはそれには応えず、手際よく僕の瞳孔やらなにやら調べて、

「大丈夫よ。ちゃんと戻ってきている……エリイやったわね。ありがとう」

紛れもない現実のエリイは頷くと、伏し目がちにもう一度僕に微笑みかけた——今度は耳たぶまで真っ赤にして。

自分の胸に両手を当て、恥じらいながら微笑んで顔を赤らめる、その仕草と表情がたまらない。ハッとするくらい艶やかなものを感じた。

ネットワークフィールドの中で、僕はとても高揚していたと思う。本当にあそこに留まりたいと願った。冷静じゃなかった。

今こうしてエリイと、そして、クルーの顔を見ると、

「戻ってきてよかった」

そう思えるから。

それはそうと、今知りたくてたまらないのは……キス、の理由。

テレパスはお付き合いをしている相手、または、お付き合いをすると決めた相手とだけキスをするけれど、普通人は違うと聞いている。

もう一度尋ねた。

「いったい、何がどうなったんだ」

その問いかけに、エリイは答えず、助けを求めるようにクルーたちを見回した。

まず、口を切ったのはバズだった。

「それを聞きたいのはこっちの方だぜ、ベータ。コンタクトはどうだったんだ。何を置いても、まずそれを説明するのがお前の任務だろう」

僕は、虚を突かれてうろたえた。

——そうだ、これは人類初の接触《コンタクト》なんだ。

その認識がすっかり飛んでいた。

理想郷の感動から始まり、そしてテバイ生命体の歴史を知り、まるで昔からの友達のように身近に感じていた。いや、もっとだ。やがて自分の分身くらいの親近感を持つようになり、最後は一つに融合しているような感覚さえあった。

それに加えて、ファースト・キスの印象が強烈で……。

——やっぱり知りたい。キスの理由。

今の状況で、理路整然と接触《コンタクト》について説明できる自信がない。疲労で身体の力が抜けていて、頭もボーッとしている。キスのせいもあるけれど。

「コンタクト……できたよ。とても、友好的だ」

　やっと、それだけ言ったけれど、先が続かない。いい表現が思いつかない。

「おめでとう」「やったわね！」「ウオー！」「スゴイデス！」と歓声が飛び交い、歓喜するクルーたちと次々にハグをしたが、別世界の出来事のようで、僕にはスゴイことをした実感がない。どちらにせよエリイがいる前では、初めから正しく話すことはできない。

　エリイはハグの輪には加わらず、いつ持ってきたのか、そっと水を渡してくれた。でも、恥ずかしげに顔をちょっと横に向けていたので、僕もドキドキしながらそれを受け取った。

「ありがとう」

　そう言ったけれども、顔を直視できないし手に力が入らない。飲料水を入れたアルミの冷たさが予想外でもあり、つかみきれずにボトルが床に落ちる。

　カツーン………

　船内に乾いた音が響いて、
それが鐘のように聞こえた――まるで、最後の審判を告げる、鐘。

でも、僕は神様じゃない。

――救いたかった。けれど、救えなかった。

かけがえのない、命。僕の仲間。僕の、分身。

「戻ってきてよかった」なんて思って、キスに心を奪われて忘れてしまうなんて。

――なんて薄情なヤツなんだ。勝手にシンクロを切って。

今になって突然、テバイの『君』への思いが溢れ出た。

僕らはお互いにかけがえのない存在だった。

――何で帰ってきてしまったんだ。理想郷だったじゃないか。そして僕をかけがえのない存在と思ってくれていた。ずっと一緒にいると決めたはずじゃなかったのか、滅亡の時まで。もしかすれば僕と『君』で滅亡を回避する方法も見つけられたかもしれないじゃないか。僕は人でなしだ。どうしようもない馬鹿だ。

後悔と自責の念が湧き出して、あっという間に膨れ上がり、僕を押しつぶす。

下を向いてぽろぽろ涙を流す僕を見て、エリイは何も言わずにそっと手を握ってくれた。

キャプテンが、涙の訳を聞かずに僕の頭を優しく撫でた。

「ベータ、よくやってくれた。ご苦労だったね」

顔を上げると、涙で曇ってよく見えなかったけれど、みんなの笑顔があった。

「非常に重要な任務を彼はやり遂げた」

キャプテンが声を張り上げると、クルーはスタンディングオベイションで称えてくれる。

やっぱり涙でかすんで、表情まではよく見えなかったけれど、スカラがキャプテンに目配せをしたような。

そして、拍手が鳴り止むのを待って、キャプテンはさらにこう付け加えた。

「今回のコンタクトについては、正しい客観的な情報を得る事が急務だ。ベータがもたらす情報は極めて重要だが、テバイ生命体は人知を超えている。常識的判断が通用しない事もあるだろうし、脳に何かしらのダメージを受けていることも否定できない。ベータはかなり疲労度が高い。今ここで彼から主観を交えた情報を得るよりも」

スカラが、僕の背中にそっと手を当てて、キャプテンの言葉に続けて言った。

「専門家の脳内解析を通して、コンタクトの真実を引き出す事を最優先とするべき」

そしてスカラは、えくぼを見せて胸を張る。

「もちろん、ワ・タ・シがその専門家だけど」

「脳内解析ってあれだろ、犯罪捜査なんかに使われる。大丈夫なのか」

バズが、腕組みしてそう言うと、

「すごい技術なんだけれど、なんだかんだ批判が多くて広まらないのよ」と、スカラ。「まず、完全にプライバシーを暴く事になるから、保存は出来ない。確認して解析結果をまとめたら映像や音声は即消去。それに、主観の記憶映像なのよね。知り合いだと思って声をかけたら別人だったってことよくあるでしょう。だから、事件の目撃者が本当は全然別の人なのに自分の知り合いだと勘違いしていたら、映像では知り合いがそこにいたことになってしまう」

「犯罪捜査では黙秘権と同じで、容疑者が拒否すれば使うことは出来ない」と、今度はキャプテン。「しかも解析者の印象操作によって、事実とは違う映像が誘導されることもあり得る。また、被験者が激しい拒否反応を示して重篤に陥るケースもある。解析者も被験者も純粋に事実を追及する信頼関係が不可欠だが、それが口で言うほど簡単ではない」

そんな話を聞いていると、少しだけだけれど感情が収まってきた。脳内解析にはもちろん本人の承諾が必要だが、ここでそれを拒否することなんて絶対に出来ないしするつもりもない。

ただ、一つだけ不安要素はある。

十、脳内解析

僕は解析に備え、医務室で注射を打たれたあと仮眠を取った。

目が覚めると、嘘のように疲労感が消えていた。でも、

――テバイの生命体を救えなかった。

その罪悪感は消えない。すぐにでも三回目に出かけたい。けれど、今は脳内解析が先だ。

そしてもう一つ、気になって仕方ないのが、あの、キス。

脳内解析の前にどうしても、キスの顚末《てんまつ》を知って、すっきりしたかった。

ちょうど食事時間で、休息室にみんな集まっているようだ。

入り口で少し深呼吸をして、

「あのぉー」

そう言って顔だけ覗《のぞ》かせると、みんなの視線を一斉に浴びた。

「お目覚めのようね」

「大丈夫、ですか?」

「腹減ったのか。残念だが、今日はステーキは無理だぜ」

「元気そうで何よりデス」

「まあ、こっちに来て掛けたまえ。脳内解析にはまだ少し間がある」

口々に言葉を掛けてくれる。

「何か口に入れた方がいいと思いますが」

と、エリイが言ってくれたので横に座って、パンとシチューを食べようかなと考えた。

その時、向かいの席に座っているスカラと目が合った。

僕に向かって目配せをする。

――早く告白しなさいよ。

その目配せがそんな風に見えて、背中がムズムズした。


時間は少しさかのぼる。

仮眠を取る前の事――

スカラが行う脳内解析には、キャプテンだけが立ち会う。デリケートな部分があるし、プライバシーが多く含まれるから本来は一対一だが、異星生物とのコンタクトという重要事項なので、キャプテンはそれを見守ることになる。

その打ち合わせと称して三人だけになり、そこで思い切って不安要素、つまりエリイへの想いを彼らに打ち明けた。解析で知られる前に言っておきたかったから、覚悟を決め、秘密だと念押しして。

キャプテンとスカラは微笑んで顔を見合わせると。

「分かってるわよ、それくらい。私を誰だと思ってるの。エリイのこと、しょっちゅうチラチラ見てるしね」

「同感だね。君の感情はとても正直に表情に出るんだよ。テレパスは元来、正直者だから」

　それを聞いて、かえって不安になった。

「じゃあ、エリイも僕の気持ちを」

「エリイは私たちのように、人生経験が豊富とはいかないし、むしろ、ウブで奥手だからたぶん気づいていないかもよ」

「彼女はとても真面目で職務に忠実だ。安心しなさい。ここを職場のように認識しているから、君の恋愛感情を探る目は持たない。まあ、真面目すぎるとも言えるが、それができる強い意志を持った人だよ。仮にエリイが君に対して恋愛感情を持っていたとしても、ここであからさまなアプローチは絶対にしない。そして、エリイはもちろん独身で、付き合っている男性はいない」

「そうか……。良かった」

　二人の言葉のどちらにも、そして特にキャプテンの言葉の最後に、ほっとした。

「ところで、エリイは……」

　体験学習生のエリイがここを本当に職場と思っているかが妙に気になって、彼女が選ばれたいきさつを尋ねようとした、その時。

　背中にバシッと、強烈な衝撃が走った。

「くうーっ。な、何するんだよ。疲れてる僕に」

「この、意気地なし！」

僕の身体を気遣いもせず、スカラは容赦なく責め立てる。

「あのね、エリイも早くに両親を亡くしたから、アナタに感情移入しているところは確かにあるけれど、そこに恋心があるかどうかは分からない。そしてそれをはっきりさせるのは私たちの役目じゃあない。好きな子がいるなら、自分でバシッと告白して確かめなさいよ。言っとくけどね私、あんたたちの恋のキューピッド役をするつもりはないからね。大切な人だと思うなら、自分一人の力でゲットしてみなさい」

キャプテンは微笑みながら大きく一回頷《うなず》く。スカラと同意見のようだ。

そして、スカラの捨て台詞。

「普通人の恋愛に必要なものはね、勇気なの。分かった？　この、弱虫。ほら、勇気と元気出して今すぐにでも告白してきなさいっ！」

さっきよりも強烈な二発目がバシン！

「くうーっ。あの、ホントに疲れてるんだけれど」

もちろん、スカラにキューピッド役をお願いしようとは思わない。けれど、どちらかと言うとお節介な性格に見える彼女なら、むしろ「私がキューピッドになってあげようか」みたいに言うかと思えたから、ちょっと意外だった。

キャプテンは「今の一撃は許容範囲をやや超えたようだ。今後慎むように」と、一応スカラをたしなめたが、微笑んでそれを眺めていた。

結局、「体験学習生エリイ」の正体について聞く機会を逃してしまった。

食事を取りに行こうとする僕を制して、エリイがパンとシチューを持ってきてくれた。

「ありがとう」

お礼を言った後、早速切り出した。グズグズしている時間はない。

「エリイ、突然ゴメン」

エリイが、モゴモゴさせていた口を押さえ、いぶかしげな表情で僕を見つめる。

そこで単刀直入に言った。

「あの時のキスだけれど」

エリイは食事を喉に詰まらせて「ゴホゴホ」とむせかえった。動揺する君を初めて見て新鮮だった。

スカラが、思いっきりしかめっ面をして僕をにらむ。

――何言ってんのよ。それより先に告白でしょうが。

そう言いたげだ。

でも、キスの理由とその時の心情をエリイから聞いてはっきりさせないと、気持ちが整理できない。それに、二人きりになってキスの理由を聞くシチュエーションは、想像するだけで気後れがして無理だ。

テレパスはこんな風に、とてもデリケートなんだ。

エリイは答えず、コンタクトの後で僕が「何があったんだ」と聞いた時のように、クルーたちを見回した。

その時と同じで、まず口を切ったのは、バズだった。

「俺の提案なんだぜ」と、腰に両手をあてて、自慢げに胸を張る。「まあ、要するに海で溺れたみたいなもんだろ。だから、キスして息を思いっきり吹き込んでやれと言ったのさ」

違うと思うけど。

するとスカラが、しょうがないわねとでも言いたげに肩をすくめると、真相（?）を詳しく語り始めた。

「エリイが手を握っても、アナタ戻ってこないし、だから彼女、真っ青になって『ベータ、ベータ』って、必死だったのよ。だから私、背中をぶっ叩いてやるか、電気ショックでもいいかなって思ったんだけれどね。でも、バズが言うようにキスもいいかなって。だから私がするって言ったんだけれどエリイがね、とっても怖い目でにらむのよ」

スカラは悪戯っぽく、エリイに向かって震える仕草をオーバーにして見せて、

「それで、仕方なく彼女に譲ってあげたってわけ。もし、私がしてたら、一生恨まれてたわね、きっと」

「嘘よ、ウソです」

エリイは顔を真っ赤にして首を振り、そして、今度はキャプテンの方を見た。

「人選は私が行った。まあ、私の独断でバズの案を採用した」

　――えっ、採用されたんだ。しかも、独断。

「相手がエリイの場合が、一番成功する確率が高い。しかも、君へのダメージもないだろうと思ってね」

「実に的確な人選デス。適材適所、と言うカ」

　キャプテンとモトウの言葉に、スカラは、

「なにそれ、失礼しちゃうわね」

　そう言ったけれど、えくぼを見せて、なんだかとても楽しそうだ。

「しかしな……」そこでバズが鼻の頭を掻きながら、おどけた仕草で、「王子様がお姫様にキスされて目覚めるってのは、そりゃあ、逆だろう。だからな、ベータ、今度はちゃんとお前の方からエリイにしてあげなくちゃな、お目覚めのキスを」

　僕とエリイを除いたみんなから一斉に拍手が起こった。食事中だというのに立ち上がって、全員ニコニコ顔でスタンディングオベイションだ。

「バズ、それはいい提案だ。私は賛成する。しかし、私の独断で採用して良いものか」

　と、キャプテン。なんだかとても楽しそう。

「男の子なら、ここでやらなきゃね」

　これは、スカラ――ついでに告白しちゃいなさいよ。と、言いたげに見えた。

　そして、最後にモトウ。

「ベータ、今がチャンスダ。ボクは、付和雷同デス」

慌てて首と手を大きく横に振ってエリイを見ると、君も慌てて同じ仕草をしている。また、この前みたいに同期《シンクロ》してしまった。

そんな僕と君を見て、皆は大笑いだった。

ちょっと残念な気持ち。

――ファーストキス。たまらなく嬉しいけれど、やっぱりこれも『お仕事』だったんだろうか。

キスで、より身近に感じても、まだ、心を測れない。踏み出せない。

その中で、確実だと思えるのは……

四人のクルーたち全員が寄ってたかって、僕をけしかけて君とくっつけようとしている、ということ。僕には彼らがただふざけて茶化しているとは思えなかった。あの生真面目なキャプテンも含めて、四人のクルー全員の心が、僕が知らない所で一つになっている気がしたから。

でも、やっぱり普通人の心は、僕にはまだ謎だ。

「ベータ、疲れているわよね。でも、記憶が鮮明なうちにやっちゃいたいんだけれど、いいかな」

「うん。疲れはないよ」

「オーケー。でも、安心して。無理だと思ったら中断するから。私はプロだから、任せなさい」

僕の背中を二度も思い切り叩いた事など忘れたように、スカラはえくぼを見せてそう言うと、慣れた手つきで、器具をおでこや胸などに設置する。

キャプテンも念を押す。

「ベータ、君を信頼しているが、感情や記憶を操作されている可能性も否定できない。深層に入り込まなければならない場合もあり得る。事実をありのまま確認するために、精神的に厳しい場面も想定される。しかし、どうかスカラを信頼してほしい。脳内解析技術も今は随分進歩している。それでも基本になるのは両者の信頼関係だ。それさえ揺るがなければ、必ず真実に近づけるはずだ」

そう言いながらも、腕を組んで難しい顔をしている。

「分かりました」

そう言って大きく息を吐くと、気持ちがとても穏やかになって、ゆっくりと沈んでいくような感覚で、意識が薄れていく。

背中を何度も叩かれたけれど、僕はスカラを「信頼できるおばさん」だと思っている。そして、彼女は、確かに「真のプロ」だった。

*

　脳内解析が終わって、僕をソファーに誘導しながら、スカラが口を開いた。

「姿形は人とかけ離れているけれど『彼』をテバイ人と呼ぶわね。まず、洗脳の類いはこれっぽっちもない。世界で唯一の存在と自己を認識していたテバイ人は、独特の価値観で、進化を『意識を高めること』と捉えている。だから、そんな汚いことをするはずがないわけ。テバイ人と同化融合したいと願ったのは、全てアナタの意志」

「世界で唯一の存在か。他者の存在を否定していたのだから、当然、意識の高みという進化の定義をすることもあり得るわけだな」

　と、キャプテン。相変わらず、腕を組んで難しい顔をしている。

「そうね、しかも形態変化よりも、堅牢なネットワークフィールドの構築に重きを置いているから。精神を重視する。どちらにせよ、アンタレスは短いスパンで環境の激変を招くから、悠長に多様化や多細胞化している暇はない」

「なるほど。この星系では時間が足りないが、仮にそれを何億年も続ければ、神の領域に踏み入る事が出来る可能性もあり、そのような存在が宇宙のどこかにいることも否定できない……。話がそれたな。概要は私も理解したつもりだが、いくつか疑問点もある。スカラ、ベータに順を追って説明してくれないか」

「了解。まずコンタクト方法からね。アナタとテバイ人は直接コンタクトができない。モトウの言う通り、観測機が端子を繋ぐ接続ケーブルのような役割をしていて、観測機の電源が入ってアナタがそれにシンクロすることで初めて繋がる。アナタが観測機とのシンクロを解いた瞬間、テバイ人の前から消え、アナタもテバイ人を認識できなくなる。それは確実ね」

するとキャプテンが、腕組みをしたままでこんなことを言う。

「我々も異星生命体についてはいろいろなシミュレーションを行っている。今回のような生命体は想定外だったが、それでも、コンピュータ内部のようなネットワーク社会と似たところがあるようだ。実は以前、テレパスとは違うが、脳内リンクができる電子生物のような異星生命体のシミュレーションを行った事があったんだが、その時、電子生命体の進化が行き着く先として最も有力視された仮説が『自我の統一』だ」

異星生命体についてのシミュレーションなんて初耳だけれど、宇宙機構か宇宙局でいろいろな異星生物やコンタクトについてのシミュレーションを行っていることは充分考えられる。だったら、長老会議もそんなシミュレーションをしているのだろうか。

さらにスカラも、キャプテンを真似るように腕組みをする。

「それはテレパスでも起こりうることだけれど、テバイでは全ての生物がネットワークで繋がっていて、しかも敵対関係は全くなかった。一致団結して協力し合わないと生きていけない環境。命を守るために協力し合うって、まさに一つの身体を作る細胞みたいでしょう。アンタレスは危険が一杯で、分散型よりも集約型の方が突発的な危機への対応力も高いから、さらに統合への必然性が増す。つまり、私たちなりの価値観では、より多くの自我を統合できた個体が進化した生物で、完全に統一するまでは個体間の抗争もあり得る。けれど、テバイでは過酷すぎて、急いで環境に適応しないといけないからそんな闘争の入り込む余地がないのよね、きっと。そのあたりが、キャプテンが言った電子生物シミュレーションと異なる部分ね」

テバイのネットワークには見事なまでの調和感があった。その根底にあるのは助け合う本能。普通では体験できない、次元の違う世界が垣間見えた。それは、例えば二次元生物が三次元世界を知るには限界があるように、ほんの断片を垣間見ただけだったのかもしれない。それでも、世界中の人たちで分かち合うことが出来たら、きっと大きい変革への原動力になるだろう。その理想郷こそが、テバイ生命体の価値観や美意識が生まれ育つ原点だから。そうしてテバイ生命体は『彼ら』から『彼』に進化し、頂点に立つと本能的に次の進化段階として、意識の高みを目指した。スナテの話を聞きながら『彼』とのやりとりを思い起こし、もっと深い交流が持てていたらと、また後悔の気持ちが湧き起こった。

「電子生物の方はあくまでも仮定を積み重ねた思考実験だけれど、量子もつれ…、ツインの素粒子がどんなに遠く離れていても瞬時に情報交換できるアレね、それを利用して何百光年離れていても瞬時に情報交換する可能性のシミュレーションとか、電子生物に感情が生まれる可能性とその要因とか、興味深いことは多いけれど、まあ、それくらいにして…」

そしてしばらく間を置いてから「じゃあ、順を追って話すわね。いい、ベータ」と、スカラは僕を見た。お見通しおばさんだからそれは、人の話を聞いているときもつい自分の世界に入ってしまう僕の、気持ちを切り替えさせるための間だったんだろう。

そうして、映像が流れ始めた。色彩には乏しく、時折黄色やくすんだ赤・青が現れる程度。しかし、解像度は悪くなかった。

「どう、鮮明化が可能なところは映像補正をかけているから結構見られる画質でしょう」

自慢げにそう言うと、スカラは、その映像を解説していく。「一つ目がアンタレスを覆い尽くすエリイ、随分増幅されているわね。そして宇宙への夢が二つ目だけれど、一つ目と二つ目でテバイ人は戸惑いを見せた。アナタの宇宙への夢は郷愁でもある。肉親の温かい愛情、その郷愁と焦がれる想いが宇宙と結びついて幼い心に刻み込まれた。あなたの宇宙への憧れは家族への憧れでもあった」

確かに、そういわれるとそんな気もしてきた。スカラの脳内解析技術は、施設管理人のマスターキイのように、蓋の扉をたやすく開いてしまう。

「飛行士への夢を無理に封印した事で、アナタは普通人に敵対心を抱くようになった。その頃からアナタの心に普通人への反発が生まれたのね。それは、夢を諦めなければならない自分に対する自己防衛でもある。言い換えれば、アナタの飛行士への思い入れはそれほどに強いのよ。ところで、その『夢』が、突然歪んで砂嵐になった。ベータ、アナタたちのネットワークで、似たような経験はなかったかしら」

普通人に反発していた頃の心情を、「そんなの初歩の初歩よ」と言わんばかり、あっという間に取り出されてしまう。そして、ゆっくり昔の感傷に浸る隙間も与えずあっさり話題を変えられた。夢が歪んで砂嵐。

でも、言われてみると、

――砂嵐。ノイズ……。

「僕らのネットワークで、『嘘』がそんな感じのノイズになる」

「やっぱり、そうよね」

――やっぱりって。

「ネットワークを健全に存続させるのに、欠かせない要素ね。その排除機能があるからこそ、ネットワークの信頼性は保たれる。そして、テレパスの場合、それが人間性にも反映されている。私たち普通の人間社会では、嘘を見抜くのは難しい。排除しすぎて真実まで消し飛んでいく、それどころか、隠すために真実の方を排除するなんてことも起こりがちだけれど、そこはテレパスを見習うべきよね」

そんなところまで深く考えた事はなかった。嘘がノイズになるというのは偶然じゃなく、存続のためには必然なんだ。でも、

「じゃあ、『彼』は僕の宇宙への夢を嘘と感じたと」

「そう、初めて触れた異質な感覚に当初はギブアップをしたようね。あれだけ優秀なテバイ人でさえ、アナタという異星人の価値観には、当初ついていけなかった。そして夢だけじゃなく、父親と言う概念も同じ反応をしてノイズにしたようなのよ」

「そこは、価値観よりも、宇宙観と自己認識の違いではないかな」

と、知らないうちに僕の近くに来ていたキャプテンが突然口を開いたから、飛び上がりそうになった。

「彼らは望遠鏡を持っていない。そして天体観測の目的は遠くの星を探る知的好奇心ではない。もっと切実な、自分たちを攻撃する脅威についてのデータ収集と、栄養源の補給だ。彼らにとっての宇宙はそこからのイメージだろう。我々の宇宙観とは大きく異なるはずだ。彼らの感知できる世界こそが彼らの宇宙そのものだから、君の宇宙観を受け容れる事ができなかったんだよ」

キャプテンの意見はもっともだ。僕もその時『彼』の思念を受けて、地球の歴史で長い間受け容れられなかった地動説を連想していた。僕もキャプテンもそんな感じで納得していたのだが——

「いえ、キャプテン」と、スカラはそれをバッサリと否定した。「かなり早い段階で、テバイ人はベータの持っている宇宙や物理法則の知識を吸収している。その分野の理解力はスゴい。電子生命体のシミュレーションと同じで、たぶん進化スピードもとんでもない速さだったでしょうね。ところが肉親やエリイという存在について理解出来なかった。そちらの方面が彼の苦手分野のようなのよ」

——確かに。スカラが指摘した苦手分野は、まさに僕自身がその時思った事だ。

「なるほど、それがテバイ人の個性《パーソナリティー》だな……」

キャプテンが大きく頷く。僕はもちろん、脳内解析中の記憶はないから聞き役に徹することにした。それはスカラがキャプテンでなく、僕に向かって語りかけたからでもあった。映像は、僕が海と化したアンタレスを覆い尽くす場面を映し出していた。色彩には乏しいが、動きがなめらかだ。たぶん動きにも補正がかかっているんだろう。

「赤ん坊の時、アナタのネットワーク認識は、テバイ人と近いものがあったようなのよ。あれは、言わばテバイ人とアナタの接点で、それが精神接触の扉を開いたわけ。テレパス全てがそうなのか、アナタの特性なのか分からない部分があるけれど……、アナタは生まれ落ちたとき、自分の意識を飛ばして、ネットワークのフィールドを強く認識した。そのフィールドを自分自身だと思い込んだところがテバイ人を共感させた」

僕にはピンとこなかった。スカラは「赤ん坊の時」と涼しい顔で言ったけれど、僕は覚えていない。そんなところまで探れるなんて、僕にはスカラが、テバイの『彼』にライバル意識を持っているようにさえ思えた。

「それから、ベータ、これはとても大切な事だけれど」

スカラは突然真剣な顔になる。本当に、表情が豊かだ。

「アナタはエリイを通して、普通人を偏見なくちゃんと見つめられるようになってきているのね。エリイがどんどん湧き上がってくるのは、パニクったテバイ人の増幅もあるけれど、アナタの中でその存在が大きい証拠。アナタのそういうところはホント分かりやすい。誰が見ても分かるイメージよ。元々テレパスはネットワークで繋がってててそのネットワークがとても素直な感情を与えてくれるようだから、目を背けたくなるようなドロドロ感がない。脳内解析をしててホント気持ちいい。もちろん、全てを取り出せるわけじゃないけど——さて、話を戻すわね。アナタの中には普通人の方に引っ張られても彼女とならそれを受け容れる気持ちがある。だから……そう、エリイだから呼び戻せた……」

そこで、スカラは、間を置いた。

画面は大きく飛んで、テバイの『彼』との別れのシーンになっていた。背景にあるのはあの理想郷のはずだが、それが完全にぼやけて色も飛んでいる。補正の範囲を超えているのか。

「温かい」

思念波が音声化されている。そして、映像が止まった。

僕の心の中でその大切な事をしっかり確かめなさい、とでも言いたげな、沈黙。

——エリイだから呼び戻せた。

その言葉は、すごく染みた。

エリイがいなかったら、この宇宙船の中でどうなっていただろう。必死になって守ろうとしてくれた。こんな僕にぴったり寄り添ってくれて、

——僕にキスを。

感触を蘇らせて、顔が熱くなる。しかし、スカラはゆっくり噛んで含めるように、

「呼び戻したのはキスじゃない。分かってるでしょう」

スカラは、僕の目を真っ直ぐに見た。お見通しよとその目が語っている。そう、キスは確かに衝撃だったけれど、それは同期《シンクロ》がプツンと切れた後の感触で、本当のきっかけは、唇よりも前。頬に感じた、とても温かい心にしみる感触。引き金になったのは紛れもない。

頬に落ちる涙の感触。

「テバイ人は、一番アナタの心を占めているエリイに関心を持った。でも、アナタのエリイについての感情が理解出来なかった。当たり前よね、細胞分裂で増える彼に異性の概念はなかったから。そこに涙の生の感触が、融合しつつあったアナタを通して伝わった。記憶じゃなく、まさにリアルタイムで感じたのよ。しかも強烈なインパクトを伴って。なぜなら、アナタには彼女の涙に深い思い入れがあった。アナタの中で『涙』と『愛情』がとても深く繋がっている」

映像がまた動き始めた。同期《シンクロ》が揺らぎ、ネットワークフィールドに現れたエリイのモノクロ映像。それもまた揺れている。「ベータ、だめ」と僕に語りかけるエリイは、僕が手術のことを知って受け容れると言った時の顔をしていた。くりくりの瞳は、濡れていた。

「テバイ人は涙の意味もアナタを通して理解したんでしょうね。宇宙の概念をそんなに時間を掛けずに吸収できた彼も、アナタと同じ存在がたくさんいること、そして異性を受け容れるにはきっかけが必要だった。そのきっかけがリアルタイムの『涙』。まさに動かぬ証拠、物証よね。そして涙から連想された他者への愛情が理解の扉を開いた。こじ開けたと言った方がいいかしら。ノイズだらけのモノクローム映像が一気に色鮮やかな現実になったようなものよね。アナタはかけがえのない仲間。でも、そばにアナタを失って悲しむ別の存在がいる。そして、その存在をアナタは『愛している』。エリイの涙が全てをテバイ人に教えたのよ」

「つまり、テバイ人は異性への愛を理解したのかね」

「どこまで正確に理解出来たかは分からない。でもテバイ人にとってはもの凄い衝撃だったはずよ。『命のネットワーク』が何度も揺らぐくらいのね。そして、エリイの顔がノイズにならずに固定された。アナタはその人のもとに帰らなくちゃいけない。だから、アナタの背中を押した」

——テバイの『君』が、僕の背中を押した。

全くその認識はなかった。こちらから勝手に同期《シンクロ》を切ってしまったという罪悪感が、ずっと重くのしかかっていた。

僕の体験した出来事が、僕の主観を離れ、神の手で裁かれているような気持ちになる。しかも、僕は責められるどころか、今、その手に救われようとしている。

「異性という概念がなかったから。アナタとの友情が芽生えていても、彼は、地球型生命の本能から出てくる異性愛は理解出来なかった。ところが、『涙』で生命にはより深い繋がり方があると悟り、他者の存在を実感した。そして最後に『ぼくはここで生きる』と回答してアナタを返した。彼はそこで初めて自分自身を『私』でなく『ぼく』と表現した。衝撃の孤高の存在にふさわしくないけれど、その瞬間は自己認識が変わっていたようね。衝撃の大きさが表れている。その後の『進化するよ！』がアナタの決意。とてもすがすがしい。成長したのよね。どこまで出来るかは別にして」

スカラは思わせぶりに言って僕の顔を見たが、表情はいつもと違って真剣だった。

エリイの涙が僕とテバイの『君』とを、本当の意味で繋げた。『君』はそれを通して僕らの真の姿を初めて知った。ちょうど、僕が初め普通人を理解できていなかったように、ネットワークを持つ者同士の僕と『君』との間でも、異なる星の異なる価値観は、そう簡単には埋められない。「本当に分かり合えて繋がったからこそ同期《シンクロ》を解いた」という、とても微妙な出来事をスカラが解き明かしてくれた。

「その後で見た逆回しのイメージ。もうその時はシンクロは切れていたけれど、長く深くシンクロしていたから余韻のようなものが尾を引いたわけ。まあ、全てではないけれど、そんなところかしら」

「つまり、シンクロを解いたのはベータでなく、テバイ人だったという事だね」

「ええ、それは確かよ。テバイ人がベータを愛する人の元に返し……」

その言葉が終わらないうちに、「ありがとう、スカラ」僕はスカラに抱きついた。そして、涙が溢れ出た。脳内解析直後で、感情の蓋が緩くなっていたのだろうか。

僕と『君』の間には、融合と呼べるものが確かにあった。そして、それが切れたのは僕の身勝手な行為じゃなかった。『君』は自らの意志で僕を還してそこに残った。もちろん、僕の方には後悔や未練は残っているけれど、スカラの分析で『君』との繋がりをより深く感じ取ることができた。固かった凝りが周りの世界をキラキラ輝かせながら微粒子になって飛び散ったよう。

スカラの事、今では「僕をずっと見守ってくれていた母親」のようにさえ思える。

「ありがとうございます」

そう言って、スカラ、そしてキャプテンとも熱い抱擁を交わした。

抱擁の後で、僕の目をしっかりと見てキャプテンは言った。

「異星のネットワーク……我々にも感じられたら、世界が変わるきっかけにもなり得る。しかし、神は人間の中で唯一、君だけにその力を与えて、ここに導いた。君がいなければ発見できなかった。まさに奇蹟と言える。そこに、どんなご意志が……」

「予測してた事ではあるけれど、アナタにとってネットワークは、本当に大切なものなのよね。でも、テバイのネットワークがあなたの理想郷に思えたとしても、アナタはそこに留まってはいけないの。厳しいことを言うようだけれど、テバイに未来はないのよ。そしてアナタは、『進化するよ！』と、最後に彼に向かって叫んだ。アナタは確かにこのコンタクトで成長した。だから未来のため、これからもネットワークを感じていてほしいのに」

そう言ったスカラの目も、いつも以上に真剣だった。

ふたりが僕に向かって言ったこの言葉は、その表情も併せて心に深く響いた。言葉の奥深さをもっと理解できるようになりたい。彼らが僕にさらなる『進化』を託していることは、薄々だけれど感じ取ることが出来たけれど。人の言葉が持つ深い意味を、もっとしっかり感じ取ることが出来るようになれば、成熟した彼らの『真の心《まこと》』も理解出来るはず。

だから――

もっと成長しなければいけない。

「記念すべき異星生命体とのファーストコンタクトだが、それは、残念な事に人類全体が共有できるものではない。難しい選択だが、あの長老たちが……しかし、ベータ、よくやってくれたね。君の勇気と才能に敬意を表したい」

キャプテンがもう一度僕に熱いハグをして、それが合図のように僕たちは、スカラの脳内解析と僕の記憶をもとにした「報告書」の作成に取りかかった。一回目のコンタクトの真相。二回目のコンタクト情報を元にして、テバイ生命体とそのネットワークが辿ってきた進化の歴史をまとめ、その根底にある助け合う本能を通して、いかにして自我を統一していったかを推測する……等々。

「どうやらアナタが体験した理想郷というのはとんでもないしろものみたいね。最新型の解析器とワタシの腕を以てしてもお手上げ。情報量と言うよりも、質が違うのよね。とにかく再現不能だわ」

と、スカラは珍しく弱音を吐いていたが、僕はふと、彼女が一旦すっ飛ばした『彼』と僕との交流、その思念波の解析作業を本来なら優先すべきじゃないかと思った。けれどスカラは明らかにそこをスキップして、『彼』との別れという僕についてのプライベートな

説明を優先し、キャプテンもそれに乗ったような気がする。スカラとキャプテンが意識的にそうしたのかは聞かなかったが、
救われた。

僕にとって、クルーたちはテレパスの仲間と同じだ。

いや、それ以上の存在になろうとしている――感謝と尊敬の念を込めて。

報告書に、僕個人の情報――エリイの増幅や、同期《シンクロ》がエリイの涙で切れた事など――は、入れない。それは、僕たち三人の『秘密』だ。

作業が終わって、キャプテンが労いの言葉を残して席を立った後、

「ところで、エリイは、どうするの」

唐突に、スカラは僕に聞いてきた。

「まさか、このまま何もしないなんて、ないわよね」

もう、いつもの悪戯っぽい表情に戻っていた。

この時初めてスカラから、エリイにハグの習慣がない事を聞いた。

「エリイは、真面目で奥ゆかしくて礼儀正しい。男の子に気軽にくっつく子じゃないの。普段は控えめで、奥手というか、自分から告白できるタイプじゃないしね。分かるわね、ベータ。あなたがちゃんとしなきゃ」

スカラの右手が大きく開いてパーの形になったから、僕はすかさず反論を試みた。危機

回避能力が備わってきたようだ。これは、進化とは言わないだろうけれど。

「でも、スカラ。気軽にくっつかないエリイが、僕の手をいつも握ってくるよ」

「で、アナタはどうなの。手を握られて」

えくぼを見せてオウム返しに聞いてきたから、正直に答えた。彼女のパーの形をした右手から目を離さずに。

「それは、もちろん嬉しい。エリイの手に何度も救われているんだ」

「そうでしょう。ま、予想通りね」

「え、どういう事」

「あのね、エリイがね、宇宙空間に出てアナタが気を失った時、私に聞いてきたのよ。アナタが言葉のコミュニケーションに慣れていないようだから『どうすればベータのお役に立てるでしょうか』って真剣な目をしてね。アナタ、レストランでウェイターと揉めてたそうじゃない」

あの『トマトスープになります事件』を、エリイはスカラに話したようだ。でもあれは、僕に分かるように正しく言ってくれないから……

「それはそれで楽しかったし、その後いろいろ話して気持ちも通じ合えた気がすると彼女言ってたけれど、言葉だけでコミュニケーションができるか、まだ不安もあったようよ。そしたらあの失神でしょう。アナタの助けになりたいと、本気で心配してた。だから言ってあげたの。スキンシップが大切って」

「スキンシップ？」

「彼女、顔を真っ赤にしてたけれど……ホント純情よね。手を握るくらいできるでしょうって言ってあげたら、表情がパッと明るくなって。『ハイ、できます』って、とても嬉しそうだったわ。テレパス、と言うかアナタは、とてもデリケートなところと鈍感なところを併せ持っている。身なりやファッションなんかは完全に興味外で、髪の毛を剃られることには抵抗したみたいだけれど、たぶん誰かがイメージチェンジしたって全く気づかないくらいのレベルで鈍感よね。それに対してスキンシップには『超』が付くくらい敏感。時にはネットワークのような効果さえ期待できる。心理テストでもそう出てたからエリイが聞いてこなけりゃ、私がそうしようかと思っていたところだったのよ。でも、やっぱりエリイがいいわよね。効果絶大だったもの。ま、エリイとハグ出来なかったのはすごーく心残りだったようだけれど」

——どこまでお見通しなんだ。

またまた黙って頷くしかなかった。何だかスカラに思い通りに操られているような気がして背中がむずがゆくなる（まだパンチは受けていないけれど）。スカラの力を借りずにエリイに堂々と告白して、彼女の鼻を明かしてやりたい。でも、それこそ、スカラの『予想通り』なのかも。

「エリイは生真面目な子だから、私のアドバイスをとても忠実に守っているようね。でもね、私のアドバイスがなくても、自分の意志でそうしたかもしれない。心から、ホント真剣にアナタの事を心配している。それくらいは鈍感なアナタにも分かるでしょう」

もう何回目だろう、僕はまた、黙って頷いた。鈍感と二回言われてカチンときたけれど、スカラたちクルーから見れば、僕がピントの外れた宇宙人のように映る事もいろいろとあるんだろう。

「エリイのアナタへの感情が、愛情なのか同情なのか、それとも彼女が専攻する心理学の観察対象なのか。それくらいは自分自身で確かめなさい」

突き放すようにそう言った後、

「アナタが戸惑っているのも分かるわよ」

今度はえくぼを見せてとても優しい顔になった。

「テレパスの恋愛とは全然違うものね。相手の気持ちが全て分かるわけじゃない。だからね、ベータ、私たち『普通人』の恋愛には勇気が必要なの」

前にもスカラは僕にそう言った。

——嫌な予感。

「エリイはホントいい子。アナタたちお似合いよ。だったら、ここで元気と勇気を出して……行くっきゃないでしょ」

バシッ！

——予感、的中。

回避が一瞬遅れた。まだまだ、修行不足だ。

「くうーっ。もちろん、告白する。いずれ……そのうち……機会があれば……たぶん」

背中にモミジを受けた僕は、後ずさりしてそう言ったあと、走って逃げた。

普通人との会話に慣れてきて、スカラの言葉に愛情がこもっていることくらいは分かるようになった。僕が見えていないこと、見なくてはいけないことを教えてくれる（代償はあるけれど）。僕がエリイの正体を気にしていることもお見通しで、それも含めて「自分自身で確かめなさい」なのだろう。信頼できる素敵なおばさんだ、絶対言わないけど。

皆はもちろん、報告書に飛びついた。

「その、理想郷というのを、是非体験したい。自分自身で体感して受け止めたい。この報告書の文章だけでは伝わらないものですから」

珍しく真っ先にエリイがそんなことを言って僕を見た。

「意識の統合ってテ、それがテバイでの進化じゃないかナ」

モトウは、報告書にあったその言葉に興味津々だ。

「意識の統合ハ、危機管理には不可欠だダ。瞬間的に判断しなくちゃいけないからラ、意見をすりあわす暇なんてナイ。分散してると情報収集や分析にモ時間がかかるし、格差が出ル。テバイのネットワークは統合された一台のスーパーコンピュータみたいなものだよネ。でも、違うのハ、彼が生物ってとこダ。つまり、機械なら統合して性能アップだケド、テバイでは統合こそガ生命進化。統合によル意識のレベルアップが進化と捉えているから、ベータの中にある国家に反発した。全然進化してないってネ」

　そして、テバイ生命体の話題に花が咲いた。

「それにしても、弱肉強食の適者生存でなく、共存共栄での進化もあり得るというのがとても興味深いのよ」

　スカラがそう言うと、バズがすぐに食いつく。

「食い物にも関係あるんじゃないか。連中、ステーキなんか食わないだろうし。何かの放射線をエネルギーにするんだろう」

「そうね、生物同士の食物連鎖がないから、生物が生物を傷つけたり、ましてや殺したりという概念すらないのかも。でもね、どうやら遙か昔は、生物を捕食するバクテリアみたいなのもいたけれど、そっちの方が淘汰されて絶滅して、互いに協力できる生物だけがネットワークを作って残ったらしいのよ。あの環境だから」

「これから先の未来、いろいろな生命体との出会いがあることを期待したいが」

　キャプテンがバズとスカラの会話に割って入った。

　そして、感慨深げに、

「地球というのは、広い宇宙の中でも極めて特殊な惑星なのだろう。我々の中にある闘争本能という困った代物は、未来に向けて克服しなければならない大きな課題だが、それは、豊潤な環境に育った生命だけの宿命とも考えられる。もし、我々人類全員にベータのような能力があって、この生命体のネットワークを感じられたら、世界は全く違った概念で再統合されるだろう。しかし、神は……」

　そこに、バズが割り込む。

「ひょっとして、弱肉強食のシステムで進化する方が珍しかったりしてな。そうすると、俺たちさえ、バカな事をしなければ、宇宙は平和という訳か。まてよ、じゃあ、俺たちが強者として宇宙の支配者になれるのか」

「もう、その考え方が、ダメなのよ」

　と、スカラがバズの大きな背中を叩いた。

　話の腰を折られたキャプテンも、「シグマの前でそれを言ってみろ！」と、伝説の飛行士の名前を出し、珍しく気色ばんで大きな雷を落とした。バズは「冗談に決まってるだろ」そう言って口を尖らせていたけれど。

「さて、本題に入ろう」

　ひとしきりそんな会話が続いた後、キャプテンが皆を会議テーブルに呼び寄せた。

「まず、調査を継続するか終了するかを決めよう」

「私は、終了を支持するわ」

　と、スカラが真っ先に口を切った。

「アンタレスは危険よ。いつ、ご機嫌斜めになるか分からないし、テバイ人に対してこれ以上の調査は無理じゃないかしら。サンプルを持ち帰るわけにもいかない。人道的見地からも、そっとしておくべきじゃないかと思う。正直言うと、何か物証が欲しいところだけれど、望めそうもないしね」

「デモ、世紀の大発見だヨ。三号機も残ってル。なんとか、二号機を探索するトカ、証拠を持ち帰るってムリか。千載一遇のチャンスがもったいなイ」

「調査続行ってのは、ベータにもう一度やれっていう事だよな。観測機だけ飛ばしても意味がない。この前と同じだが、ベータ、俺は、お前に従うよ」

「エリイ、君の意見は」

キャプテンの問いかけに、エリイは、

「終了を支持します。でも……」

そう言った後、黙ってしまった、悲しい目をして。

「ベータ」

最後に指名されて、僕は気持ちを真剣モードに切り替えた。そして、こう打ち明けた。

「できればもう一度だけ、やらせてもらえないでしょうか。テバイ生命体をもっと深く知りたい。いろんな意味で『次元が違う』気がして、それをもっともっと全身で確かめたい。そして、説得したい。あのまま絶滅を待つなんて。それに、モトウの言うように証拠探しも重要です」

テバイの「君」を説得する自信はない。それでも、発車時刻ギリギリのような慌ただしい別れでなく、サヨナラをしっかり味わいたい。そして何より、最後にもう一度あのフィールドの中に自分を置きたい。

エリイが僕に向かって首を何度も横に振る。僕がそのまま帰ってこないいんじゃないかと心配している。君の涙に触れ、そして、キスをして、それが君の愛情ではなかったとしても、より深く繋がった気がする。前よりもずっと身近に感じる。

スカラが僕に向かって、釘を刺すように言った。

「アナタの気持ちは分かるけれど、テバイ人は留まると決意している。そして、アナタとの別れを選択したのよ。別れの選択の方が彼にとっては重大な決意よね。アナタも別れ際に、大切なものを感じ取った。それでいいじゃない」

「でも、この宇宙について正しい知識を教えてあげれば、考えを変えるんじゃ…」

「ベータ、テバイ人はおそらく、君と同化して互いに別々の存在と感じた時、君の宇宙観を吸収しているはずだ。極めて短い時間だったが、彼の頭脳はネットワークで統合され、モトウが言うようにスーパーコンピュータのようなものだからね。そして、君にお別れを告げたんだよ。彼自身こそがまさに共存の神。そして神は信念を曲げない。もう君とは接触しないだろう」

キャプテンはそう言ったものの「三号機に二号機探索をさせる必要はある。君がシンクロをすればその精度は格段に上がる。そして、そのついでと言っては何だが、テバイ人との接触を試みることも許可しよう」と、僕のごり押しとも言える要求をのんでくれた。

結果は、キャプテンとスカラが言った通りだった。

三号機の僕は、アンタレスの脅威に気圧されながら、それでも必死に『君』を捜し、二号機を探した。

沈黙を守る『君』の扉を求めてさまよう。

――ほんのちょっとでいいから。

反応は返ってこなかった。二号機も痕跡すら見つからない。

――そう……もう会えないんだ。

空っぽの成果と空っぽの心。それでも三号機の僕は、最後にスカラの言う「物証」のために、地中のデータ取りを行おうとしたがその瞬間、そこで気を失ってしまった。


「おかえり。今度は見事に跳ね返されたみたいね」

そう言って、スカラがいつものようにテキパキと検査をする。

「ご苦労だったね、ベータ」

キャプテンの優しい言葉。

「腹減っただろ。今日はステーキだ。何なら俺の分も、ちょっとだけなら分けてやってもいいぜ」

「それで、どうだッタ。コンタクトできたかイ」

僕は力なく首を振る。弾き飛ばされた三号機は今度はテバイの表側に行ってしまったらしく、危険だと言うことでもう、探索はされなかった。

エリイがそっと、本当にそおっと、僕の手の甲に触れた。

——君のこの手を強く握って引き寄せたい。

今の僕はきっと、情緒不安定になっている。

「テバイ生命体はとても高い知性を持っているから、だから、絶滅を逃れる方法を思いつくはずだ」

僕はうつむいて独り言のようにつぶやいた。気休めに過ぎない事は分かっている。そしてその感情が、ネガティブで滅入る言葉を紡ぎ出していく。

「ワームホールを出たら、塞ごう。荒らさずにそっとしておいてあげたい。心からそう思う。地球に帰っても、テバイ生命体の存在を証明できない。僕の証言しかない」

「物証がない。と、言う事だね」

「立派な報告書や、モトウが分析した記録があるじゃないか」

バズの反論に、キャプテンは、「残念だが、報告書は、ベータの証言と同等の価値だ。記録も二号機が回収されていないから信頼性が薄い」そう言って顔を曇らせた。

「僕自身も信頼されていない。特に長老会議からは。彼らの前にテバイの理想郷や助け合う進化を突きつけたい気持ちはあるけれど、彼らは取り合わないし、取り合おうともしないと思う。そして、穴をふさぐ理由がもうひとつ」

僕は止めどなく沈んでいく。

「地球に帰ったら、もう、再調査をしても仕方がない。テバイの『彼』は僕らより遥かに上手《うわて》だ。近づくことさえ出来ない。そしてもし万が一、彼がコンタクトを再開する気持ちになったとしても、それに応えることが出来る者はもう……」

　沈黙が流れた……

　エリイが、僕の手をぎゅっと握って、見つめてきた——想像力が必要な普通人流の話し方が、少しはできるようになっただろうか。

　沈黙を破って、バズがキャプテンに詰め寄った。

「キャプテン、何とかならないのか」

　エリイが、涙ぐんで訴える。

「キャプテン。どうか、中止を。絶対に認められません」

「キャプテン、異星生命体発見という予想外の大事件デス。将来またコンタクトが必要になれバ、唯一無二の発信能力ハ、不可欠」

「私もずっとその事を考えていた。何とかならないかとね。できるのなら、やっている。しかし、この任務は変えられない。第一優先、つまり『何があっても絶対遂行』なのだよ」

「最上級任務ね。また、別の機会にというのは許されない。彼らは甘くない。ベータの発信能力を奪わなければ、帰還後彼らの目論見はすぐに公になる。しかも異星生命体とコンタクト可能なのがベータだけなら、まさにベータはヒーロー。長老会議は見事にヒールよね」

「おそらく、テバイ生命体を否定するだろう。誰もコンタクトできないのなら、得られるものもない」

「観測不能のものハ、存在シナイと同ジ。大昔の科学者の論理ダネ」

「手術を拒否すれば事態のさらなる悪化も予想されるわね。衛星軌道付近で待ち受けて、ほかの誰かがやるだろうけれど、そのときわざと失敗してベータの命を絶つかもしれない」

「じゃあ、手術したって嘘をつくのはどうだ」

「それ、最悪よ。テレパスは嘘がつけない。すぐに分かって、今度はテレパス社会全体に弾圧の矛先が向く。ホント、長老会議、何とかしなくちゃ」

　すると、キャプテンは僕たちに、恐ろしい秘密を打ち明けたのだ。

「もちろん我々宇宙局も黙っていたわけではない。長老会議は当初、テレパス根絶を目論んでいたからね。ベータの殺害もその中にあったという」

「えっ」

　心の澱みが一瞬にして氷点を通り越し、ピキッと音を立てた。すかさずエリイがキャプテンに詰め寄る。

「そんな、ひどすぎます」

「自殺偽装はテレパスには困難だが、強盗や通り魔を装っての殺人、または毒殺。さらに、犯罪や不道徳行為をねつ造してテレパス全体を教育施設という名の収容所に送る。長老会議は密かにそのようなことまでも計画の中に入れていたと聞く。ベータ、人間社会にはそんな闇も依然存在するのだ。そして我々宇宙局との調停の末、出された結論が『手術』だった。現時点で我々のできる精一杯がそれだ。申し訳ないことだが」

沈痛な面持ちで語るキャプテンが痛々しく見える。スカラは、口をへの字に結んでいる。

そして、沈黙。

エリイは僕を見つめて手を離そうとしない。

悲しい目……。初対面の時からそうだった。その瞳の光は、手術を容認しない正義感と僕への思いやり。その中に少しでも愛情が加わっていればと思う。

——深呼吸して。口を大きく開けて。お腹の底から。

「みんな、ありがとう。でも、覚悟はできている。それに、手術を回避したらみんなにも迷惑がかかる。長老会議は、回避するために異星生命をでっち上げたと、きっとそう言うだろうし」

覚悟はできている——とはいえ、Xデーがいつかと、日に日に絶望感が増すのも事実だ。発信しても返ってこないもやっとした嫌な感覚はまだ残っている。けれど、もう、初めの頃のように孤独の悪夢は見なくなった。あの時の精神的なダメージからは、立ち直れた気がする。

それはもちろん、エリイやクルーたちのおかげだ。

十一、警鐘

　調査打ち切りが決定し、船が帰路について四日後、僕はスカラの所に行った。

「手術……してもらっていいかな。今すぐ」

「もう、せっかちな子ねえ。で、告白はしたの」

「まだだけど、でもワームホールに入る前には告白する、つもりだから、だから、手術を」

　告白する気持ちは、ある。なぜだか分からないけれど、「この星系内で告白したい」と、心のどこかが囁いている。何かきっかけがあれば……。

「だから……って、全然手術と関係ないけれど。まあ、気持ちは分かるわ。いつまでも生殺し状態じゃあ、精神が持たないもの。チャッチャと切ってくれって感じね。分かったわ」

　意外なことに、スカラはあっさり納得して、承諾もしてくれた。

　僕にとってはもちろん重大で、なかなか踏み切れなかった。スカラはせっかちと言ったけれど、宇宙船がワームホールを通過するまであと五日だ。たぶん、キャプテンやスカラも、僕が決断するのを待っていたと思う。

　キャプテンの許可をすぐに取り付けて、スカラはテキパキ手際よく準備をする。

その時だ――

いきなり、船内に警報が鳴り響いた。

「箱からの警報に含まれていた情報をお伝えしまス」

モトウが信号の解読を行いながら内容を伝えていく。

箱は、その情報の種類によって固有の信号を発する。さらに、知られてはいけない時は情報が暗号化され、複雑なデータを内包している時は箱を回収して調べなくてはいけない。今回の箱の情報は、暗号ではない。内容は明解なもの。ただし、衝撃的で明解。

モトウは無表情だった。しかし彼は、状況が深刻な時にも、そうだ。

「情報によると二時間前、Ω連盟の宇宙船が一隻、ワームホールを通過してアンタレス星系に侵入しましタ。続いてさらに二隻モ侵入を試みたがこちらは阻止。箱は今、本船より約二百億km弱離れているタめ、侵入ハ、およそ二十時間前デス」

つまり、ワームホール付近の警備船から発せられた箱は、侵入したとの情報を持ってワームホールに入り、出ると緊急信号は光速で僕らに向かう。その情報を載せた電波が二百億km弱走ってここに着くのに約十八時間かかるから、侵入は今から約二十時間前になる。

キャプテンは眉間に皺を寄せて、腕組みをした。

「詳細と、今後の指令を」

キャプテンの言葉に、モトウはすぐに反応する。

「侵入した一隻は大型船、阻止された二隻は中型デス」

　僕たちが乗っている宇宙船は、大きく感じているけれど分類上は小型船だ。大型船になるとスピードがさらに速くなる。そして、ワームホールから、おそらくこの船と同じ最短ルートを取るので、遭遇する危険が大きい。

　モトウは続けた。

「緊急走行レベルのスピードなら、ワームホールを通ってからでも三十四時間程度デ、遭遇の危険アリ。信じられない事ですガ、宇宙機構のワームホール付近に無許可で出現シ、制止を振り切って突入しタ模様」

「ひょう！」

　バズが素っ頓狂な声を上げたが、キャプテンは眉間に皺を寄せたままだった。

『穴』を維持する機能を持つ警備艇が各ワームホール入り口に配備されてはいる。しかし、予算の関係もあって、ワームホールに出入りする機能までは持っていない。まさか、無許可で勝手に侵入する船があるなんて、誰も考えていなかっただろう。保護バリアを展開することはできるが、一隻目には間に合わず、箱を飛ばして僕らに警告した。常識の盲点を突かれたようだが、とにかく、これは前代未聞の蛮行だ。

「詳細と指令は追って知らせル。航路を維持しつつ警戒態勢を取って待機せヨ」

「指令が来るまで、時間がかかりそうだな。機構からの指示を待たねばならないだろうから」

キャプテンは、不測の事態に備え仮眠を取るよう全員に通達したけれど、皆とても眠れるような状況じゃない。

「航路を維持しつつってなんだ。ここは回避行動じゃないのか」

バズがくってかかったが、キャプテンは冷静にそれを手で制した。さらにキャプテンは勝手な憶測で危機感を煽る事のないよう、指令が来るまでの間、クルーたちがこの話題に触れるのを禁止した。

僕らは休息室で、押し黙ったまま悶々と時を過ごすしかなかった。

そして、それから五時間後。永遠と思えるほどのどんよりとした時の経過の中でやっと、詳細と指令が来た。

モトウが信号を解読する。

「Ω連盟の狙いハ、知的生命体の科学技術と思われル」

あまりにも予想外の情報に、船内がざわめいた。

でも、次にモトウが言った内容は到底信じがたい。領宙侵犯の目的も訳が分からないけれど、それどころじゃない。あまりのことにモトウでさえ、無表情ではいられなかった程の情報。

モトウは僕を見て、そして、声を震わせ気味にこう言った。

「侵入したΩ連盟の大型船にハ、テレパスが一名搭乗していル」

——ありえない。

テレパスが訓練を受けていたのなら、必ずネットワークで明らかになる。僕以外にそんなテレパスがいるはずない。

しかし、キャプテンは表情を崩さず、

「指令は」

「ハイ」

モトウも、必死だった。でも、声とともに信号を解析する手も少し震え始めた。

「データ開示の要求に応じるナ。そしテ……」

モトウは言葉を切り、キャプテンが腕組みしたままで先を要求する。

モトウは、そこで目を閉じると、つぶやくようにこう言った。

「仮に未実施であル場合、早急に……、サード・ファーストの処置をせヨ」

「ダメですっ！」

そう叫んだのはエリイ。その場でうずくまる君を見て、スカラが優しく肩を抱き、僕も駆け寄った。

「大丈夫だよ、エリイ」

そう言ったものの、

——大丈夫なわけ、ない。

突然降って湧いたこの状況を把握できない。

でも、それは僕だけじゃなく、クルー全員がそうだ。みんな手近なシートに腰掛け、そして、キャプテンの指示を待った。

　手術の覚悟はできているつもりだ。でも、こんな風にせかされるのは良い気分じゃない。

「Ω連盟が最も恐れるのは」

　みんな緊張して、キャプテンの言葉に耳を傾ける。

「我々が彼らより先に異星人と接触する事だ。Ω連盟は近隣の国々を吸収し、連邦共和国を作り上げた。Ω連盟宇宙開発局の幹部には声高に世界支配を唱える者さえいる。そして、彼らは宇宙さえも支配を広げるための領域と捉えている。従って、彼らの最優先課題は、どんな手段を使っても宇宙開発で機構に先んずる事だ。おそらくこの先、異星人との接触があれば、彼らはそれを利用して自国のみの利益を得ようと画策するだろう」

　Ω連盟についてのよからぬ噂は僕も耳にしていたけれど、宇宙についてそんな考えを持っていると聞くのは初めてだった。他のクルーたちは、常識だと言わんばかりに頷いていた。でも、長老会議が幅を利かせているのなら、こちらの機構もΩ連盟と大差がないような気が、僕にはする。

「しかしな、今回のはあまりに強引すぎるだろう。知的生命体の科学技術なんてありゃしないのに何を焦っているんだ。機構の連中も止められなかったのか。情けない」そう言ったのは、バズ。さらに、「国際問題になるのは目に見えているな。連中に弁解の余地なんかない。それでも、強引にやり続けるなら、こりゃあ、戦争になるぜ」

　それも、もちろん気になる。けれど、今もっと差し迫って気になっている事をキャプテンに聞いた。

「テレパスが搭乗、と言うのは」

「それは、私にも全く想像できない。だが、嘘の情報ではない。箱を飛ばすくらいだ。信頼性は極めて高く、対応は急を要する。だから、なぜテレパスが搭乗しているかもそうだが、まず、搭乗する事でどうなるかを考えてほしい」

「そのテレパスがベータと交信すれば、こちらの情報は全て向こうに筒抜けだわ。機械に詳しければもしかすると観測機の構造なんかもね。後で設備が整っている施設に連れて行けば映像化も可能だし」

と、スカラがそう言って端正な顔をしかめる。

「もちろん、それもある。従って早急にサード・ファースト、つまり、ベータの手術を実行せよとの指令が出ているのだが」

キャプテンの言葉にエリイが敏感に反応し、頬を紅潮させて何度も大きく首を振る。

「済まないね、エリイ。でも、私が言いたかった『どうなるか』は、それではない」

キャプテンは優しくエリイにそう言ってから、今度は僕を見た。エリイを見るのと同じ優しい目だった。

「確実にそのテレパスは、訓練を受けていない。しかしそれよりも、あちらのクルーとテレパスの信頼関係がさらに深刻な問題だ」

僕はキャプテンが何を言いたいか呑み込めないでいるけれど、他のクルーたちはエリイも含めて、その言葉の意味を理解している様子で何度も頷いた。

そして、エリイがつぶやく。

「あちらのテレパスがひとりぼっちにされていると……心配です」

僕が最初に気付かなくちゃいけなかった。

訓練を受けない人間が宇宙船に乗れば、まず、Gの変化に対応できるかが問題だ。僕は訓練で徐々に慣らしていった。バズのように腕のいい操縦士ならいいが、そうでなければいきなり本番で身体が持つかどうか。しかし、テレパスにとってそれ以上の最大の危機は、ネットワークを失う事による『絶対的孤独感』だ。僕がそれに耐えられたのは、心を通わせて信頼関係を築いていたエリイがそばにいたから。

その時。

「あっちの船には、絶対お世話係なんていないもんな」

そう言った後、バズは慌てて口を塞いだが、後の祭り。スカラに思い切りほっぺたをつねられた。

――お世話係。そうか……。なんてことだ。

僕の中でやっと、そう、本当にやっと、ピースが繋がった。

長老たちに怪しまれないため、クルーは出発前に僕と仲良くなってはいけない。それをキャプテンから聞かされたとき、エリイが僕と食事をしたのが出発の三日前だったことに引っかかりがあった。けれど彼女だけは、出発前にそうする必要があったんだ。一人で宇宙空間に出たテレパスが最も必要とするものが何か、クルーたちはそれを知っていたから。エリイはただの民間人じゃない。たまたま運がよかったんじゃない。彼女はまさに見込まれた人。体力に不安要素があるのに選ばれたのは、別のとても重要な判断基準があったから。そう……、僕を守る。それがエリイに課せられた任務だ。そしてエリイは充分すぎるくらい職務を果たしている。決して偶然なんかじゃない。クルーたちは目的を持って選抜し、エリイを最適の人材だと見込んだんだ。長老会議の目をごまかして世話係の搭乗を計画した人、候補者を集めた人、審査して彼女を選んだ人（絶対スカラだけど）……。どれほどの人に僕は助けられているんだろう。

　僕を守るのがエリイのお仕事だとようやく気づいてちょっと落ち込みそうになったが、それより遙かに感謝の気持ちが勝った。体験学習候補生たちに真の目的を知られたら、人生は終わってしまうはず。当選者のエリイにだけ真実が知らされたんだろうが、それでも危険は大きい。僕のために、大きいリスクを負っても怖い老人たちを欺き通すことを選んだ人たち。今湧き上がるこの感情は、普通人の社会でしか味わうことの出来ない、彼らからの大切な、心のこもった贈りものだ。

　視線を感じて振り向くと、えくぼを見せて頷くスカラがいた。

「キャプテン。手術の実施を指示して下さい」

　エリイがそんな僕の手を握ってきた。そして、くりくりした瞳にいっぱい涙をためて、首を激しく横に振る。

「いや、今は必要ない」

きっぱりと言い切ったキャプテンにスカラが「そうよね」と、同意を示し、こう続けた。

「そのテレパスがアナタと正常な交信ができる幸運は期待できない。生命さえ危険な状況かもしれない。どう、キャプテン」

キャプテンは大きく頷いた。

「同感だ。このチームは、緊急時に全員の英知で対応し最善を尽くす。それができるチームだと私は信じている。この場合の判断は現場優先なのだよエリイ、ベータ。つまり、この事件の対応については、全責任が現時点で私にある。従って、私の判断が第一優先になる。箱の指令を待つか待たないか。そして、それに従うか従わないか。それらを判断する責任者は私だ。長老会議の作った誓約書に従っていずれしなくてはいけないが、今手術をする必要はない。むしろ今してはいけないと私は判断した」

よく響くその声は、とても頼もしく聞こえた。そして、嬉しかった。キャプテンは『チーム』と言ってくれた。そこには僕とエリイも入っている。

キャプテンはさらに続けた。

「ただし、回避はせず航路維持だ。向こうのテレパスが気になる。船長とも話したい。話の分かる者なら良いが」

搭乗しているテレパスが心配だ、とても。

――大丈夫なんだろうか。そして、いったい誰が。危険だと分かっているはず。

嫌な予感がした。仮に、僕の身を案じて搭乗したなら。科学知識の理解に優れ、そして身の危険を顧みずに志願しそうなテレパスが……いる。

「ベータ」

突然名前を呼ばれて、ビクッとなって振り向いた。

モトウだった。

「キミの能力だケド」モトウは言葉を続けた。無表情に戻って冷静に。「Ω連盟も他のテレパスも、キミの進化、つまり能力の進歩には気付いていないヨ。それを逆手に取れないかと思ってネ」

キャプテンが大きく頷いた。そして他のクルー全員が一斉にモトウに注目した。

「テレパスの感知能力の限界は二万km以内と一般に思われているケド、実は科学的根拠は全くないんダ。誰かが予想で言った数字が一人歩きしていてネ。そして、ベータの感知範囲は三万二千kmダ」

それは、テバイに来る前、小惑星帯で観測した実験結果だった。

「Ω連盟は、ほぼ確実に感知能力の限界は二万km以内だと思ってテル。もし、Ω連盟の船が二万kmより近づいてきたら、そこに搭乗してるテレパスは健在ダ。デモ遭遇した時、三万二千kmカラ二万kmデ、何かできないかと思ってネ」

「なるほど」バズがそう言って自分の拳同士をぶつけた。ゴツンと音がしたけれど、彼は全く意に介さない。「どれほどのスピードで接近してくるか、だな。急接近ならあちらのテレパスは健在。それほど近づいてこなけりゃ、あっちのテレパスは危険な状態だ。こちらも向こうの様子が分かるからな。それを知られたくないからうかつに近づけない。そして、こっちがこっそり三万kmくらいに近づけば、連中に気付かれずにベータはその見極めができると言う訳か。操船技術が試される。腕が鳴るぜ」

　バズは嬉しそうに、今度は指をポキポキ鳴らした。

「僕の手術のこと、彼らは知っているんでしょうか」

「おそらくそこまでは知らないだろう」

「じゃあ、こちらの思うつぼだな」

「ところが、状況はそんな単純じゃなイ」モトウはバズに釘を刺す。「いくつか極秘事項も含まれてるんだケド」

　モトウがそう言っても、今回ばかりは誰もふざける余裕なんてない。

「テレパス波と普通の電波は物体への透過性が違うケド、もっと本質的に違うところがあるんダ」

　そうしてモトウは饒舌になる。

「モチロンまだテレパス波そのものの検出は出来ていないガ、君たちの脳内電流ヲ観測することデ、感知の様子をツブサに測定することは可能ダ。で、ふつう、電波は発信波が弱すぎるところで受信できなイ。『圏外』というヤツダ。ところがテレパス波は違う。研究者たちはそれを調べるのに、ベータたちにはホント申し訳ないケド、薬物投与で昏睡させたりなんてヒドイ事をしテ、能力を弱めた被験者の受信状況を遠く離れた数名のテレパスを使って測定しタ。すると予想外。被験者が明らかに前頭葉神経組織の活動が鈍っているにもかかわらズ、他のテレパスは被験者をしっかり感知してたんダ。しかし、感知したテレパスが昏睡してるテレパスを刺激して活性を促す等は全くできなイ。ホント、これっぽっちもできないんダ。つまり、受信力が強くて発信力は弱イ。そしテ、テレパス波の受信強度は発信者の状態よりも、受信する側のテレパスが意識をどう集中するかで大きく変わル。だから、科学的なデータが取りにくイ。それでも、遠くだと感知強度が減衰するのは分かっタ。そこからざっくり二万km以内と推察。テレパスが集まって村を作ったのも、ネットワークをより密に保ちたいみたいナ本能的なものがあった可能性もアルネ。

そこデ、ベータには申し訳なかったケド、出発時にまず感知限界を測らせてもらっタ。二万三千kmから二万六千kmと幅が大きいのは、簡易測定だからでもあるケド、宇宙船の速度と加速度がネットワーク感知に与える影響が不明なのト、各地に散らばってる被験者等がいて特定しにくかったからデ、限界が訪れた時刻は正確に測定できタ。なぜなら、ゆっくりフェードアウトじゃなく、確かに減衰はするケド、感知限界付近でいきなり急速に減衰してプツン・プツンと切れていったからダ」

確かに僕が経験したことだ。あの時の感覚が蘇りそうになって、僕は慌てて頭を振った。

「それは、ボクが立てた仮説と合致してル。ボクはテレパスは生まれた時から、目に見えない神経組織のようなもので全員と繋がっているんじゃないかと思ったんダ。それこそがネットワークの正体。その神経組織を『触手』とボクは呼んでル。目に見えない、ケーブル付きのアンテナみたいなイメージかナ。常に相手にくっつくように設定された伸縮自在のネ。それが、無数にあル。触手って言ったケド、テレパス波の経路だから直線ダ。しかも大きさは考えなくてイイ。その触手が受信機能を持ってル。蓄積された知識なんかは共有できないから、たぶん各自の頭の中とダイレクトに繋がるイメージじゃなく、頭皮に目に見えない他のテレパスからの触手が無数にくっついているような感じダ。そしテ、先端のアンテナが弱い発信でも受け取ル。相手が眠ってても読み取れるし、いつもそこにあると認知できル。精神の集中で触手に指向性を持たせれば特定の相手と密に交信もできル。『蓋』は注意を自分の内面に向けることデ感度を弱めるだけデ受信触手が離れるんじゃなイ、たぶんネ。どちらにせよ、テレパス能力の基本は受信触手なんダ。そしテ、受信触手を伸ばす事ができる限界距離を超えるト、急速に減衰してプツンと切れてしまう。もちろんボクたちと違って発信部位があるんだけド、その力は思ったほど強くなイ」

「でも、ベータはどうなの。彼の機械を操る能力は、確実に発信じゃないの」

「そう、その通りダ、スカラ。それがベータだけが持つ特殊能力。特定の素子に受信触手を伸ばせテ、感知するとそこに発信触手まで伸ばせル。発信・受信の両方がないと操る事はできないからネ。モチロン、機械の素子に対する受信・発信ともに特殊能力だケド、特に他のテレパスと大きく違うのハ、強い発信触手を持っているところだと思うんダ」

「なるほど……それは」

　モトウの説を聞いたキャプテンが、なぜか眉間に皺を寄せて、

「モトウ、君のその仮説を長老たちは知っているのかい」

「イヤ、言ってなイ。けれド、彼らだって元は優秀な科学者。モチロン彼らの下にも優秀な科学者がたくさんいるからラ、いろいろな仮説を組み立ててルと思う」

「そうか……。ところで、ベータ、君はその能力を機械以外で使った事はないのか」

「えっ」

　その言葉の真意を呑み込めないでいると、キャプテンは僕に、今まで想像すらしなかった恐ろしい事を尋ねた。

「つまり、仲間のテレパスに君の発信触手を伸ばして、機械と同じように操ろうと試みた事はないのか、という意味なんだが」

　全員が一斉に僕の方を見て、その視線に気圧された僕は、思わず後ずさった。

考えた事もなかった。機械には抵抗感なくできたけれど、仲間にそれをするなんて。激しく首を横に振る僕を見てキャプテンは意味不明な単語をつぶやいた。

「サードアイ……」

　スカラの表情が、いつもと違って硬くなる。

「邪神シヴァ。ヒンドゥー教の神で破壊と再生を司る、どちらかというと破壊神ね。その額にある第三の目よ。超自然的な力を持つ目の総称でもある。今まで気付かなかったけれど、長老たち、アナタがそんな形で進化する危険があると考えて恐れていたのかもしれな

い。だからアナタをその力のイメージで『サード』と名付けた。そうなると、ファーストとセカンドは後付けね」

するとキャプテンが、もっと恐ろしい事を言う。

「長老会議も当然、いろいろな異星生物についてシミュレーションをしている。元は優秀な科学者だから、電子生物の自我の統一なども ね。テレパスのネットワークはもちろんテレパイ人のそれとは違うが、テレパス同士が繋がっているから、もし将来彼らが深刻な危機に見舞われた時、意志さえ持てば意識を統合して進化していく事も可能だ。では、誰が統合するのか。モトウの説が正しければ、発信触手というベータだけが持つ第三の目でテレパスを操れる可能性は否定できない。そして、普通人がテレパスに危害を加えようとしたなら、進化したサードアイの統一自我が全テレパスを手足のように率いて反撃に出る。確かにその方向の進化も考えられる」

「そんなの、思いもしない。絶対できませんよ」

僕は首を振るしかなかった。テレパスは平和主義者なんだ。

そんな僕の様子を見かねて、エリイがそっと手を添えてくれる。

バズが僕の肩を揉みながら言った。

「できたとしても、お前はやらないさ。もし、長老たちがお前の力を持ったら、絶対そっちに使うけどな」

「長老会議は、彼ら独自の固定概念で物事を判断する傾向があるからね」

　キャプテンのその言葉を、今度はスカラが無責任にあり得ない方向へと膨らませる。

「ひょっとして彼らは、さらにアナタが進化して全人類を操っちゃう事を恐れたのかも。シンクロチップなんかを人類の頭に埋め込んだりしてね。まさに、サードアイの邪神。または、人類を支配する第三の存在、『サード』よ」

「ケド、研究者はベータにその実験、つまり仲間のテレパスを操れるか実験ヲした形跡はないからラ、それには気付いてないいんじゃないかナ」

「いや、それは違うよ、モトウ。ベータはその可能性を考えてもみなかったようだから、わざわざ気付かせるようなミスはしない。それこそ、取り返しの付かない事になる危険もあるからね。やはり、そうなる前に能力を取り去ろうとするだろう」

　冷静に分析したキャプテンに向かって、エリイが悲しい目でイヤイヤをする。

　場に重苦しい空気が流れた。

　――この力が疎ましい。

　自分の能力の事を考えて背筋が凍る。そして、そんな風に思ってしまう自分が、イヤでたまらない。

「この話はここまでだ」

　キャプテンが突然手をパンと叩いてそう言うと、澱んでいた空気が一気に引き締まる。

　僕らに指示が飛ぶ。

「時間が大切だ。モトウ、提案がありそうだが」

「イエッ・サー」モトウが、珍しくオーバーアクションでキャプテンに敬礼した。意見があることを察してもらって嬉しかったようだ。「早急に、ベータの能力測定実験を行うべきデス」

「じっけん？」

気持ちの切り替えができない僕が、はてなマーク満載でモトウを見やる。

「送信・受信と考えたラ、触手の送信可能距離と受信可能距離が一致していないイ可能性がアル。特に異星生命体との接触デ、キミの能力はさらに開化しているんじゃないかナ、三万二千kmよりモ。特に受信能力が開化していれバ、完全無欠となル」

「ええっ、受信距離が発信距離より長いと完全無欠ってか。どういう事だ」

バズが話についていけずに。助け船を求めた。エリイは、もう、随分前から首を傾げている。

「確かに、テバイでの接触で受信能力が向上する可能性は充分にあるが」

キャプテンもモトウの真意を測りかねているようだ。

「こういうことかしら」そこで、お見通しおばさんスカラ登場。「テレパスの受信距離に個体差がどれくらいあるか不明だけど、おそらく、進化したベータの比じゃない。それはもう、みんな理解してるわよね。いまモトウが言ったのは、仮にベータの発信触手がテレパス相手に感知される種類のものだとした場合でも、前回の実験のように受信可能距離が発信のそれを上回っていれば、つまり操作可能距離とシンクロ可能距離の間の範囲内ではベータだけが感知できるから、相手に知られずに様子を探ることが出来るということかしら。なぜテレパスが搭乗しているかも含めてね」

「ほぼ、正解だネ。発信触手がテレパス相手に感知されル種類のものという可能性ハそんなに高くなイ。ケド、石橋を叩いて渡ル」

「了解した。さあ、モトウ、ベータ。早速準備したまえ。早ければあと、八時間程度で遭遇する可能性がある。その前にデータを取るんだ」

「イエッ・サー！」

僕はモトウと声をそろえ、キャプテンに向かって敬礼をすると、急いで実験の準備に取りかかった。

「スゴイデス」僕の頭の電極を、ひとつひとつ丁寧に外しながらモトウはつぶやいた。「受信距離は四万一千㎞。予想通り発信距離より長イ。デモ、発信距離も三万六千㎞。スゴイ」

「また進化、いや能力開化しているのね」

と、スカラ。

「このママ進化し続けるト、とんでもないことが起こるカモ」

モトウは目を輝かせてそんなことを言う。彼の言うとんでもないことが何かは分からないが。

「四万一千か。じゃあ、相手の船と四万kmかそれよりちょっと近いくらいの距離を保つのがベストだな」

バズも意味が呑み込めたようだ。指をポキポキ鳴らす。

仮に僕の発信触手がテレパス相手に感知される種類のものだとしても、三万六千kmより遠くでは絶対感知されない。モトウの「対象者や対象物と繋がる触手説」を信用するなら、向こうの受信触手の先端に僕の発信触手の先端が繋がることは考えられないから、「向こうの受信距離プラス僕の発信距離」のような足し算は成り立たない。

でも、一度切れてしまっている受信触手が、すぐ繋がるかが心配だ。

モトウにそれを尋ねると、彼は、

――大丈夫ダ。触手はもちろんテレパスの人数分、千本以上はあるけれド、たぶん地上の全人類と繋がってお釣りがくるくらい無数にあると思うヨ。しかモ、意識しなくてモ、触手が勝手に相手ヲ捜してくれるル。テレパス波の伝播ハ光速だけれド、接続自体、それとは別に量子的な繋がり…みたいナ、なんせ意識の領域だから未知の何かがあるカモ。これハさっきと違って根拠のない仮説、つまり、ボクの勘だケド。

無表情でそう言っていた。

「限られた時間内で、ベータの能力を送受信とも測定したのは、とても良い仕事だ」

キャプテンは、モトウと僕を労ってくれた。

「やっぱり、テバイ人とは接触しなかったたな」

「そりゃあ、無理」

バズの言葉に、僕とモトウが同時にそう言って、モトウが先を続けた。

「テバイと二百二十億km も離れてル。桁違いに遠すぎるヨ。いくらテバイ生命体でも無理ダ。それに、ここからだト、光の速さでも、テバイに着くまで二十時間かかル」

僕は頷きながら聞いていたけれど、心のどこかで——それでも、繋がっていたらいいな。そう思っていた。

十二、Ω連盟との対決

それから約三時間半――

その時がやって来た。

「宇宙船の重力制御パルスを感知！　本船との距離八十万km」

コクピットで、バズが大声で叫ぶ。地球と月の距離の二倍強だ。

船内に緊張の糸が張り詰め、僕らはシートベルトをきつく閉めた。

「猛スピードで接近中。距離七十万km……六十五万km……」

星系内だというのに凄いスピードだ。ただし、急いでいるΩ連盟の宇宙船ならそれくらいだろうと予測していた速さだった。つまり、想定内。

そして、向こうの船は次第にスピードを緩めて停止し、こちらの船とちょうど十万km離れた地点で正対した。

コクピットにΩ連盟の船長らしき男の厳つい顔が映し出され、野太い声が響き渡る。

「そちらのテレパスの状況を知りたい。生存確認だ。本人を出すように」

いきなり、僕を気遣うような言葉から始まって面食らった。でも、よく考えると僕がいなければ相手テレパスは交信ができないから、初めにそれを確認するのは不思議じゃない。

船長の映像を見て、キャプテンとスカラが顔を見合わせて頷くのは、不思議だったけれど。

船内カメラが座っている僕を映し出す。自分が大写しになっているのが、何だか恥ずかしい。キャプテンに促されて僕は、緊張を悟られないよう、腹からできるだけ大きい声を出した。

「私がテレパスです。研究員からはベータと呼ばれていました。健康状態は、ここのクルーたちのおかげで良好です。そちらのテレパスは元気ですか。顔を見て話がしたい」

ほんの少し間を置いてから、男は満足気に頷いた。が、そこで突然映像が切れてしまった。そして、僕の要求を無視して、男の言葉がコクピットに響く。厳しい口調だ。

「ここからは音声だけのやりとりとする」

Ω連盟側は、以降の映像送信を拒否した。

「本国宇宙開発局から出された警告及び要求を今から告げるので、必ず従う事。貴船がもし、拒否または抵抗する事があれば、本船は対抗手段としてやむを得ず武力行使を行う用意がある」

高圧的な態度で脅しをかけてくる。そして、次に発せられた言葉は耳を疑うものだった。

「本国宇宙開発局からの警告――貴船は我がΩ連盟の宙域を侵犯している。

本国宇宙開発局からの要求――貴船が調査で得た異星知的生物が持つ科学技術の情報を、全て当方に引き渡す事。重ねて言うがこれは、本国宇宙開発局からのものである」

「そう来たか。月面の時と同じだ。突然自分勝手に領有権を主張して居座る。どこまでも意地汚い奴らだ」

バズが吐き捨てるように言ったが、キャプテンは大きく何度も頷いていた。

確かにここはΩ連盟のものじゃない。このワームホールは宇宙機構の所有物だから侵犯だと――一瞬、僕はそう思った。けれど、もともと、宇宙は地球人のものじゃない。「人類は、勘違いしたまま宇宙に飛び出してしまった」と、以前誰かがそんな事を言っていたような。

それはそうと、なぜΩ連盟は、ここに知的生物がいると結論づけたのだろう。これまでの調査で知的生物が存在する証拠は何も出ていない。そして、今回の調査結果を知るのは不可能だ。

「そちらにもテレパスがいるそうだが」

キャプテンが交渉の口火を切った。

「声を聞かせてくれないか。そして映像もだ。こちらのテレパスに確認させたい」

急いで気持ちを切り替えた。向こうのテレパスの状態が気になる。

「必要ない。早急に異星生物が持つ科学技術について、真《まこと》の、情報を引き渡せ。テレパス同士の交信はその後、異星人情報の真偽確認を最優先として行われるものだ」

その言葉が合図のように、Ω連盟の宇宙船の動力部が重力制御パルスを発し、モトウがそれを皆に伝える。さらに接近するつもりらしい。大型船はスピードは出るが、初動に時間がかかり、しかもスピード調節が難しい。もちろん、小回りも利かない。

キャプテンは目を閉じている。作戦を考えているんだろうか。そして、無言でバズに向かって親指を立てた。

バズが大きく頷き、船が振動を始める。

クルーたちの顔に緊張が走る。スカラも一瞬だけ表情を硬くしたが、すぐにえくぼを見せて悪戯っぽく小声で「マコトノ……ね」と、たぶんそう言った。キャプテンは、スカラに向かって大きく頷く。不思議なやりとりが二人の間で交わされ、僕はとにかく、シートベルトをきつく締め直した。

「我々は確かに異星生命体と接触した。しかし、彼らは科学技術を持ち合わせていない。君たちがどこからどのような情報を得たのかは知らないが、偽《にせ》の、情報に踊らされたようだね。もう一度言うが、こちらの要求は、貴船にいるテレパスの健康状態を含めた安否確認だ」

少し間を置いて、Ω連盟の船長から激しい口調で反論が返ってくる。

「その要求は却下する。そして、我々はだまされない。こちらも、もう一度言う。真の、情報を引き渡せ」

スカラは相変わらずえくぼを見せていている。キャプテンは僕に、ある方向を指さして注意を促した——距離計だ。

九万四千㎞。徐々に近づいている。

キャプテンも負けずに言い返す。

「私たちは誠意を持って接しているではないか。先ほど言ったのが、真の、情報だ。神にかけて、嘘偽りない。なのに信じようとしない。実に嘆かわしい事だ。悪いことは言わない、今すぐ帰還したまえ。さもないと、国際紛争に発展する危険性がある」

距離は、八万六千㎞。

Ω連盟の船長が声を荒げる。

「神か……。根拠がないものは信じない。異星生命体に関する情報を差し出せ。または、それが存在しないと言うのなら、その根拠を示せ」

距離は、七万四千㎞。

向こうの宇宙船は、次第に加速がかかる。

キャプテンも反論する。

「ではなぜ、君は私たちが異星人の科学技術を得たという根拠のない妄言を信じているのかね。上の人間からそう言われただけではないのかね。哀れだ、同情するよ。それより、本当にそちらのテレパスは元気か。テレパスが宇宙空間に出てネットワークを失うことは精神的に極めて深刻であり、危機的状況に陥る事を、君はどこまで知っているのか」

向こうの船から他のクルーの声がかすかに聞こえ、Ω連盟の船長は僕の知らない言葉で、声の主を一喝した。

距離は、五万九千㎞。

接近するのは、搭乗している向こうのテレパスが無事だという証拠。そう思いたい。

モトウは必要ないといったけれど僕は、Ω連盟の船がいる方向に神経を集中させる。緊張で手のひらが汗ばむ。

——どうか、無事で。

「こちらにいるテレパスを気遣っているようだが、専門医たちが保護している。非人道的な扱いをすることはない。心配は無用だが一旦ここで通信を切る。また後で……、エイブラム」

最後に小声で言ったエイブラムは、キャプテンの名前だ。

——名前を知っているんだ。

その時だ。キャプテンが僕を見て親指を立てた。

四万二千km！

キャプテンが無言の指令をバズに出す。バズは僕らの方を振り返り、歯をむき出して、口を大きく横に開く。それは明らかに「G」に注意のサイン！　僕らはシートベルトをきつく締め直した。

船はゆっくり後退を始めるが、まだあちらの船のスピードには達しない……そして、

——繋がった！

激しく揺れ始めた船内で、感じ取った。

——懐かしい。

僕の、かけがえのない、大切な人。

そして、『世紀の大事件』が起きた。

研究対象になったテレパスの中で、ワンだけはそれを自分の名前にしていた。僕は思い切り集中して、ワンが夢と混濁する意識の狭間で発信し続ける情報を洗いざらいかき集めた。慣れないGを受けて起こる身体の変調と、ネットワークを感じられない絶対的孤独感。限界を超え、身も心もボロボロで昏睡状態になるはずのところを、薬物投与で強制的に覚醒させられてまた眠りに落ちる。命に関わる状態だと言うのに、それを繰り返して今は眠っている。

――なんて酷い事を。

ワンの記憶の断片を、繋ぎ合わせる…………僕が地球を後にした直後、僕の思念波が完全に途絶えた事に気づいた仲間たちは、気をもんではいたが、孤独感がこれほどまでに絶望的だということまでは想像できていなかったようだ。思念波が完全に途絶える状況は何度も経験している。緩やかな途切れ、突然の途切れ。でも、僕の切れ方は「死」によるそれとは明らかに違っており、恐れていた通り「距離」によるものだと誰もが納得していた。その中でワンは僕を家族のように心配してくれていた。無事に戻ってこられるのか。過酷な宇宙で、身体や精神に変調をきたしていないか、と。

そんなとき、あるテレパスに近づいたのがΩ連盟の工作員だった。

同時期にΩ連盟は国際会議の場で、テレパスが実験動物のように不当な扱いを受けている事について宇宙機構を糾弾し、研究対象になっているテレパスに対しての救済決議を求めた。

　工作員は、Ω連盟はテレパスの味方だと近づき、そして、彼にこう吹き込んだ――アンタレス星系にはテレパシイ能力を持つ知的生命が存在する。宇宙機構がテレパスを宇宙に連れて行ったのは、異星人と交信をさせた後で、証拠を残さぬよう抹殺するための謀略だ。その計画を阻止し、謀略を暴くにはテレパスの協力が必要だ。

　いったいどこからそんな偽の情報が入ったのか。それともテレパスを仲間に引き入れようとする策略なのか。もちろん、その情報はネットワークを通じて全てのテレパスに行き渡った。テレパスは秘密を持てない。テレパスを監視している長老会議に漏れるのは時間の問題だろう――長老会議はそれに対して、何か手を打ったのだろうか。

　テレパスの中でも情報の信頼性に疑問を持つ者が多かったが、ワンは誰よりも早く、自分がΩ連盟の宇宙船に乗ると決断した。ネットワークを通してそんな彼の身を案じる者もまた、多くいた。しかし、仲間を助けるという彼の意志は固く、しかも事態は急を要する。ワンは決心し夜陰に紛れて工作員と共に研究所を抜け出した。僕を助けたいと言う一心で、身の危険も顧みず。

　腑に落ちないところはある。が、何が何でもワンを守りたい。居ても立ってもいられなくなる。胸が締め付けられ、ぞわぞわ音を立てる。

　――ダメだよ。これは僕一人の問題だ。仲間を巻き込みたくない。仲間が犠牲になるのは、僕には耐えられない。

時に兄のように、時に父のように、幼い頃から僕を見守り、支えてくれたかけがえのない人が、僕のせいで今、生命の危機に。

——できる事は、何だ。

身体が震える。Gのせいじゃない。焦りと苛立ち。

距離計を見た。三万八千km。受信可能距離は保たれている。発信到達距離まで、あと二千km。でも、発信して、彼のために何ができるんだ。

また、距離計を見た。三万八千km。ピタリとそこで止まっている。バズが相手との距離を保っている。「G祭り」を起こす事なく——やっぱり、凄い。

自動的に距離を保つ装置なんてこの船にはないはずだ。大型船と小型船の違いがあるし、船や操縦士の特性もある。相手は兵器を搭載していると思われるので、後ろを見せて逃げるのは危険だ。近づこうとしている相手と正対したまま、一定の距離を保って後ずさる、それが難しい。向こうは楽だけれど、こちらは大変だ。もしできたとしても船内Gの揺れは避けられないはず。でも、揺れは最小限に抑えられているようだ。

エリイはずっと、心配そうに僕の方ばかり見てくれている。邪魔になってはいけないと思っているんだろうか、声は掛けてこない。シートベルトがなかったら手を握ってくれていたに違いない。

身体の震えが止まらない。エリイの手は、遠い。すると、抑えていた疑問が浸み出して、グルグル渦を巻く。

――でっち上げじゃないとすれば、Ω連盟はどうやってここの情報を得たんだろう。テバイは、わずかだけれど生命の可能性があると言われていた。この情報は公開されている。僕が乗り込んでいるのも、それほどの重要機密じゃない。その二つをくっつけて尾ひれが付いたのか。でも、抹殺……。確かに手術で僕は「テレパス生命」を抹殺されるが、それは重要機密だ。どうして……

いやいや、そんな事に囚われてちゃいけない。

――今、何ができるかを真剣に考えろ。

空回りする頭を整理したくて、何度も額を小突いた。

「連中、静かになったな」

操縦桿を握って、計器とにらめっこをしながら、バズがつぶやいた。

確かに何も言ってこなくなった。船長はもう、冷静さを取り戻したんだろうか。

その時だ――――

僕の頭の中に、突然、

――映像が来た！

医務室らしき部屋の天井の灯り。ベッドを囲むように白衣の男たち二人と、帽子と上着の両方に勲章を付けたさっきの厳つい男。今はコクピットでなくここにいる。そして、白衣の男たちと言い争っている。言葉は理解できない。

白衣の中の一人は注射器を手にしている。

——危険を察したんだ。

そして、微《かす》かに意識を取り戻したワンの本能が映像化をさせた。映像化は、頭の中で思考チャンネルを加えて重ねるイメージだが、深刻な危険を感じた時、無意識で発現することがある。だからテレパスは、多くの「死」を知っている。

「やめろー」

僕は叫んだ。

テレパスは、こういう状況で叫ぶ事はない。でも、普通人と会話するのに慣れたからか、それとも、発信が届かない距離にあるもどかしさからか、僕は叫んだ。かすれた弱々しい声しか出ない自分が、悔しい。でも、何度も何度も叫んだ。

「やめろー、やめろー、やめろー」

クルーたちが、僕を見る。

「何があった！」

キャプテンが珍しく声を荒げる。それで僕は、キャプテンがΩ連盟の船長との言い争いの時とても冷静だったと気付いた。

——しっかりしろ！

僕は自分を叱りつけた。また変な風に回り始めようとする思考を必死で振り切り、急いでワンが今置かれている状況を説明する。

「やはりそうか。Ω連盟の船では命令系統がまとまっていないようだ」

　聡いキャプテンが、僕の説明の途中で事態の深刻さを察し、相手に向かってさらに声を荒げる。

「応答せよ。応答せよっ！　そちらのテレパスに危害が及ぶ行為があれば容赦なく攻撃する」

　もちろん、この船に兵器なんて積んでいない。もし異星人に攻撃されたら、とにかく逃げる。でも、キャプテンは体当たりも辞さないくらいの剣幕だった。こちらがテレパス波を受信しているという手の内をさらけ出す事など、お構いなしだ。

「ヤメローっ！！」

　とてつもない大声が響いた――バズだ。僕の代わりに大声を出してくれた。でも、そのせいか、船が揺れ始める。距離計を見ると三万七千㎞。

「やめろー、やめろー」

　僕がさらにかすれ声を絞り出す、
　スカラとモトウも顔を見合わせ「やめろー」と連呼する。

　ドスン。と、音がして、見るとエリイが尻餅をついていた。無謀にもシートベルトを外したのだ。そして、這うようにやって来て両手で僕の腕をつかむ。

「ベータ、落ち着いて冷静に考えて下さい」

　君のアドバイスは、いつも的を射ている。

でも僕は「やめろー」と、座席で頭を振り続けるしかなかった。

向こうの船の連中は無反応だ。通信を切っているのだろう。

コクピットは重い悲壮感に包まれる。

その間にも、注射器を持った白衣の男がワンに近づいていく。

――どうか生きていてくれ。君は私たちの誇りになれる人だ。

僕ではない。ワンの思念だ。そして、幼い僕との出来事を思い出している。それを僕は遺言のように受け取る。保護者代わりで、問題児の僕をいつもかばってくれた人の、遺言。

もちろん、僕が受信しているのを彼は知らない。死の縁に立たされてもなお、僕の身を案じる。いつも、どんな時でも他人を思いやる。そんな人を、僕は見殺しにしようとしている。

注射針の先から、透明な液体が一筋ほとばしる。白衣の男の足が、一歩前に出る。

――やめろ。動くな！　許さないぞ。

もう、声は出なくなっていた。代わりに僕の頭からむき出しの感情がほとばしった！

――少しでも彼に触れてみろ、お前を許さないぞ！

幼い僕を支えてくれた、守ってくれた、大好きな、大切な、かけがえのない仲間が……

――絶対に、許さないっ！

僕のせいで、「死」。

――いやだ！

その時……

「エリイ、席に戻れ。全員Gに備えよ。バズ、全速前進。距離をもっと詰めるんだ。ベータ、発信して相手側のテレパスを操れ。可能な限り抵抗させろ！」

僕の顔色を見て事情を察したのだろう。キャプテンは矢継ぎ早に指令を飛ばし、僕に向かっては、そんなとんでもないことを叫んでいたらしい。

でも、その大声すら耳に入らないほど、僕は理不尽さに我を失っていた。別の思いに支配されていたんだ。

――力が、欲しい！

僕はどうなってもいい。悪魔に魂を売ってもいい。どんなおぞましいものになってもいいから、

――力を、くれっ！

そして、

――繋がった。

子供の頃にも経験したが、激しく心を揺さぶられたとき無意識に同期《シンクロ》してしまうことがある。そして、今のこの同期《シンクロ》対象物は船内にある一号機ではなく、それより遙かに遠い、大きい何かの動力源。

するとテレパスらしくない激しい感情に突き動かされた僕の中から、

『闘って守れ！』

何物かが、頭をもたげた。

荒れ狂う情念の渦から、得体の知れない青黒いぬぺっとしたものが妖しげに浸み出し湧き上がり、あっという間に僕と同化すると、身体がべりべりと引き裂かれるイメージを伴いながら、そいつはグワッと、身体の半分ほどもある口を全開にして暗いトンネルの中を疾走した。

――うおおおおおお！

周囲から音が消えて、
そして次の瞬間、
動力音の中にいた。

――やめろー！　許さないぞ！　動くな！

身体を激しく振動させながら僕が……壊れていく。

――動くな！　止まれっ！

僕の叫びが、僕を一つずつ壊していく。

激しい痛みを伴って身体がぐにゃぐにゃ変形する。そのたびにゴキゴキと背骨から脊髄に響く嫌な音がする。光が次々瞬いたかと思うと、断末魔の叫びを発しながら眩く光って赤い炎の連鎖を生む、身体が熱い。

やがて……、身体から次第に痛みや熱さの感覚が剝ぎ取られていって、

――これで、「死」ぬ。

そう感じた途端に、漆黒の闇が僕を包み込んだ。

十三、伝説

闇は、規則的に濃淡が現れたかと思うと幾本もの黒い縦縞に変化する。やがて、縞の濃い部分がゆっくりと黒い球形粒子の集合体に変化した。そしてそれぞれの粒の中心から光が差し込み始め、中心の光が勢力を広げていって背景とともに様々な色を持ち始める。やがてそれらは輝く中空のリングと化し、そして、一斉に「ぱあっ」と弾け飛んだそこには、二十色の虹の世界が――

――これは、ネットワーク。

僕の『理想郷』。

――僕らはずっと一緒だよ。

虹色の中から声がして……いや、ネットワークフィールドそのものが僕に語りかけているんだ。僕の身体はゆっくり宙に浮いて、二十色の世界へと導かれる。

――忘れないよ。ぼくらはひとつだ。

僕たちはひとつだ。ひとつになってキラキラ輝く色とりどりの光の粒の中に浮かんでハーモニーを奏でる。

――いつも君の中にいるよ。だから、

と、突然、メッセージが文字となって空全体を覆った。

『闘って守れ！』

――ぼくは、ずっと闘い続けているんだ。

だから君も、真に闘うべきものを見極めて進化するんだよ。

それが、正しい選択。

僕の中に、確かに、『君』がいる。ずっと『君』といたい。そこは僕の理想郷。

そして、幸せになる。

この感覚を、分かち合いたい……どのカンカク？

リソウキョウ……どこ……なに？　……『キミ』って……？

夢から覚める時に味わう、今までそこにあったはずのイメージを、つかもうとすればするほど遠ざかって消滅していく感覚。覚えておきたい夢ほど、すぐに消えていくという。

そう、これだけは忘れたくない。けれど――

――勇気を出して早く告白しなさいよ。あんないい子、いないんだから。

確かに、僕もそうしなきゃいけないと思っていた気がする。

――でも、現実は夢のようには……。

そうだ、ワンは……

――だいじょう……ぶ……

大丈夫…………？

温かい手の感触。

ゆっくり開けた僕の目に、天井の眩い光が飛び込んできて、目を細め、僕は片手でひさしを作った。もう片方の手は……

エリイが握ってくれていた。

「おはよう」

僕の顔をのぞき込んでそう言ったのは、スカラ。テキパキとお決まりの検査をして、

「異常なし。むしろ、ぐっすり眠って疲れが取れたみたいね。エリイもご苦労様」

エリイは僕とスカラに安堵の笑顔を送って、力なく立ち上がる。足元がふらついているようにも見えた。

「ずっと、アナタに付き添っていたのよ」

その後ろ姿を見送りながらスカラはそう言って、そして、僕の耳元で囁いた。

「勇気を出して早く告白しなさいよ。あんないい子、いないんだから」

確かにそうだ。僕も、夢の中でそんな言葉を聞いたような、気がする。

——でも、現実は夢のようには……。

「あ、それから寝てる間に今回アナタがやった事を調べさせてもらったわよ。無許可で悪いけれど、急を要するから」

スカラはそんな事もできるんだ。うかうか寝てもいられない。僕は何をどう調べたのか

詳しく聞こうと思ったけれど、そこにモトウが入ってきた。

「やあ、ベータ、元気かイ。一日千秋、待ちかねたヨ。やっと目覚めたようだネ。ちょうどいいタイミングだケド」

そう言う彼の顔は、軽そうな言葉とは裏腹に珍しくこわばって、緊張しているようにさえ見えた。

「キミと話したいって言う人がいるんダ、いいかナ」

なかなか現実に戻れなかった僕は、やっとそこで、大切なことを思い出した。

「ワンは。もう一人のテレパスは無事ですか」

そう、ワンの思念が感じられない。

スカラは、僕に向かって大きく二度頷いた。

「大丈夫よ。きっとあちらさん、アナタを安心させてくれるから早く行きなさい。結構せっかちさんだし、待たせない方がいいみたいね」

取りあえず胸をなで下ろしたが、スカラが、相手の呼び名を言うときに、珍しく不機嫌を隠そうともしないのが気になった。

僕は、ゆっくり身を起こした。スカラにワンの様子をもう少し聞きたかったが、モトウは「いそゲ、いそゲ」と僕を引っ張る。まだ頭がボーッとしている。

――誰だろう。

キャプテンではないようだ。それなら「キャプテンが話したがっている」と言うだろうし、スカラもモトウもこんなにせかさないだろう。とにかく、もう少し頭がはっきりしてからの方が、いいんだけれど……。

そんな風に思いながら、ふらつく足でモトウに付いていった。

でも、次の瞬間、
僕は電撃に打たれたように、一瞬でシャキッと背筋を伸ばした。

「……なるほど。エイブラム、君の判断は正しかった。指令は今、私の権限で撤回する。機構には私から伝えよう。しかし、繰り返しになるが誓約書は有効だ。ワームホール突入までには必ず実行するように。今回の惨状を見るに、長老会議の決定も、あながち理不尽と片づけられないかもしれない」

エイブラムはキャプテンの名前だけれど、もちろん、会話の相手はΩ連盟の船長ではない。スクリーンに大きく映し出され、涼やかな目でこちらを見ている人物は、

——シグマ！

あの、伝説の飛行士シグマだった！

僕は直立不動の姿勢で、その場に硬直した。

全飛行士憧れの存在。子供の頃、なりたいと憧れた人が今、目の前にいる。

固まりながら、キャプテンに促されて恐る恐るスクリーンの側まで進み、シグマと対峙した。

——何という、圧倒的な存在感。

ウェーブのかかった、これも伝説と呼ばれている華麗な黒髪は彼のシンボルで、そのヘアスタイルを保ったまま今は見事な銀髪に変わっていた。それによって、さらに重厚な魅力が増したとも感じる。幼い頃に見た本の表紙と比べて、もちろん皺は増えて深くなっているが、端正なマスクは健在だ。まさしく、本物。

「ありがとう、ベータ」

いきなり、憧れのスーパースターから、お礼を言われた！

身体がギクシャク固まったまま挨拶すらできていないところに、いきなり「ありがとう」と言われ、訳が分からずにますます緊張してしまった。

「まだ、何も聞いていないのかね」

「は……、はい」

しどろもどろで、そう答えた。寝起きの僕には、状況が全くつかめていない。「ありがとう」にピンときていない僕の様子で、彼にそれが分かったようだ。

シグマは、とてもよく響く声で、こう言った。

「悪かったね。起こしてしまったのかな」

「い、いえ……。……でも、ちょうど今起きたところで……」

「そうか、では伝えておこう。仲間のテレパスは無事だ。我々が保護して地球に向かっている。もう、ワームホール付近だろう。ここからは百億km強だ。今は眠っているだろうが、昏睡ではない。地球に着くまでその方が精神的にも安全という考えから、そうしている。

また、今回の出来事で死亡者や重傷者は一人もいない」

ようやく緊張が解け、そして伝説の飛行士の優しさを感じた。

僕を気遣った後、真っ先に言ってくれた。的確な言葉で——ワンが無事な事。交信はできないけれど、安心して任せられる心遣いがある事。おそらく僕がやらかしたであろう行為で、人命が損なわれなかった事。

宇宙飛行士たちはこの『シグマの伝統』を受け継ぐんだ。僕は飛行士への憧れをますます強くした。

「しかし、凄い能力だ」

シグマの言葉で我に返った。彼を見てシャキッとはなったけれど、まだ、夢うつつな感じが少し残っていたようだ。

でもシグマのそれは、ほめ言葉ではないと感じた。彼は惨状と言っていたから。

「相手の船は、動力パネルを破壊されて航行不能に陥った。もちろん、それをやったのは、君だ。先ほど『惨状』と言っていたのは技師たちの言葉を借りたものだ。技師が舌を巻くほど見事に、いや、無残なまでに動力部の回路が破壊されていたそうだ。船自体に傷はなく、動力パネルからの火災もすぐ消し止められたがね」

——そんなスゴいことをやってしまったのか。

あの感情が蘇りそうになった。

——思い出したくない。

あの時、凄まじい衝動が吹き上げてきて、制御が利かなくなっていた。まるで、僕の中に得体の知れない怪物が潜んでいるような。

感情と正対できず身震いが止まらなくなって、キャプテンに身体を支えられた。

「恐れるな」

シグマの凛とした声で、僕は「ハッ」と自分を取り戻した。

「身を委ねなさい。自分を信じて、一歩ずつ進みなさい。君の多大なる功績は、残念だが、公表できるものではない。だが、そこのクルーたちは知っている。私も知っている。君は異星生命体とファーストコンタクトをした人間であると」

シグマは、僕をテレパスでなく、人間と言った。

「私たちは、原因不明の故障により航行不能に陥ったΩ連盟の宇宙船を確保し、そして、船内のテレパス一名を含むクルー全員を救出した。あちらの船長もできた男で、乗員の安全を第一とし、抵抗することなくこちらの指揮下に入った。医師団がテレパスの容態を正しく伝えていなかったと憤っていたよ、正義感が強い。私の著書の愛読者のようでサインをせがまれてしまったがね。とにもかくにも、この最高のシナリオを作ったのは君だ。戦争にまで発展しかねないような事態を救ってくれたのは、まさしく、ベータ、君なのだよ」

僕は、面食らって言葉が出なかった。

――これは、戦争に発展しかねない大事件。

確かにバズもそんなことを言っていた。けれど、それはバズ特有の大げさな言い方で、本気でそうは思っていなかったはずだ。

「君には試練が待ち構えている。申し訳ないが、変更不可能な決定事項だ。理不尽と思うだろう。それによって人類史に残る功績すら闇に葬られてしまうかもしれない。それが正しい選択かどうか、判断できるのはずっと後の事だろう。だが、覚えておいてほしい」

その言葉自体は、長老会議で最後に言われた「覚えておくんだな」に似ていたけれど、響きが正反対だった。

「君は、テレパスとそのネットワークを案じて勇気ある決断をした。私は決して、それを無駄にはしない。そして君は地球で、新しい一歩を踏み出すんだよ」

心の奥まで、響いた。

シグマは最後に「ありがとう。地球で待っているよ」と言い残して交信を切った。

シグマの顔が消えたスクリーンを、アンタレスを背景にして……、
なんと、五、六隻の大型船を含んで十隻以上、宇宙機構の船が埋め尽くしていた！

——本当に、戦争を覚悟していたんだろうか。

そして、その真ん中に位置する一際大きな宇宙船を見て、感動のあまり、僕は声を失った。

いつの間にかそばにいたモトウが叫ぶ。

「ユーエスエス・エンタープライズ！」

宇宙機構で一番大きな船。僕が生まれる前から活躍し、数々の伝説を残した世界一有名な宇宙船で、兵器も搭載している。昔のSF映像作品にちなんでそう呼ばれているらしいが、正式名称は知らない。その船の船長として宇宙を股に掛けて活躍したのが、伝説の飛行士「シグマ」だ。シグマが退任して、エンタープライズは記念館のシンボルになるのではとの噂もあった。でも、こうして宇宙でその雄姿を見る事ができた。映画のワンシーンでも見ているような気分で、僕は思わず、エンタープライズに向けて子供のように手を振ってしまった。横を見ると、他のクルーたちは敬礼していたのだけれど。ただしスカラを除いて。彼女は不機嫌を引きずっているような感じで、口をへの字にしていた。理由は全く分からない。

船団はゆっくりと僕らの船から離れていった。

その後クルーたちから聞いてびっくりしたけれど、まさに一触即発。世界中が見守るトップニュースになっていたらしい。

宙空侵犯に対する宇宙機構からの非難声明に対し、Ω連盟宇宙開発局はあの船長が初めに言ったように領有権を主張したが、もちろん長老会議は許さなかった。非難声明を出すだけでなく、即座に機構の宇宙局に準備を整えさせた。そうして出撃した大船団がアンタレス・ワームホールに突入……。

僕の想像を遥かに超えた、全世界を揺るがす大事件になっていたんだ！

長老会議は「人命最優先で平和的解決の立場を崩さない」という声明も出したそうだが、

Ω連盟側の出方次第ではどんな状況になるかわからない。ワームホールの向こうでは現場の責任が重大、臨機応変な対応が求められる。この、極めて深刻な局面に対処できる程の決断力と経験を持つ飛行士は、そう、退任して間もないシグマしかいなかった。

　でも……、やっぱりどこか謎の多い事件だった。


「で、他のみんなには、どうするの。今、言う方がいい？」

　スカラが聞いてきたので、

「いや、終わってから言ってくれないかな。僕が麻酔でまだ眠っているうちに。そうしてもらえると、助かる」

　手術用の着衣のひもを締めながらそう言って、大きく息をついてベッドに横になった。船がワームホールに突入するまで、あと三日足らずだ。

　僕自身、自分の力が制御できるか不安になっている。

　スカラが念を押す。

「エリイにも、言わないでおく？」

「うん、特にエリイには。今、会うと、ちょっと……」

「そうね、彼女もその事で、とても心を痛めているものね。アナタにずっと付いてたから、体調も今、キツそうだし……分かったわ」

　そうしてスカラは手術の心得を僕に話し始めた。

「手術は成功確率がほぼ百%で、もし失敗してもあなたの命に関わる事は絶対にない。後遺症も残らない、たぶんね。まあ、私はとびきりの名医だから安心して。でも、前にも言ったけれど、脳の一部を切り取る手術だからそれなりの覚悟は必要よ。だから、術後目覚めた時も絶対に起き上がって歩き回っちゃダメ。私か近くにいる人の指示に従う。どう、分かった」

僕は神妙に頷いた。

スカラは、さらに詳しく術後の注意等を話し、

そして、僕は深い眠りに落ちた——

十四、普通人

歌が聞こえている。

「…………」

身体に力が入らず、ふわふわ浮いている感じ。麻酔の影響だろうか。

それでも、ゆっくり現実に戻っていくのが分かる。皮膚と脳が癒着しているみたいな引っ張られる奇妙な感覚が頭にあるが、痛みはない。

目を開けると……

ベッドの右隅に顔を埋めて寝入っているエリイがいた。

――君こそ、心も体も疲れ切っているだろうに。

以前悪夢の原因になった孤独感は、もうとっくになくなっているが、意識を飛ばしてモヤモヤする感じもなくなっている。

飛ばす能力がなくなったんだ。

――普通人には、ネットワークが切れた時に僕が体験したタイプの孤独とは違う孤独があるんだろう。

ふと、そんな事を思った。もともと意識を飛ばせないし、受け取れない。言葉が普通人のコミュニケーションだから、言葉を知らない普通人の赤ん坊は、泣くことが孤独の解消になる。そうしてコミュニケーションを取って、自分の中にネットワークを作り始めるんだ……たぶん。

とにかく、手術は成功したようだ。鏡がないので術後の前頭部は見ることができないが、眼球を動かして視線を上げると白い厚手の何かがぼんやり見える。落胆と達成感とが絡み合う中でどこからか、心にじわりと染み込むものが僕を包んでいるような感触……

女性の歌声。

テレパスには歌う習慣がない。声を張るのは苦手だ。もちろん音楽は聴くけれど、ほとんどが、メロディだけの楽器演奏かクラシック音楽だ。

音楽の知識はあっても、『声』にあまり興味がない。

でも、目覚める前からずっと心に届いていたような感じで、その女性歌手の透きとおった声だけでなく、込められた感情までもが僕の中の隅々に染み渡っていた。

エリイや仲間たちと会話を重ねて声に馴染んできたためか、能力を失ったせいか……今、心が平穏でいられるのは、この歌のおかげかもしれない。

共鳴して僕自身を奥底まで揺らす。

――人の声がこんなに染みるなんて。

新鮮な体験が、心の均衡を保ってくれているようだ。

僕の知らない言葉で歌っていたけれど、よく通る澄んだ美しい声に含まれた想い、それが声の波長を取り巻いているような感じで伝わって、瑞々しく心に押し寄せる。想いの波長と声の波長が融合して目の前で虹のように広がっていくような感覚さえあった——あとでスカラにそれを言うと「麻酔の影響ね」と、あっさり返されたけれど。

ベッドの枕部分が少し持ち上がっていて、僕の視線の先には椅子に掛けたままベッドに顔を埋めているエリイ。そして、奥の壁に埋め込まれた平面画面のモニター。そこから、古びた感じの映像と一緒に歌が流れていた。

訳詞のようなものが映し出される。

——絶望しかないと思っているの？

全てが遠くへ行ってしまったと。

お願い、手を差し伸べて。

そこにある光を感じて。

あなたの希望になりたい……

間奏が入って、イラスト映像に変わる。

絶望を暗示する雨が止み、厚い雲間から日が差して虹が架かる——希望の虹。

でも、

僕にとって虹は、ネットワークを連想させる。失って、もう二度と取り戻せないもの。

また、歌が始まる。

その時、歌に触発されたのか、埋もれていた昔の記憶が突然鮮やかに蘇ってきた。

そう、生まれたての頃、ネットワークと僕自身の区別がなく、全てが自分だと思い込んでいた。確かにテバイの『君』に近い。そんな感覚で、本当に心地よく漂っていた。それより前の記憶はないが、あとからあとからどんどん思い出が湧き上がってくる。成長するにつれ、ネットワークの色模様が僕でない別々の人格だと気づき、そして星空が、世界がこんなにも広い事を教えてくれた。そう、生前の父が幼い僕に星空の美しさや星の神話を語ってくれて、僕は宇宙に憧れた。

父の死後、思い出を辿《たど》りながら毎日夜空を見上げ……読書や機械いじりも大好きで、初めて機械とお話しした時は、まるで弟ができたようで嬉しかった……

――懐かしい。

知らずに涙が一筋流れ、耳の横を通って枕を濡らした。これが『歌』の力。

この一曲がエンドレス・リピートで流れ続ける。若い歌姫の純粋《ピュア》な感性を乗せた澄んだ歌声は、バックバンドの卓越した演奏を突き抜けて、僕の胸に響いた。

――普通人には、テレパスにない素晴らしい能力がある。

普通人が育《はぐく》んだ文化。

エリイは自分のためにこれを。それとも、目覚めた僕に聞かせたくて……

今、寝息を立てている人こそが、『希望』。僕の右太ももあたり、シーツが少し引っ張られていて、それが彼女の感触だ。

――エリイ。

涙を拭いて、少しだけ身体を横に傾けて君を見つめた。

想いをどう伝えればいいいんだろう。

僕はたぶん、普通人に恋したテレパス第一号。

――いや、もうテレパスじゃないいんだ。

やっぱり……寂しい、悔しい、虚しい。二度とネットワークを感じられないと思うと。

すると、
エリイが目覚めた。

物憂げに顎《あご》を両手の甲の上に置いて周りを見回し、そして、僕と目が合った。その奥で音楽は流れ続けている。

「……大丈夫、ですか?」

寝ぼけ眼《まなこ》でのエリイの問いかけ。それに頷いて僕が微笑みかけると、まだ夢うつつの表情をした君は、眠気を残した目を細めて赤ん坊のように無邪気な笑みを返した。

本当に素敵な女性だ。

抱きしめたくてたまらない。

でも、できない……

術後とかの理由でなく、まだ。

エリイは僕を異性として見てくれているだろうか。分からないし、聞けない。

僕は、

「ありがとう。ずっとここにいてくれたんだ」

　そして、

「いい歌だよね。普通人も悪くないよ」

　かすれた声でそう言うのが精一杯で、まぶたが重くなってきた。

　すると君は、
　本当に疲れて熟睡していたのだろう。はっと我に返った表情のあと、辺りを見回してまた視線を戻すと、僕を見る目が急にくりくりの涙目になって、

「ごめんなさい、ごめんなさい……」

　ベッドの縁で、それを繰り返す。

　君が謝る事じゃないのに。

　君のエンドレスみたいな「ごめんなさい」と、歌姫の声を心に染み込ませながら……、
　僕はまた、眠りに落ちた――――


「痛みはない？」

　スカラがそう聞いてきたので、僕はベッドから起き上がって答えた。

「全然ないよ」

「発信のモヤモヤ感がなくなった、という事は、成功でしょうね、たぶん。でも、ぶり返しが少し来るかもしれないわよ。失った物に対して脳内の感覚が追いついていない時、例

えばどこかを切断した場合も、まだそこにあるような感覚を持つから。まあ、とにかく、詳しく検査させてね。それで、どう、気分は。いいとは言えないでしょうけれど、正直に言ってみて」

「何だか、頭が軽くなって、頭蓋骨と頭皮がくっついているような。どこか、物足りないような。うーん、正直言って、よく分からない」

地球に戻った時、ネットワークが感じられなくてどんな気分になるか。それが不安だったけれど、今は言わないでおこうと思った。普通人の心は直接見えないけれど、心から、言葉では表せないほど感謝をしているから。

エリイは、僕が再び目覚めた時もそばにいて、スカラが来るまでの間、僕の手を握りしめ、シーツに顔を埋《うず》めて、まだ繰り返していた。

「ごめんなさい、ごめんなさい……」

曲はもう止まっていたけれど。

「大丈夫だよ、エリイ。僕こそ、随分君に心配かけて」

僕は、そんな風に君を慰めた。感謝の気持ちがうまく表せないのと、ちゃんと起き上がれないのがもどかしかった。

そして、やって来たスカラにベッドごと運ばれて、今ここにいる。

「手術、やっぱりうまいね。さすが名医だ」

「手術と言っても、レーザーで前頭葉のピンポイントを焼き切っただけだからね。数カ所ちっちゃい穴は空けたけれど、頭を切開したわけじゃないわよ」
「なーんだ。そうだったんだ。でも、もっと大変な手術みたいに言ってたじゃないか最初は。脳の一部を切り取るとか。普通は、『軽い手術だ』って、患者を安心させるのが、医師の務めなんじゃゃないかなあ」

チャーミングなおばさんだけれど、本当に人が悪い。僕なんか足元にも及ばない悪戯おばさんだ。
「ベータ、それは違うわ。大変な手術を乗り切ったという達成感が、目覚めた時の喪失感を和らげてくれるのよ。アナタ、泣きわめいて暴れまくる、落ち込んでふさぎまくる、じゃなかったでしょう。もちろん、エリイのサポートも大きかったと思うけれど」
「そりゃそうだけど。でも、それ、ダメだよ、そんなウソは！」

宇宙船内で彼らと会話を重ねるうちに、僕はだんだん声が出るようになってきた。そして、手術後の今、かなり大きな声が出た。

鍵がかかっていて今は中に入れないけれど、エリイは疲れているはずなのにたぶん、この診察室の外で待ってくれている、そんな気がする。そこまで聞こえたかもしれない。この調子なら、地球に着く頃には堂々と歌えるくらいになっているかも——でも絶対に、音痴だ。

僕がありったけの声で言い放った非難を、笑い飛ばして一蹴し、耳元でスカラが囁いた。
「それはそうと、エリイにはいつ告白するの」

「もう、スカラ、話をすり替えるなよ」

「ベータ、冗談じゃなく、脳というのは体に痛みの感覚を送るけれど、自分自身は痛覚に鈍感なのよ。だから痛みがなくても、まだいろいろ検査しなくちゃいけない」

なんだかうまく丸め込まれてしまった。


僕はそのあと、検査やカウンセリングを受けた。

そしてそれが一通り終わって、スカラが診察室のドアを開けると、そこにはエリイだけでなく、他の仲間たちみんなの心配そうな顔が、あった。

——家族ってこんな感じ、なのかな。

ふと、そんなことを思った僕は、家族に心の底からの笑顔を見せる産声を上げない赤ん坊。そんな赤ちゃんを見るみんなの顔がほころんでいく……エリイの顔だけ少し硬いけれど。目覚めでの喪失感は遠く薄れ、今はこのフィールドの新しいメンバーだと実感する。

そう、見守ってくれるあなたたちと同じで、僕は普通人………

十五、告白

手術後すぐに歩き回れるようになった。

船はワームホールに近づいていた。

そんな時、僕のもとに、普段冷静なモトウが血相を変えて飛び込んできた。

「生き返ったゾ！」

「え、何が。誰も死んでないけれど」

「チガウ、かんそくき、観測機だヨ」

僕がテバイ生命体と接触した時同期《シンクロ》していた二号機に、何かあったようだ。

向きを変えてテバイの方に飛んでいった事は分かっているが、すぐに宇宙船との交信が切れ（切られ？）、応答もなく、その後も全く捕まらなかった。

「で、どこにいるんだ」

「テバイだヨ。テバイ。反応は一瞬ダケ。すぐ消えたカラ詳しい場所は特定できないケド、なんと画像データを送ってきタ」

「やっぱり、テバイにいるのか」

「まさに、急転直下。空前絶後。この一枚きり。ケド、それが、スゴイ」

そうしてモトウはプリントした平面写真を見せてくれた。

それは、あの荒れ狂うアンタレスと戦うテバイ生命体、『君』からの、僕への贈り物だった。

画像は鮮明とは言えないが、映し出された地面には、観測機の脚で遠隔操作して書いたのか、活字のように几帳面な字体でこう書かれていた。もちろん、僕たちの言葉で。

エリイと幸せになれるよ
予言者のような文章だけれど、『君』がネットワークフィールドに書いた最後の言葉のように、胸を高鳴らせる。『大切に』に、から『幸せに』。それが『君』なりの進化に思える。

そして、決心した。

エリイに告白する。

テバイの『君』がくれた、このメッセージを実現させたい。

――実現できないかもしれない。それでもいい。ここでなくちゃいけないんだ。

エリイがこのメッセージを見る前に、僕の口から。

スクリーンには、名残のアンタレス。

――まさか、『君』に背中を押されるなんて……

でも、最高だ。ワームホールに入る前にこの星系内で告白したい。もう、遠く離れてしまったけれど、それでも不思議だけれど、見守ってくれている気がする。

この写真は、たとえ地球の誰もが信じなくても、かつてテレパスだった僕と、テバイ生命体の『君』とのコンタクトが紛れもない真実である証。テレパスと普通人の間では、時に「ある」事の証明が「ない」事よりも悪魔的に難しくなる場合があるとしても。

もちろん不安も、ある。真面目なエリイはここを職場だと見ているはず。真剣に僕と向き合ってくれているのも職務だから……かも。職場で愛の告白した僕を、「最低」なんて軽蔑する危険性もある、大いに。

それでも……、そうなったら仕方がない。とにかく告白だ。そんな風に思えるようになったのも、メッセージに勇気をもらったからだろう。

同じ頃、モトウも他のクルーを呼び出していたらしい。写真を振り回しながら「大変デス。観測機が、スゴいものを、驚天動地。大変デス」みたいに駆け回っていたようだ。


僕は、呼び出したエリイと向き合った。

「エリイ、聞いてほしい事があるんだ」

君は——なんだろう。みたいに、ちょっと首を傾《かし》げていた。

けれど、いつもの笑顔が少し戻っていて、体調も回復しているようだ。

「地球に着いたら、君はどうするのかなと、思って」

やっぱり、顔を見たら、いきなり直球では言えない。しかもそのときになって気づいた。頭に巻いたままの帽子状の包帯。いい感じでフィットしているから忘れていた。この格好で告白は、ちょっとまずいかもしれない。帽子くらい被っておけば良かった。

でも、もう後には引き返せない。

「それは、ベータ、あなた次第です」

「え、どういう事」

――まずい、ドキドキが増幅してきた。

「当分は監視されて行動が制限されるでしょう。それから先は、あなた次第。できればおとなしくしていて下さいね、今もそうですが……。体調はどうですか」

「大丈夫だよ。君こそ身体の調子はどう?」

「私のことは心配要りません」

「そう……、それで君は、どうするの。帰ったら」

「大学に戻って、また普通の生活が始まると思います」

日常会話になってしまいそうだ。こんな時、どう言うのが一番いいんだろう。

――エリイは、「地球に帰ったらお別れ」と思っているんだろうか。

不安が一挙に湧き上がってきた。胸が締め付けられる。

やっぱり、告白したところで……

――いやいや、ここまで来たらもう、行くしかないじゃないか。

僕は大切なネットワークを失った代わりに、飛行士という大切な夢を育てることが可能になった。そして今、大切な人が目の前にいる。三つのうちの二つがつかめるのなら、大成功じゃないだろうか。君がいてくれたら僕は幸せだ。何でも出来そうな気がするくらいに。

――大きく深呼吸して……。ありのままを、精一杯、いけっ。

「エリイ、僕はテレパスの村には帰らない。キャプテンがね、推薦してくれるって言ったんだ。一度は諦めていた憧れだけれど。地球に帰ったら、僕は宇宙局の飛行士養成所に入って、本物の飛行士を目指す」

「ベータ、よかった！　素晴らしいわ。夢に向かって、ちゃんと前に進んで行くのね」

僕の方を真っ直ぐに見て胸のところで両手を合わせ、目を潤ませて喜んでくれている。自分のことのように、いや、それよりもっと、我を忘れる位に。だって感情が高ぶって丁寧言葉じゃなくなっている。あの涙の時と同じ。君はなんて素敵なんだ。

手術のわだかまりを吹き飛ばすとびきりの笑顔が、僕に勇気を与えた。

「エリイ、この船の中で、僕がここまでやってこられたのは、君がいてくれたからなんだよ。君の手の温もりや笑顔や涙が、僕をずっと救ってくれていた」

君は、くりくりした目を潤ませたまま首を振って、そんなことないわと無言で返す。そして僕が近寄っていくと、胸のところで合わせていた両手を組み直し、後ずさりなんかせずにその場で、僕の顔を祈るように見上げた。

――僕は君に勇気をもらった。今、それを返すよ。

「だからね、エリイ……。よければ、これからもずっと、僕のそばにいてほしい。ずっと、

ずっと、君と一緒にいたい。だから僕とお付き合いしてくれませんか。エリイ、だいす……き」

最後までちゃんと言えなかった。

思いがけない事に、
エリイが、
くるりと背中を見せてしまったから。

そしてエリイは、二、三歩進むと立ち止まり、振り返ることなくこう言った。

「今は、職務中です」

——やっぱり。

ショックを受けるより先に、エリイらしいなと思ってしまった。真面目で、職務のことだけを考えているんだろう。

——君は「お仕事」でやってるんだもんな、そうだよな。

すると、エリイはさらにこんなことを付け加えた、後ろを向いて立ち止まったまま。

「ですから、地球に戻ってから……もう一度、それを……」

その場で固まった。

真っ白になって放り出された心に、その言葉がジワジワ染みこんでくる。

——えっ、どういうこと……。

あ、そうかなるほどォ。

ええーっ！　じゃあ、オーケーってか。いやいやそうとは限らないだろう。

まてまて、もう一度おさらいを……。

うんうん。地球に戻ってからフラれるって、それもあるのか。

言葉って、なんてまどろっこしい。

その時だ。

――行け！

頭でなく腹の方から聞こえてくる力強い叫びが全身を奮い立たせた。初めての経験だ。もしかして普通人はこんな風に自分自身の心の声を聞くんだろうか。僕はその声に突き動かされ、シンプルに行動した。

「エリイ！」

一言だけ発して、回り込む。

エリイと向き合うと、彼女は胸のところで手のひらを合わせて、小さな唇を噛みながらも口角を上げ、そして、くりくりした瞳が涙で濡れていた。

僕は、なんでそんなことができたのか今でも分からないけれど、包むようにそおっと、本当にそおっとエリイを抱きしめた。そうしたかったんだ、心から。するとエリイは、腕を僕の背中に回してきた。ああ、全身がエリイを感じる。初めて、異性との繋がりを実感した瞬間だ。あの言葉はＯＫの意味だったんだとやっと分かった。言葉ってほんとに……。だけど、理解出来た時のこの感動は、テレパス間では味わえない。

それが僕らの『初ハグ』だった。

普通人というのは、わかりにくくてめんどくさくて、感情が大きく揺さぶられて……とても素敵だ。何度か妄想したハグより何倍も素敵な本物の感触。妄想にはなかった髪の香り。そして大胆ついでに、

——ここでキスも、いいんじゃ……

調子に乗ってそんなことを思ったとき、

「ウオーッ！」

と、歓声が上がって、
なんと信じられない事だけれど、両手を広げながらクルーたちがなだれ込んできた！

みんな……「大変デス」と言って駆け回るモトウに付いてきたら、僕たちが二人きりで真剣に見つめ合っていたものだから、告白の瞬間にばったり居合わせるという、ありそうで実はほとんど誰もしたことがない貴重な体験を無駄にするまいと、モトウの口を塞いでそおっと様子をうかがっていたらしい。

「いいもの見せてもらったぜ！」

真っ先にバズが駆け寄ってきて、慌てて立ち上がって離れようとした僕たち二人をまとめて抱き寄せると、

「おめでとう！」

そう叫んで、振り回した。「手加減してた」と言うけれど、ものすごいパワーだった。

「いやあ、モトウ、よく知らせてくれたね。これも、君の功績の一つとして加えられるべきファインプレイだ」

　キャプテンの賞賛に、

「イヤ、そうじゃなくて、あの、コレ、コレ」

　と、モトウは必死で皆の注意を写真の方に向けようとしたが、

「何だ、これ」

　バズがそれをひったくった。

「お前、用意がいいな。お祝いを作ってたのか。しっかし、もうちょっとうまく作れよ。これじゃ、合成とかがバレバレだぜ」

　そう言って、キャプテンやスカラに見せると、二人とも、

「確かに、わざとらしい粒子の粗さと言えるようだ」

「ホント、早いだけが取り得って感じ。慌てて作ったんでしょう。そりゃあワタシたちからしたら自分の事みたいに気が揉めたけれど『エリイと幸せになれるよ』っておかしくない？　アナタの地方の習慣？　文化の違い？『おめでとう。これからお幸せにね』でしょ。いかにもモトウだわ」

　やっぱり、地球に帰ってこれを見せても、信用してもらえそうもない。『ある』事の証明も難しいみたいだ。

　皆は写真の事なんか気にも留めず、僕とエリイを取り囲んで手荒い祝福をしてくる。

モトウも気を取り直して、すぐにその輪に加わり、

「とにかく、瓢簞《ひょうたん》から駒。オメデトウ」

長い手を伸ばしたのは良いが、包帯の上から僕の頭をポンポン叩いてお祝いするという暴挙に出たものだから、スカラから背中に平手パンチをもらってしまった。もう片方の手に持たれた写真が、寂しげに揺れていた。

写真はその後も相手にされず、テバイ生命体の『君』がわざとそうしたとも思えた。でも、僕とエリイにとって、それは何にも代えがたい宝物だ。

「では、私からもお祝いの言葉を述べさせてもらおう」

キャプテンが、僕たちを取り囲む他のクルーたちのおしゃべりを制した。初めて見せる満面の笑みで、苦虫鬼教官の面影はどこにもない。

「ベータ、エリイ、おめでとう。本当に君たちはお似合いだ。未来に繋がる記念すべき最高のカップルがここに誕生した、そう言っても過言ではない。ところが残念な事に、宇宙船内での告白は、君が初めてではない。稀だが、数件報告されている。しかしながら
……」

そこで、キャプテンはもったいぶって、皆を見回すと、

「まだ、宇宙船内でのプロポーズの報告はない。どうかね、ベータ。この際思い切って人類初をやってみないか。ちなみに、私は牧師の資格も持っている」

「ヒュー、ヒュー」

「ベータ、この際やっちゃえば」

「ついでに、キスしろヨ」

　皆が無責任にはやし立てた。

　僕たちが、首を振るどころか、あっけにとられてキャプテンを見つめると、

「まあ、冗談だがね。牧師の資格は本当だが。とにかく、よかった。おめでとう」

　そう言って、キャプテンは相好を崩し、僕ら二人をまとめて抱きかかえた。

　キャプテンのジョークは、はっきり言って、全然うまくない。けれど、いつもバズを叱っている生真面目なキャプテンにしてみれば、たぶんこれは、僕らの様子をそおっと見守りながら、真面目に頭をひねって考えた渾身のジョークなのだろう。そんなキャプテンの姿。それを思い浮かべると、絶対こっちの方が面白いと僕は思った。

　僕とエリイは、キャプテンの腕の中で顔をくっつけて、笑い合った。

「エリイは、とてもいいコ。そして頑張り屋さんよ」

　スカラがそう言いながら、キャプテンに代わって僕たちの背後から手を回し、僕とエリイを包み込むようにしてくっつけた。一瞬パンチを警戒したけれど、そうじゃなかった。とびきりのえくぼを見せ、おしゃべり好きの愛情のこもった優しい口調だった。

「エリイは本当にいい子。そして、体力に恵まれてる訳じゃないのに、過酷な訓練をやり遂げる強い意志を持っているのよね。エリイとアナタ、控えめだけど芯が強くて生真面目な女の子と、意気地無しで優柔不断な男の子。それって、本当に何世紀も前の恋愛みたい

で歯がゆかったけれど、でも、とてもお似合いよ」

するとキャプテンが大きく頷きながら微笑んで言った。

「私が結婚を言い出したのも、あながち冗談ではない。実直なエリイが同年代の君を受け容れたと言う事は、もちろんそれを前提にしているわけだからね、真剣に。まさに君も覚悟を決めるべきだ。しかし……、何世紀も前の恋愛か。まさに言い得て妙だ。これほど周りをやきもきさせる若い男女を見るのは、私の人生でも初めてのことだった。ある種、新鮮な感動すら覚えた」

「でも、全てがお仕事と言うんじゃあなかったわよね、エリイ」

そう言ってスカラは、まるで愛しい我が子のようにエリイを見つめた。そう言えば僕には「哀れみか愛情かをアナタ自身で確かめなさい」とか言って突き放した。そんな事も分からない僕をスカラはどう思っていたのだろう。

「ほんとテレパスって意気地なしで『鈍感』なんだから」

——やっぱり。

でも、普通人にとって当たり前のことでも、テレパス社会にいた僕にとっては謎だし、前に進むには一大決心が必要だった。だから、少しくらい褒めてくれていい気もする。

「そうさ、あのキスだって、エリイが自分から……」

——え、キス？

突然バズがキスについて変なことを言い始めた。「俺の提案だ」と、言っていたのに。

エリイは、慌てて首と手のひらを同時に振り、打ち消す仕草をしたけれど、バズは構わず続けた。

「もういいじゃないか、エリイ。真っ青になって涙を流して、それから『行かないで』と言ったら、いきなり、キスを……いやあ、感動した」

バズは、分厚い胸板を手で押さえ、目を閉じた。そして、再び目を開けると、白い歯を見せてにっと笑って、

「ベータ、お前が『何で』と聞いた時、エリイが救いを求めるみたいに俺の方を見たから、とっさに機転を利かせて人工呼吸をでっち上げたのさ。我ながらうまい事を思いついたよ、あれは」

僕はあの時「それは違うだろう」と思ったから、バズが自慢するほどうまい機転じゃなかった。肺にまで届くような強い息でもなかったし、皆で相談する時間さえない切迫した状況だったはずだ。でも、キャプテンの言葉が妙に説得力があって、それで僕は信じてしまった。

「その後、スカラが茶化してしまったから、今度は私がフォローした、と言うわけだよ」

「ボクもフォローしたヨ。以心伝心」

そう言うキャプテンとモトウに向かって、スカラは、大げさなポーズで済まなそうに手を合わせた。

「ごめんなさいね。ホント、私の悪い癖。でもねベータ、よくやったわ。何かきっかけが

あったのかしらね」

と、言った後、今度はがらりと表情を変えて、出来の悪い生徒を叱る前の教師のように、僕を見据える。本気モードだ。

「エリイはアナタのことが大好き。ちゃんと見れば誰にだって分かるのに、アナタは蓋をしてるから見えない。でもね、いいのよ。強い意志と振り絞る勇気で幸せをつかむ、そんなアナタがいい。絶対に、そう。だから、何度も鈍感で臆病なアナタの背中を押して、告白しろと言ったのよ」

背中をぶっ叩いて——の間違いだと思う。でも、スカラをはじめ、クルーたちがどんな気持ちで僕たちを見ていたのかがよく分かった。

するとスカラは雰囲気を一変させ、僕に寄り添うエリイに視線を移して、また、えくぼを見せた。

「そうそう、地球に着く前に、たぶん『いい事』があると思うから、楽しみにしておいてねベータ。エリイあなたも」

そう言って、今度は悪戯っぽく僕にも微笑みかけた。

——いい事って、なんだろう。

「彼女、『本当に凄かった』のよ」

スカラが悪戯っぽい表情のままそう言うと、他のクルーたちも微笑みながら一斉に頷いた。

――二ヶ月余りの訓練を耐えた事だろうか。

スカラはみんなを見回して、そのあと僕の方に向き直った。目がキラリと光ったような。

――イヤな予感。

「エリイは私が見込んだ子。絶対幸せにしなきゃ承知しないわよ」

そう言って、僕にだけ背中に、紅葉パンチ！

「くうーっ……やっぱり」

大柄なスカラは、手も大きい。僕は体をのけ反らせた。僕の脳内解析の前に「恋のキューピッド役をするつもりはないからね」と、宣告し、そして、何度も背中に紅葉パンチを見舞ったのは紛れもない、キューピッドのおばさんだった、かなり過激な――でも、このときはまだ、スカラの『真のキューピッドおばさん』としての活躍を、僕は知らなかったのだけれど。

エリイは、僕の腕をつかんで身体を寄せると、目を細めて口元をほころばせながら僕を見上げ、いつもの言葉を投げかけた。

「大丈夫？」

で、ですか、抜き。

最高に幸せだ。痛いけど。

十六、帰還

宇宙船はワームホールを抜けた――

このワームホールを閉じるか継続するかは、偉い人たちが決めることで、僕らに決定権はない。

地球に帰還する前に月に行って、そこから地球を眺めたかったけれど、今、月面はΩ連盟が領有権を主張していて、宇宙機構に加盟する他の国々と一触即発の緊張状態が続いているので、気軽に立ち寄れないらしい。

僕が訓練を終えて正式に宇宙飛行士になれたなら、いつかチャンスはあるだろう。

地球が視野の中で大きさを増していく。

ここからでも本当に美しい。

漆黒の宇宙空間に浮かぶエメラルドの地球の映像は、至る所に溢れているが、ここからこうして見ると、本当に帰ってきたんだなと実感させてくれる。そして、こんな美しい場所に住んでいる自分がなんて幸せなんだと、心からそう思える。きっと、体験学習生たちもその思いを共有するのだろう。

出発したときは、いきなりやって来た孤独感のせいで気を失っていたから、こんな風に眺めることは出来なかった。月面から見た地球に思いを馳せる。いつかそこに立って、神の声が聞きたい。

――飛行士になる。宇宙飛行士になって月面に立つ。それが僕の選択だ。

テレパスとして宇宙に出て、普通人になって戻ってきた。後悔はしない。誰かを恨んだりもしないいし、そんな感情は持ちたくない。美しい地球を見つめてそう思った。

横のシートにはエリイがいる。シートベルトがなければ手が届く距離に愛する人がいる。僕を愛してくれる人がいる。見つめ合わなくても感じることが出来る。まるで僕ら二人だけのネットワークがあるかのように。人生で初めて感じる種類の充足感だった。

けれど……

――もう、テレパスのネットワークは感じることが出来ないんだ。

地球が近づくと、半身をもがれたような喪失感が蘇る。地球に降り立った僕は、耐えられるだろうか。

希望と不安が交錯する。

宇宙船は、穏やかな海を航海する船のように、とても滑らかに、静かに、最短経路で降りていく。シートベルトなんてしないでいいくらいだ。

降下速度がすごく遅い。

――バズはもうG祭りに飽きてしまったんだろうか。

そして、静止衛星の軌道にある豆粒のようなステーションが、ゆっくり、ゆっくり大きさを増すのを眺めていた時、僕の頭の中に、突然、ざわざわする感覚が……

その感覚はとても薄くてぼやけているから、耳を澄ますようにして精神を落ち着かせようとしたけれど、僕は湧き上がってくる興奮を抑え切れなかった。人々のざわめきと営み。視点を変えるように心の置き場所を変えると――今年の収穫を気にする者。愛を囁く者。ゲームに興じる子供たち。僕やワンの身を案じる者もいる。ワンは……いた！ 微かだが感じ取れる。病院にいる。そして、順調に回復しているようだ。今は安らかに夢の中。

「えっ、まさか……これは……ええっ、何で」

僕は驚きと、戸惑いと、そして、嬉しさで、脚をバタバタさせた。スイッチの入れ始めはちゃんと映ってくれない壊れかけの受像機のように、次第に鮮明さを増すのは抜けるような青空とどこまでも続く草原のフィールド。その中で様々なイメージもまたくっきりとした輪郭を持ちはじめ、手に取るように……

――感じる！

違和感があるが、どうでもいい。シートベルトを外して駆け回りたい。

エリイが首を傾げて僕を見つめ、いつもの言葉。

「大丈夫？」

「大丈夫じゃないよ！」

思い切りはしゃいだ感じでそう言ったものだから、エリイはますます不思議そうに僕を見た。たぶん、両手が自由だったら、手を握って落ち着かせようとしただろう。

でも、両手が自由だったら、嬉しさで、先に僕がエリイを抱きしめていたと思う。だって――

懐かしい感覚。

二度と感じられないと諦めていたものが、戻ってきたんだ。

「ネットワーク！」

その声に真っ先に反応したのは、やっぱりエリイだった。

「ネットワークって、まさか、ベータ本当に」

後ろの席のモトウが声をかけてきた。

「本当に感じるのかイ」

「うん。思いは向こうに伝わっていないけれど、でも……感じる。テレパスの仲間を！」

そう、違和感の正体はその一方通行。僕が帰ってきたことが伝わっていない。でも……、それでもいい。僕は、ネットワークの中にいる。なぜか分からないけれど。

「オーケー、大成功ダ」

「ええっ！　どういう事」

僕とエリイは、同時にそう叫んでモトウを見て、そして、首を百八十度近く思い切り回して、他のクルーたちを見た。

バズが、船を静止衛星軌道に乗せて船内の重力調整を終えると、みんなは一斉にシートベルトを外して「イエイ」とハイタッチをした。

そうしてみんなが話してくれた、スカラが前に僕たちに言っていた『いい事』の顚末は

――――こうだった。

調査終了となり、船が帰還の途についたとき、スカラが会議室に行くと、そこにはキャプテンに招集されて、モトウとバズも待っていた。

「私、はっきり言うけれど、やりたくないのよね、この手術」そう言ってスカラは口をへの字に結ぶ。「だからキャプテン、詳しく説明してちょうだい。その、発信と受信の事」

「スカラ。いつも言っているように、我々は与えられた条件の下で最善を尽くさなければならない。そして、モトウがそれをやり遂げてくれた」

キャプテンはそう言うと、「君から話してくれないか」とモトウに促した。

モトウは、今まで彼がやってきた実験の経緯を説明した。それが、キャプテンの言っていた、真の、彼の『功績』だ。

「受信機能と送信機能に分かれている話はしたネ。その二つの機能を持ち合わせている機械もあるケド、二つの機能が回路の中でゴチャゴチャに交じり合ってるなんテ、まず、ナイ。じゃあ、発信機能だけ取り除く事は可能なはずダ。だから地球上での検査デ、ベータの頭のどこでそれが起こるかを徹底的に調ベタ。送信と受信がチガウ場所で起こっていないかっテ。デモ、そんな単純じゃなかっタ。送受信は密接に連携していて離れてなかった

「実はね……」

んダ。離れてなくて接しててモ、きっと交じり合わずに棲み分けているはずだけド、送信してから受信するまデ、ほとんど同時でタイムラグがないから、送信・受信それぞれの部位が区別できなイ。だから諦めかけていたんだけド、またとないチャンスが巡ってきタ。

それが、小惑星帯を利用しタ、能力到達範囲の実験ダ。三万㎞も離れてたラ、たとえ宇宙で一番速い『光速』と同じデモ、往復で時間差が測定できル。地球上でもベータのいる反対側に測定機器を置クと可能だけド、そんな事やったラ、絶対に長老会議に知られル。地球上で機密保持ができるのハ、狭い実験室の中だけだったんダ。ところが、片道三万㎞だト、ベータが送信してから観測機の動作を受信するまデ、光速と同じだとしてコンマ二秒（０・２秒）かかる。反応速度を考慮に入れてモ、モニターとベータの脳内解析を見比べれバ、送受信の色分けは充分可能。しかモ、発信可能範囲を過ぎタ受信可能範囲内でハ、発信部位は活性化していなかったカラ、いい答え合わせにもなっタ」

「ちょっと待って」と、スカラ。「テレパス波って光速で進むの」

「それ、重要機密。予測は光速またハそれを超越したモノ。デモ、ベータの実験デ量子もつれ説ハ否定。光速伝播が妥当。モチロン、テレパス波自体は検出されていなイ。既存の物理法則にどこまで従うかハ不明」

「と言うことは、例えば電波と違ってワームホールをスイッと通ることが出来るかもな」

「今は不明デス。もしかすると、可能かモ……」

「そのくらいにしておこう。モトウ、先を続けてくれ」

「ハイ。そしてまさに、起死回生。出来上がったのが、コレ」

　モトウはそこで、僕の脳を立体映像でみんなに示した。

「送信が赤、受信が青デ色づけしタ。きれいに分かれていル」

「しかも、受信部分の方が遙かに広いわね」

「そうなんダ。受信は広くテ、ボクの経験で言うト、この手の受信装置ハ、たぶん一部が損傷しても機能は失われなイ。これを全部取るト、予想通り大きな手術になル。デモ、発信部位ハ」

「めちゃくちゃ狭いぜ。こりゃあ、ラッキーだ」

「発信力が強いベータでも、この程度の大きさなのね」

「そう、しかも中に埋もれてるから、他のテレパスのと見比べても区別ができなかったんダ。そしテ、特に色が濃いこのライン。ボクの経験でさらに言うト発信部位ハ、ここの接続部分を焼き切ってしまえば確実に止まル。発信機能を失うんダ。モチロン、受信機能は損なわれなイ。まさに、一石二鳥」

　すると、さっきまで乗り気でない様子だったスカラが、機嫌を直して、

「ホント、見比べてみると確かに一般的なテレパスと違って、モトウが言った発信の神経組織が随分太いわね。新しい組織が次々生まれて結合するケースじゃなくて、神経組織自体が太くなってパワーを増すってこと。常識外れの進化だけれど好都合ね。この太さなら、おでこに数カ所ちょっとだけ穴空けるけど、レーザー定点照射で、鋭利に一発カットじゃ

なくホットなパルスをほんの少し動かして、ミリ単位で線分の束のようにそこの神経を焼き切ったら、『ダマ』になって再接合しないわよ。血管を傷つけないように細心の注意が必要。だけど、ここの治療用レーザーならできる。大きな切開は不要。どう、それで」

決定だった。

「受信機能まで奪う必要はないだろウ。だって、発信できなきゃ、もう悪さはできないんだからラ。普通人を見くびっちゃイケナイヨ、テレパス君。いや、テレパスと普通人のハーフかナ、だったら、サードの次のフォースのベータ。古典の宇宙映画に出てくる騎士みたいでカッコイイ」

モトウは上機嫌だ。そうして、クルー全員で何度目かの「イエイ」とハイタッチ。

僕はモトウと抱き合って、スカラや他のみんなともハグをした。もちろん、「よかった……よかった」と、涙をポロポロ流していたエリイとも。

「エリイ、君は知らなかったの」

「だって、その時エリイはちょっと体調を崩しててね。ゆっくり休ませてあげた方がいいと思ったのよ」

「いやいや、俺がエリイにも知らせようと言ったら、やめとけ、ベータと一緒にびっくりさせようって止めたじゃないか。だから大変だったんだぜ、手術前。ベータに覆いかぶさって離れないんだから」

「ダメ、ダメって、凄かったデス。ボクたち、悪戦苦闘。体調不良なんて信じられなイ」

「え、手術のこと、終わってからみんなに言うって約束したんじゃ」

「麻酔打ってから艦内放送ですぐ言っちゃった」スカラが僕に向かってあっけらかんと手を合わせる。「そしたらまさに脱兎のごとく、血相変えて飛び込んできて、ベッドにしがみついて大変だったのよ。この様子じゃホントのこと言ってあげなきゃと、話そうとしたんだけど、聞く耳持たずで首を振り続けて、バズでも引き離せないから、全員で両手両足を持って。仕方ないから、鎮静剤打っちゃった。ごめんなさいね」

——スカラが言った「彼女、本当に凄かったのよ」は、これだったんだ。

「でも、手術後言ってたよね。達成感がどうのこうのって、それで、手術が重いように思わせたんじゃ」

僕が口を尖らせてスカラにそう詰め寄ると、

「あ。あれウソ」

あっさり返されてしまった。

「まあ、最初に大変だって説明したのはモトウの計画を聞く随分前だったたし、手術前にそれ言うとアナタ、何で変更したんだとか、そんなところが妙に鋭いから絶対怪しいと思うじゃない。だから、言い訳は手術後がベストと判断した。考えてみなさいよ。でなきゃ、手術について大嘘を言う名医なんて、世界中のどこを捜してもいるもんですか」

スカラはそう言って胸を張った——なんで、ここで威張るんだ。「あとでびっくりさせたかったからです、ごめんなさい」そう素直に言えばいいのに。

　さらにスカラは続ける。

「アナタが目覚めたときエリイがそばにいたほうがいいから、頃合いを見計らってエリイをあの位置にセットしたってワケ。手術も予想以上に発信部位が太くなっていたから苦労したけれど、こっちの方がホント、もっと大変だったんだから」

　僕たちを見くびってはいけない。もう、そんなことで丸め込まれたりはしない。ここは、感謝の気持ちを込めて、やっぱりお返しをするべきだろう。

　僕とエリイは示し合わせてそおっとスカラの背後に忍び寄り……

「ありがとう、スカラ」

　二人して、背中に思いっきり紅葉パンチをお見舞いしてやった。

「くうーっ。やったわねアナタたち。まとめてお仕置きよ」

「おっと、そこまでだ。みんな。シートベルトを締めてくれよ」

　キャプテンが助け船を出してくれて、スカラはしぶしぶ矛先を収めて席に着く。僕とエリイは隣同士の席で笑って顔を見合わせた。

　僕は悪戯好きの坊やと言われていたけれど、その言葉をそっくりお返ししたい。

　発信機能だけを取り去った手術の事だって、エリイの本心だって、初めから言ってくれていれば、こんな思いをしなくてよかったのに。

　でも……、エリイに告白した時の胸の高鳴りや、その後の達成感と感動は、僕の一生の宝物になるだろう。それはまるで、普通人の仲間入りをするために行われた、僕のための通過儀礼のよう。僕を驚かせ、そして感動させたこれらの出来事は、茶目っ気満載の、それを怒る気にさせない優しさや愛情がぎっしり詰まった、普通人の文化『サプライズ』だった。

皆が座席に着いた後、キャプテンが僕たちの方を振り向いてこう言ってくれた。

「誓約書には『脅威となる能力を手術で削除』と書いてある。つまり、脅威とならない能力は残していいんだよ。ベータ、エリイ、そこは私の出番だ。モトウが作ってくれた詳細なデータも助けになる。こちらはちゃんとした科学的データだからね。だから、安心しなさい」

そして、バズのG祭りが始まった。

強烈な祝福……だった。

地球に帰ってからエリイは、体調を崩して一週間ほど入院した。もちろんバズのG祭りのせいじゃない。無理をしていたんだ。いろんな事がありすぎたし、その前の二ヶ月に及ぶ訓練も、彼女の身体にはキツかったことだろう。僕の存在も負担になっていたはずだが、病室で彼女は「そんなことない、むしろ力をもらってた」そう言って微笑みかけてくれた。

ワンも含め、残り十九人の人質は無事にテレパスの村に戻った。Ω連盟以外のどこか知らない団体が提唱した救済決議案が通ったようで、これにはちょっと驚いた。

帰還後しばらくして、僕はテレパスの村で、すっかり回復して元気になったワンに会った。

村を離れてからそんなに月日が経っていないのに、何年も留守にしていたような感覚にとらわれた。村の人々が今までと違う印象で映った。ワンに限らずみんな一様に浮世離れしているというか、非現実の仮想空間の住人のようで、世間からは離れたところにいる澄んだ目を持つ神のしもべたち。そんな風にさえ思えた。以前、村にいる時は感じなかった印象だが、もちろん僕の方が変わったんだ。

ネットワークで伝わってくる彼らの気持ちに対して、僕が言葉で返し、僕の言葉は、しばらく間を置いて、ネットワーク上に浸透していく。通信衛星を介して会話するようなタイムラグがもどかしいが、かえってとても新鮮でもあった。みんなと一緒の時、自分自身を目立つ存在のように感じていたけれど、それは発信力に違いがあったからだろう。発信力を失った今も、別の意味で目立つ存在なのだけれど。

ワンは僕に、この村に残るよう心のこもった思念を送ってきた。

「ありがとう。でも、僕は飛行士養成所に入るんだ。そのために宇宙船の中で発信機能を除去する手術を受けたんだよ。発信力をなくせば、機密保持ができるから」

僕は彼に言葉でそう告げた。テレパスの仲間に向けて初めてついた小さな『嘘』だ。飛行士養成所の生徒紹介にもそう書かれる。発信力を捨て、小さい頃からの夢に向かって進む。それを、自らが下した正しい選択だと思いたい。

——そうか……、君が無事帰還したと聞いたとき、その事も併せて聞いた。まさかそこまでしてと疑ったときもあったが、本当だったんだね。思い切ったことをしたね。宇宙飛行士は君の小さい頃からの夢だった。応援するよ。

ワンの思念がさざ波のように、穏やかに心地よく広がっていく。そこかしこから湧きあがるのは、

——よくけつだんしたな。

——すごいじゃないか。

——テレパス初の宇宙飛行士たんじょうね。

——うらやましいなあ。でも。

ワンはその中の一つを取り出すと、増幅して僕のレーンに乗せた。

——でも……大丈夫かい？

黒煙を吐き出す大昔の蒸気機関車が無音で、大挙してこっちにやって来る。黒煙は得体の知れない黒雲の群れに同化して巨大化する……。イヤな予感。

そして、ワンはこう続ける。

——宇宙空間で私は凄まじい孤独感に苛まれた。意識を失ってしまうほどのその感覚は、この地に戻った時仲間にも共有してもらった。ネットワークで孤独を共有するというのはどこか矛盾していて、本当の感覚よりも薄まってしまう。それでも皆が一様に衝撃を受け

て青ざめた。それほど恐ろしいものだ。もちろん、君も経験したと思うが。

予感的中！

黒雲を引き連れた蒸気機関車の群れはグニャッと外側に歪んで、中心部が闇になり、強力な掃除機のように僕を吸い込もうとする。黒雲で覆われた空からは黒い雨が僕ひとりをめがけて押し寄せ視界が塞がれたかと思うと、次の瞬間には四方が断崖絶壁の狭い頂上で僕は膝を抱えてうずくまり、その頂上がグワッと沈み込んで谷底に落とされる。あろう事かみんなから、僕のレーンに一斉に乗っかって、孤独イメージがなだれ込んできたのだ。でも、僕が感じたのとちょっと違う。神経の隅々が悲鳴を上げる程の絶望感までにはならない。発信力の違いなのか、それともワンが言うように共有することで変質して薄まったのか……。とはいえそのイメージが団体で押し寄せるので「ちょっとそれはないだろうよしてくれ」と、僕の心はギブアップしそうになる。そこをグッと踏みとどまって耐え、動揺を悟られないよう、精一杯の笑顔を取り繕って僕は言った。

「だ、大丈夫だよ。克服して、いるから」

――スゴイ。すごいなあ。

――さすが「できる子」だわ。

――「問題児」はソツギョウね。強くなった。

――こんな立派になって。涙が出るわ。

――宇宙飛行士バンザイ！

ネットワークのフィールドはもとの青空を取り戻し、とても素直な賞賛のイメージで満たされた。

あのときの孤独感は、エリイやクルーたちとの交流で克服できたし、僕の場合、発信機能を失った事でも軽減できた。けれど、地球を離れてもう一度「プツンと切れる体験」をするのは、やはり精神に負担がかかるだろう。若いテレパスには僕のような体験はさせたくないというのが、偽らざる気持ちだ。

僕の心がまた、小さな嘘をつかせた。名残惜しげに見送る村の人々に、

「ありがとう。飛行士になったら絶対報告しに来るから」

近くの人たちがびっくりするくらいの、ありったけの大声でそう言ってテレパスの村を後にした。

十七、シグマが語る真相

アンタレスへのワームホールは閉じられれはしなかったが縮小され、無人機がプログラムされたコースを定期的に周回観測するだけになった。観測機の故障原因は、アンタレスの厳しい環境による可能性が大であるとだけ発表され、世間の反応も「原因不明の故障が相次いだ魔の宙域の捜査打ち切り」のような、どちらかというと興味本位の扱いに留まった。

Ω連盟の暴挙についても同じで、「宙域侵犯を命じた無能なΩ連盟宇宙開発局」という扱い。それは当事者であるΩ連盟の方が、いち早く宇宙開発の最高責任者を始めとする幹部たちを更迭し、宇宙開発局の若返りを行ったからだ。目立った反論をせずに意外なほど早く手を打ったことで批判をかわした形になっていて、「かねてより暴走傾向にあった宇宙開発局の当事者たちをこの機に一掃できて、指導部にとっても好都合だったことだろう」とも評されている。

長老会議も、宙域侵犯についてΩ連盟の横暴さを非難する声明を出したが、拿捕に至る詳細は発表されず、さらに、拿捕したΩ連盟の宇宙船と乗務員を早くに解放し、案外すんなりと事件は幕を閉じた。

長老会議に提出した僕たちの報告書は、見事なくらいに無視された。

『検証不能』ということ。

もし、テバイ生命体を認めて調査を継続するなんて言うと、唯一検証できる僕に対して行った手術が人類史にとてつもない汚点として残ることになる。証拠になりそうなものも、完全に消去しているに違いない。僕は帰還時の会見で「自らの意志で手術を受けた」と言って、それがそのまま認められている。規制がかかっているのか、その後にメディアからの取材はなかった。もう長老たちと顔を合わせることもないだろう。彼らの目を逃れて、テバイからのメッセージ写真が僕の手に残ったから、それでいい。

人類はまだ異星生命体とのファーストコンタクトを成し得ていない。それが公式見解だ。少々意地悪だが『人類はまだ異星人とファーストコンタクトをする資格がない』と言い換えてもいいかもしれない。

僕は毎日、宇宙局直轄の飛行士養成所で訓練に明け暮れた。

養成所は宇宙局本部の庁舎と隣接していて、入所直後、談笑しながら歩いている伝説の飛行士シグマを見かけた。彼は思っていた以上に大柄で、さらに、伝説と呼ばれる風格を体中から醸《かも》し出しているからすぐに分かった。そんな彼を初めて間近で見て、すれ違いざまにドギマギしながら敬礼をすると「やあベータ、元気かい」と、気さくにそれを返してくれた。シグマに名前を呼ばれるのをそばで聞いていた養成所の仲間が「オーッ」と歓声を上げて僕を見るから、その場で固まってしまったが、それからも僕を見かけるとシグマの方から声を掛けてくれたりもする。親近感を持ってくれているようで、嬉しいやら恥ずかしいやら。そして、僕ほどではないものの、他の訓練生にも気軽に話しかけ、訓練中にひょっこり顔を見せたりもする。僕らが近寄れない場所で仕事をしている雲の上の人かと思っていたけれど、予想に反してこんな身近にいる。神様が僕らの場所まで降りてきて成長を見守ってくれている、そんな感じがした。

そうして数ヶ月が過ぎたある日、思いがけない事にシグマから呼び出しを受けた。

彼の呼び出しを受けるのはもちろん初めてだ。他の訓練生が呼び出されたことも、僕が知る限りではない。しかも、忙しいはずなのに僕と一対一で話すという。

何だろうと思い、当然だけれど、すごく緊張しながら、香水の匂いをまき散らす案内係の綺麗なお姉さんの後をついて、宇宙局本部の庁舎に向かった。

「お連れしました」

案内係のお姉さんが最上階にあるオフィスのドアを開け、僕を中に招き入れてそう言うと、

「いらっしゃい」

ひとりの女性が椅子から立ち上がって笑顔で僕を迎えた。初老なのにスタイルが抜群に良くて、黒い女性用スーツをピシッと着こなしている。たぶんシグマの秘書だろう。見るからに「キャリアを積んだ美人秘書」だ。香水はつけていないようだが、室内は歴史のある木造建築が発するような落ち着いた香りがした。

「お待ちしていました。どうぞ」

その女性が手のひらを上に向けて奥の扉を示す。

――伝説の飛行士が、扉の向こうにいる。

その姿を想像するだけで身体が硬直して、手のひらを何度もズボンでふいた。

恐る恐るノックをすると、

「入りなさい」

マイクを通したよく通る声が扉の上にあるスピーカーから響いた。

重い扉を開けて中に入ると、伝説の飛行士は、広い室内の奥にあるデスクの椅子から立ち上がり、笑みを浮かべて僕を手招きしてくれた。

「どうだね、訓練は」

「はい、もちろん厳しいです。けれど、なんとか……」

と、短い時候の挨拶の後、

「さて、わざわざ来てもらったのは他でもない」

シグマは僕に座るよう促して、自分も僕と向かい合ってソファーに腰を下ろすと、単刀直入に本題に入った。

「ベータ。今回の手術は、長老会議が君を恐れて画策した事とはいえ、最終的にゴーサインを出したのは私だ。もちろん、将来それを決してマイナスだけで終わらせるつもりはないが、君には直接会って謝罪しなければいけない。ずっとそう思っていた」

そう言って立ち上がったシグマは、

「本当に済まなかった」

僕に向かって、深々と頭《こうべ》を垂れた！

あの、伝説の飛行士が、僕なんかに、頭を下げて謝る。

宇宙船の中で僕が手術の事を聞かされる前と後。あの時エリイと僕に向かって頭を下げたキャプテンの姿がシグマに重なった――これもまた、受け継がれている伝統のひとつ。

僕は弾かれたように立ち上がり、

「いいえ。これは私が選択した事です」

きっぱりと、その公式見解をシグマに向かって言い切った。決して嫌みではなく、もちろん、シグマに誘導されたのでもない。僕は自ら選択して手術を決断した。あのとき僕が強硬にそれを拒んだら、キャプテンやスカラはどうしただろう――この世に神様が本当にいて、僕から発信能力を奪うことで僕に何かを教え、そして受信能力までは奪わなかった――そんな気さえする。あの発信能力は、少なくとも今の僕には荷が重すぎる。シグマもそう理解しているはずだ。

シグマは僕の両手を取った。もちろんエリイとは違うが、温かい。

「ありがとう。本当にいつも君には救われる。君が発信力除去を、飛行士を目指すための自らの決断だと真っ先に宣言した事で、テレパス解放に向けて、長老会議との交渉がスムーズに運んだ」

「そうでしたか。ありがとうございました」

　裏でそういうこともあったのかと納得し、シグマに感謝した。僕がその宣言をしなかったら、長老会議はどんな手を打って手術の経緯をごまかすつもりだったんだろう。それが少し気にはなったけれど、もう、どうでもいい。手術の真相を誰かに言うつもりは全くない。かわいそうな被害者扱いなんて、そっちの方が耐えられない。

「私は決して、君の決断を無駄にはしない。そして君が遭遇した今回の出来事。その顚末、つまり真相を伝える義務が私にはある」

　その笑顔とは対照的な、真剣味溢れる言葉。こうして向かい合うと、シグマという人間が発するエネルギー、オーラと言うかカリスマ性と言うか、それが直に伝わってくる。

　真相とは何のことか分からないけれど、あのシグマが、重大な何かを一介の訓練生にすぎない僕に打ち明けてくれる。しかもそれを義務とまで捉えて。とても重い言葉だ。彼の中にある使命感や責任感の並外れた強さが、カリスマ的なエネルギーを作り出す元素になっている事を、ひしひしと感じた。

「もっと早く伝えるべきだったのだが、物事には『時期』と言うものがある。許してくれたまえ」

　僕は「いえそんな」と首を振るしかなかった。伝説の飛行士から「許してくれ」なんて言われて。

　――でも、時期ってなんだろう。

そんな僕の疑問をよそに、シグマは、いきなりこう言い放った。

「今回のΩ連盟との事件だが、一言で言うと、黒幕は長老会議だ」

まさに単刀直入の極み。開いた口が塞がらず、

――そんな事を、僕に言っていいんだろうか。

そう思った。多くの媒体で興味本位に出てくる黒幕とは違う。これも桁違いに重い言葉だ。シグマは確かな根拠を持ってその言葉を使っているはずだから。

「長老会議は世界に独自のネットワークを持っている。もちろんテレパスのそれとは違うがね。科学者のネットワークだけでなく政治的なものも含まれる。非合法な繋がり、つまり現在では禁止されているスパイ活動などを通して、Ω連盟の情報を探ってもいる」

僕らのネットワークでも宇宙船に乗る前、三ヶ月の厳しい訓練の後でキャプテンに呼び出された時「Ω連盟にスパイとして送り込まれるのでは」と、一瞬ざわついた。厳しく取り締まっていると言われてはいるが、その活動が今もある事は紛れもない事実だ。

「長老会議は、Ω連盟、と言ってもΩ連邦の宇宙開発局だが、そこのスパイに傍受されている事を知りながら、偽の『箱』を宇宙空間に置いて機構の長老たち、つまり、自分たち自身に宛てた極秘情報なるものを発信した。しかも、解読しやすい暗号をわざと使ってね。

その内容は、

――アンタレス星系からの発信。過去に高度な文明を持っていたと思われる異星人の遺跡調査が今終了した。異星人の科学技術を示す全ての情報は一つ

のチップに収められており、その技術を手にすれば地球文明は飛躍的に進歩する。予想されていたように、異星人はテレパシイ能力を有し、解読はテレパスにしかできない。同乗しているテレパスはその情報をデータ化しコンピュータに移し替えている。数日後その作業を終えれば、機密保持のためテレパスを指令通り殺害する――

と、言うものだ。しかも、アンタレス・ワームホールの警備状況までわざと筒抜けにした。宇宙機構の船が、君というテレパスを連れてアンタレスの調査に向かったのは周知の事だ。しかも、『箱』からの機密情報で、今までそう言った偽の情報が流された事は一度もない。穿《うが》った見方をするなら、それも、こういう時のための布石だったかもしれないがね。Ω連盟の宇宙開発局上層部は完全にその情報を信じ込み、今回の暴挙に出た。彼らはテレパスを懐柔して引き込み、警備の隙を狙ってワームホール内に侵入したのだ」

驚きの連続だった。

長老会議がそんな手の込んだ罠を仕掛けていた事。Ω連盟の宇宙開発局が易々《やすやす》とそれに乗せられた事。そして、偽情報の内容をスラスラ諳《そら》んじるシグマ。テーブルには何も置かれていない。

「でも、どうして私を殺害なんて。手術の事でさえ極秘だったはずですが」

「Ω連盟とテレパスの結びつきを深めるためだろうね。仲間を救うため、テレパスがΩ連盟に協力せざるを得ない状況を作った。しかも、長老会議は過去に、表向きは自殺となっているが、研究者に対し殺害命令を出したと思われる事例もあるからね。世界を揺るがす情報の機密保持のためテレパスをひとり闇に葬ったとしても、相手は違和感を持たないだろう。恐ろしい事だが」

　すり鉢の底で老科学者が「極刑に処して即刻抹殺すべきである！」と言っていたのを思い出した。宇宙船内でキャプテンが僕に打ち明けてくれたから、長老会議が暗黒面を持っていることを知識として理解はしていたが、今、生々しい現実感を持ってそれを捉えることができた。確かに彼らの考え方なら、手術に止《と》めて僕を解放した事を、温情とさえ思っているいることだろう。

「それに、長老会議が初めに出したのは、実は君の殺害計画だったのだよ」

　今僕が思い描いたイメージと重なったその言葉に、思わず身震いした。そうしてシグマが続けた内容もまた、スカラやキャプテンの話と重なるところがあった。

「長老会議は、君が将来テレパスのリーダーとして活躍する事を最も恐れた。それによってテレパスのコミュニティが活性化し、人類の脅威となり得る。君はテレパスの中では珍しい、反骨精神を持っているからね」

「いえ、それは買いかぶりです。私はそんな立派な人間では」

「謙遜しなくてもいいよ。私も君にはリーダーとしての素養があると思っている。しかし、エイブラムが言うように邪神たり得る存在とまで長老たちが思っていたかは、正直分からないが」

エイブラムは、キャプテンの名前だ。シグマはさらに、内情を詳しく僕に話してくれた。

「しかし殺害など、いくら何でも理不尽だ。我々は君に危害を加えてはいけないと主張したが、結局『手術』という妥協案を認めざるを得なかった。あの時点で長老会議との間に波風を立てる事はできなかった。世界的名声を得た彼らは権力を拡大し、偏った固定概念で世界を動かそうとしている。権力闘争に明け暮れる中で、数々の利権構造を生み出した」

それを『しがらみ』というらしい。昔から綿々と続く普通人社会のしきたりだと後で知った。シグマは苦虫をかみつぶしたような表情になって、先を続ける。彼がそれをいかに嫌っているかがよく分かる。シグマは、とても素直に、そして豊かに、感情を表に出す人だった。

「しかも、純粋な科学や科学技術などの発展も妨げている。研究施設の建設や研究費の分配、各国の機構への技術提供等、様々な所にも利権や派閥抗争が絡む。特に軍事機密の供与問題は、まさに利権とエゴの温床だ。法外な金額が闇の中で動く。それらを打破し改善しなければ、国々が協力し合って宇宙開発を行うという機構の精神は、いつまで経っても机上の空論でしかない。よって、新体制が必要だ。しかし、それを作る計画を悟られてはいけない。当然全力で潰《つぶ》しにかかるからね。従順なところを見せておかなくてはいけない。

そう言う微妙な時期の政治的な駆け引きがあったのだが言い訳はできない。エイブラムを始めクルーたちは君の手術に抵抗感を隠そうとしなかった。私が選んだクルーだが、彼らの君を守ろうという姿勢は一貫して揺るぎのないものだったのだよ。彼らの名誉のためにもそれは言っておきたい」

シグマに言われるまでもない。僕は彼らに救われた。でも、その人選をしたのが他ならぬシグマだったことは、この時初めて知った。

「もちろん私には新しい時代への構想がある。是非ともそれを実現させたい。そして、若い世代の君たちにも、そのしがらみに囚われない世界の構築を受け継いでほしい。若者の体験学習の真の目的はそこにあるんだよ。なるべく多くの若者に宇宙を体験してもらい、宇宙からの視野で地球を見て未来を考えてほしいのだ。そんな若者がリーダーとなる日が待ち遠しい。今、長老会議は自分たちの固定概念に縛られて未来のシナリオを思い描いている。実は、彼らが計画したのは君の抹殺だけではなかった。彼らが未来に向けて取り去りたかったもの、それは何か分かるね」

「私の発信能力だけではない。と、言う事ですね」

「そうだ。取り除きたかったのはテレパスという存在そのものだ。彼らにとって、テレパスが存在する限り、未来への不安は消えない。本当に自分勝手な論理だ。君たちが言う『普通人』の一人として申し訳なく思う」

「いえ、それはあなたの考えではありませんから」

「ありがとう。ベータ。私はいつも君に救われる」

とんでもない、と言おうとしたけれど意外すぎて言葉にならなかった。それは、軽く出た言葉じゃない、シグマの表情は真剣で、眉間に皺を寄せてさえいる。

「そして、未来に向けてのもうひとつの不安材料、それがΩ連盟なのだよ。今回の計画はそれらの脅威を一挙に取り去るために画策したものだ」

　テレパスばかりか、Ω連盟の脅威までを取り去る。長老会議の老人たちに言わせれば人類の将来のためなのだろうが、世間の人たちが知ったら、とんでもないと憤るのは間違いない。もちろん、僕は（ネットワークの受信は従来通りにできるけれど）発信能力を失っているから、この会談がテレパスの仲間に伝わることはないが。

「長老会議は、Ω連盟を徹底的に叩く機会をうかがっていたのだ。今はこちらの方が戦力が上だから、これ以上Ω連盟の力が増大しないうちに屈服させる。そして、脅威になると恐れる君の能力を封じ、さらにテレパスを厳重な監視下において進化の芽を摘む。それが、長老会議が書いたシナリオだ。Ω連盟とテレパスが手を組んで、誰が見ても憤《いきどお》りを覚えるような暴挙に出たというストーリーを作れば、両者は世界にとって共通の敵になる。異星人のチップなど見つかる訳はない。君の手術はすでに行われているはずだ。アンタレス調査は手術のための名目に過ぎず、エイブラムたちは従順に速やかに任務を遂行すると思い込んでいるからね。Ω連盟の船は易々と君たちを拘束し、調査のため本国に連れ帰るだろう」

「拿捕される、のですか」

「そう、領宙侵犯という名目でね。そこで長老会議は『これは世界初のスペースジャックに他ならない』と世論を大いにあおる」

「スペース、ジャック……」

「昔ハイジャックと言って、テロリストによる旅客機の乗っ取り事件がしばしばあったのだよ。凄惨な結末を招いたことも多い。それになぞらえてΩ連盟とテレパスにテロ集団というレッテルを貼り世界から孤立させ、さらに、同調の気配があった勢力を牽制する。世論誘導は長老会議が得意とするところだ。過去のハイジャックによる惨劇の映像なども準備していたらしい」

「しかし、どうしてΩ連盟はそんな罠にやすやすと」

「特に宇宙開発局の幹部たちだが、彼らが宇宙開発で先んじようとする第一の目的は、優れた異星文明と先に接触して、軍事的優位性を確保すること。そんな考えに固執しているから、勢い視野が狭くなる。よって、長老会議の罠に易々とはまってしまった。幸いなのは現場の飛行士たちにそのような覇権主義が浸透していないことだ。地上で生きる世界は違ってもお互い宇宙を愛し宇宙から地球を眺める者同士、当然通じ合うものがある。以心伝心とでも言うか、まあ、いろいろな形でお互い交流もあるからね。君たちと関わったあのΩ連邦の船長は信仰心の篤い男で、エイブラムたちとも親交がある」

「そ、そうなんですか」

そこでシグマは表情を和らげ、飲み物を勧めてきた。僕がしどろもどろで「……はい」とだけ言うと、立ち上がろうとした僕を手で制して自ら席を立ち、デスク横のウォーター・サーバーでグラスに二人分のミネラルウォーターを注いでくれた。恐縮しながら僕は、シグマの表情から話の核心が終わったと感じ、やっと少しだけリラックスして――以心伝心という普通人のコミュニケーションってどんなのだろう――僕にはピンとこない不思議な意思伝達に思いをめぐらせ、そこで初めて広い室内に目をやった。

殺風景と言ってもいいかもしれない。資料やら何やらが収められているシックな木目調の大きな棚が左右両方の壁に取り付けられているが、その棚と壁には記念品や賞状や写真立てなどの飾り物が一切ない。たぶんシグマは、この部屋を訪れた人たちに、自分の過去の栄光について自慢げに語る事をしないのだろう。それでも、過去を偲ぶような品が二つあった。一つはデスクの向かって右側、ウォーター・サーバーの奥に置かれた、差し渡しが二m以上ある『USSエンタープライズ』の模型。そして、もう一つは、その模型に勝るとも劣らない威光を放つ、デスク左奥の大きな壁一面を覆う写真。あの『月面から見たエメラルドの地球』だった。

エンタープライズとエメラルドの地球。それが、シグマという伝説の原点のように思えた。

打って変わってえくぼを見せ、とても親しみやすい表情になったシグマは、模型に目をやった後、グラスをテーブルに置くと、ソファーの元いた場所に腰掛けて話を続けた。

「長老会議は、事が起こる前、密かに船団に待機指令を出していた。だからあれだけの船が集まったんだよ」

確かに、エンタープライズを始めとする船団は圧巻だった。

「しかし、どうしてあんな大船団を」

「稀に見る極めて深刻な事態として世界に知らしめると同時に、こちらの正義をアピールしたかったのだろう。領宙侵犯が発覚すると即座に追跡指令があったが、決して手を出すな。進路妨害をするなと厳命が下っていた。昔と比べて世界は随分平和になっている。宇宙に目が向いている利点の一つだ。そんな中で攻撃力を持つ大船団が集結することは演習としても極めて珍しい。しかも明らかに戦力で勝る船団が、攻撃せず人命尊重を第一として理不尽な要求をのむ。昔ならば情けないという者もいただろうが、現代は違う。相手側の理不尽さや残虐さが大いに際立つ。善の象徴と悪の象徴だ。秘密裏の拿捕事件より、遙かに大きなインパクトを世界に与える。当然、そのような情報操作も行われる。いかにそれが非道な所業であるか、あらゆるメディアを通してプロパガンダし、スペースジャックという造語が全世界を駆け巡る」

「そうですか……。想像もつかない事ですが」

要するに、ヒーローと悪人を作り上げると言うことなんだろうか。確かにシグマはヒーローにぴったりだけれど、なんだかテバイの『彼』に笑われそう。でも、普通人の価値観とか世論誘導とかについては、これからもっと知識を吸収しないといけない。

「しかし、私は気がかりでならなかった。君ともう一人のテレパス、そしてクルーたちの安全がね。拿捕後の交渉にも頭を悩ませることだろう。威嚇攻撃という考えが一瞬だが頭をよぎったくらいだ。もちろんそれはあり得ない。本当に戦争の引き金にもなりかねない愚かな行為だが、この一件自体がまさに長老会議の愚かさの極み、はらわたが煮えかえる思いだったよ」

顔を赤らめて感情を表に出したシグマだったが、次の瞬間にはもう、元に戻ってほころんだ。シグマもまた、表情が豊かだ。

「そんな危惧を全て吹き飛ばしてくれたのが、ベータ、君だ。おぞましい陰謀を阻止し、航行不能になったΩ連盟の船を我々が無事救出するという最高のシナリオに変えてくれた。初めて会ったときの感謝の表現は、心からのものだよ」

そうして、その笑顔の続きでこんな秘密――いや、僕が知らなかっただけで秘密にしていたわけではないと思う。彼女は秘密にしたいようだけれど――を、打ち明けてくれた。

「ところで……、あの時しかめっ面をしていたスカラは私の一人娘だ。知っていたかね」

「いいえ、知りませんでした」

僕は首を振った。でも、さほど驚きはしなかった。体格や端正な顔のパーツや豊かな表情。似ているところがいくつもある。性格はどうだか、分からないが。

「妻は早くに先立った。そして私は宇宙を飛び回っているから随分寂しい思いをさせた。私の娘というプレッシャーもあったろう、そう呼ばれることをひどく嫌っていた。しかし、曲がる事なく育ってくれた。寂しさを紛らわすためもあったのだろうが学業に邁進《まいしん》し、アカデミー始まって以来という成績を残して『伝説』になるくらいにね」

そう言ってシグマは、えくぼを見せた。

「あれが飛行士になりたいと言ってきた時には驚いたが、反面嬉しくもあった。それから初めて親子間のコミュニケーションが良好になったと言えるかもしれない。しかし、今回は君の処遇について随分あれとやりあったよ、険悪になりそうなくらいにね。長老会議に押し切られるなんて情けないし、手術をせっかちに決めてしまうのはどうかと思うなどと随分非難もされた。あの事件の後で君と話す前にも同じようなことを言われたが」

そう言うシグマの表情は、とても穏やかだった。笑顔の彼は、とても親しみやすい感じがした。スカラほどではないにしろ、彼もまたおしゃべり好きの社交家のようだ。そして、より深い真実を詳しく話してくれた。

「あれが出してきた『世話係』は前代未聞の要求だったが、熱心にその必要性を私に説いて引き下がらなかった。しかもこれも前代未聞だが公募するという」

「え、公募ですか」

体験学習生の募集のことだろうが、僕はそれについて詳しくは知らない。あれからエリイとは何度かデートをしたけれど、彼女が宇宙船に乗ることになったいきさつは、聞いても顔を赤らめるばかりで教えてくれなかった。

「もちろん、公募の際にそれは伏せてある。選考に通った一名にだけ業務内容が知らされる。それでも長老から、民間人を重要な任務に参加させるなどとんでもないという声が出た。すでに君という民間人が搭乗するのだから、なおさらだ。しかも、応募資格が十八歳から二十五歳までの女性。真の目的を隠して説得するのは……済まないね。正直に言わせてもらうと、冷や汗交じりで本当に苦労したよ。関係者でない素人の民間人に有利な証言をしてもらうことも必要になるとか、いろいろ理屈をこねてなんとかやり通した。せめてもの罪滅ぼしだ。公募メールは非公開で機構内の省庁にだけ回ったが、搭乗者に君がいると分かった瞬間、応募者が省庁外からも殺到した」

「あの……、本当に公募とか、されたのですか」

人気ナンバーワン。それをスカラから聞いたときは、正直にんまりしたのだけれど。するとシグマは「聞いていないのか、そうか」そう言って拳を顎に当て、しばらく思案のポーズをとっていたが、「まあ、話してもあれは怒らないだろう」と、えくぼを見せて打ち明けてくれた。

「クルーたちは予測していた、君が宇宙空間で耐えがたいほどのダメージを受けると。だからあれの発案で、君を守る『世話係』を同乗させることになった。公募には、後から君のプロフィール映像も追加されてね、その途端あの大盛況だ。これだけ集まればどこかにぴったりの子がいると、大喜びしていたよ。そして彼女、エリイと呼ばせてもらうよ、エリイを見つけて小躍りして私に報告に来た——神様はやっぱりいるのかしらホラ見て見て、何から何までぴったりスゴいあり得ない最高よ——などとまくし立てながら興奮して資料を広げるものだから、こちらの仕事が中断してしまった。微笑ましかったがね。

おそらく、早くに両親を失った君とエリイを、子供の頃の自分と重ねていたところもあったのだろう。君にも愛情を込めて接していたと思うよ、あれなりの。

そしてエリイにはとても辛い訓練だったようだが、毎晩君のプロフィール映像を見て力をもらっていたと言う事だ。彼女は君に強く惹かれていたようだね、相性もぴったりと言うだけのことはある。と言っても、恋心が科学で測定できるかは疑問だが。とにかくあれは、この子しかいないと見込んで徹底的に鍛え、エリイも真摯に応えてやり遂げた。感服するよ」

「……ありがとうございます」

その言葉しか出てこなかった。そして、何だか背中がむずがゆい。

シグマは言葉を続けた。目が笑っていて、とてもリラックスした表情になっていた。

「しかし、手術のことは絶対秘密にして、術後まではエリイに知られないようにすると言う約束だったのだが、あっさり破られたようだ。あれに言わせると『現場での状況判断』らしい。献身的に、それこそ命がけで君を守り通すという強い覚悟がエリイにはあって、とても秘密には出来なかった。しかもエリイが手術を絶対に認めないと知ったことで、むしろ君の精神は均衡を保ち、正常な判断が出来た、などと言い張ったが、はじめからそのつもり、つまり確信犯だったと私は思っている。もちろん、命令違反にはならない、許容範囲。しかも今となっては何の問題もない。エリイも君の意志を尊重して暴露などしないだろうからね」

宇宙飛行士の夢を諦める代償として普通人を嫌悪するしかなかった昔の僕。社会の薄皮一枚剝がすことさえ出来ない目で全てが見えている気になっていた。この世界をもっと知りたい。今、心からそう思う。しっかり受け止めよう。半分だけ普通人になった僕の新しい出発点だ。そして、真の宇宙飛行士になりたい。

「君も心残りはあるだろう。罠による手術。それは申し訳ないが公表できない。Ω連盟だけでなく、世論に与える影響が大きすぎる。テレパスを実験動物のように扱った上にそのような非人道的な所業があったとなれば、君たちテレパスと手を取り合って築く将来にも禍根を残してしまう。そして、知的生命とのコンタクト。これも公表は出来ない。クルーたちは長老会議の横暴と言っていたが、これに関しては長老会議の判断が正しい。検証出来ないからだ。何か確たる物証があればいいのだが……。仮に公表したとして、Ω連盟だけでなく、世論は必ず問題点をついてくる。つまり、UFO発見談と同じ扱いをされ、機構側の信用に関わってしまうんだよ。真の宇宙時代を作る。それが私の使命だ。しかし、我々は神ではない。真実かどうかを裁定するのは不完全な人間たちなのだ。君にも、どうかそれを理解してもらいたい」

僕は立ち上がり、

「理解しています。お心遣いありがとうございます」

シグマに向かって敬礼をして、その後で神妙に深々と頭を下げた。シグマの言葉の一つ一つが、まるで心の清涼剤のように胸のつかえを取ってくれた気がした。

でも――

次の瞬間に僕は、シグマがまさに、スカラと同じDNAの持ち主だと思い知らされた（逆で本当は、スカラがシグマと同じ……なんだけれど）。

部屋の照明が突然消え、闇に包まれたかと思うと、僕は、
月面に立っていた！

「うわっ」

その言葉しか出てこなかった。瞬間移動か転送装置か、いやいやそんなのあるはずがない。だいいち、一瞬でご丁寧に宇宙服まで装着している。

「ハハハ、驚かせて済まないね。バーチャルだよ」

シグマの言葉だけが響く。とても楽しそうで、「済まない」なんてこれっぽっちも思っていない口調だ。バーチャル空間というのを知ってはいたし、訓練でも経験したことはあるけれど、これほどリアルなものは初めてだった。

「私の趣味でね。壁に飾っているのは、あくまでも一般向けの景色だ。これこそが本物なんだよ」

それはもう、趣味の領域を超えていた。訓練の空間より遥かに高精細で、臨場感に溢れている。そう、宇宙服を通して、その数ミリ先に絶対的な死の空間があると感じられるほどに。

「親しいものにしか見せないのだがね。どうかね、感想は」

その時初めて地平線の向こうに目をやった。そうして感じたのは、何と表現すれば良い

のか、戦慄と違和感——子供の頃からずっと憧れていたはずの光景だが。

　これ以上ないと言うくらい澄んだ青色の地球。その表面にへばりついているはずの白い雲の渦が、陰影を帯びて立体感を持っている。そして違和感をもたらすのは、雲の立体感を感じ取れるほど、地球そのものがあまりにも、

「大きすぎる」

「ハハハ、そうだろう」

　また笑い声がした。心から楽しんでいる笑い声。

「地球の直径は月の約四倍だ。つまり、月の直径を一メートルとすれば、地球の直径は四メートル近くにもなる。地球から見る月に比べて、月から見る地球は遙かに巨大だ。人間の脳は遠くのものを実際よりも大きく認識するだろう。例えば地球上で満月を撮影しても、普通のレンズを通してだと、光のシミくらいにしか映らない。本当はそれくらいの大きさなんだが、脳が補正して大きく、そして美しく認識させている。一般に知られている『月面からの地球』は、人間でなく機械が見た映像だ。拡大されているものもあるがその場合も、視野の一部分だけが切り取られているため、視野全体に占める割合が伝わらない。まあ、それでも充分美しい。いや、美しさだけで言うとそちらの方が一般向けと言えるだろう。ベータ、じっくり体験してごらん。目を逸らさずにね」

　どこまでも澄んだ青。大きすぎるそれは、暗黒の空間で異彩を放つ。そして、立体感のある光景は背景にある宇宙空間の黒さを際立たせる。瞬かない星々をちりばめてはいるけ

れど、星々の背後は漆黒という表現がぴったりだ。命の入り込む隙間のない漆黒。澄んだ青の地平の境界にもう、漆黒がある。そこを見つめていると、身体が吸い込まれていきそうで、恐怖を覚えて後ずさってしまう。宇宙はまさに死の世界、死が満ちている。そのことを、鮮やかな異物である地球が心のより奥深くに刻み込むのだ。それは、安全な宇宙船の中からでは味わえない感覚。そして、観測機に同期《シンクロ》して飛んでいた時に襲ってきた孤独感とも異なる。荒涼としたこの場所から眺めるこの大きさの地球と背後の宇宙空間、おそらくそこからしか感じ取る事が出来ない、神々しさと言う名の戦慄だった。

「月面で地球と対峙していた時、ほんの一瞬だが、私は神を感じた」

気がつくと、バーチャル空間で僕のそばにシグマが立っていた、宇宙服なしで。それはずるいと思ったけれど、もちろん言わない。彼の表情は、いつもの信念に溢れたそれだった。

「神は私の頭の中に直接こう語りかけた。

誰のものでもない――

それこそが宇宙を司《つかさど》る意志だ。宇宙と言う名の神に選ばれたのは、まさしくあの場所に存在するあの惑星であって、私たちではない。そのイメージが私の心の奥深くに刻まれた。私たちの所有物など、どこにもない。私たちは神の恩恵のひとかけらを受ける幸せ者だが、決して神に対抗し得る存在などではない。支配は神にのみ許される行為だ。支配できないものを支配しようとするところに争いが生まれる。私たちが闘うべき相手は、まさにそれだ」

「期待しているよ。君はリーダーになるべき人材だ」

最後に、そのお世辞とも思える言葉を、シグマは僕に残した。

もちろん、シグマから聞いた話を口外しなかった。僕に発信力はないから、テレパスの仲間はこのことを知らない。シグマから口止めをされたわけではないが、軽々しく言っていい話題かどうか、それくらいは僕にも判断できる。

しかし、それから程なくして、長老会議の悪行が次々と世間に知られる事になる。一斉に各媒体が、科学技術提供に関する某国と長老会議との利権や癒着を伝え始めたのだ。もちろん、世界を揺るがす大事件になった。それを皮切りとして第二弾・第三弾で数々の悪事が明らかになり、長老会議は完全に「世間の嫌われ者」として、批判の矢面《やおもて》に立たされた。そして、すり鉢で僕を追い詰めた老人たちを始め次々と逮捕者が出て、長老会議は解体した。

宇宙機構では、シグマを中心とした宇宙局が発言力を強めた。不穏な動きがあると宇宙機構が警戒していたΩ連盟も、宇宙開発局が刷新されてから態度を軟化させており、最近になって対話のチャンネルもできたそうだ。たぶんこれが、シグマが僕に言った、「時期」というものなんだろう。ただ、シグマが語った『Ω連盟を陥れる長老会議の謀略』が明らかになることはなかった。

Ω連盟との交渉でも、シグマはリーダーシップを発揮して、世間からも高い評価を受けている。共に体制を一新した宇宙機構とΩ連盟宇宙局は、本格的な協議に入り、ワームホールの相互乗り入れや、共同開発、異星生命体とのコンタクトについての協定など、宇宙開発の様々な事項についての意見交換が始まっている。

まだ、道のりは遠いだろうが、宇宙機構とΩ連盟宇宙開発局は、「全人類が一つになって宇宙に乗り出す、記念すべき第一歩だ」と、高らかに謳《うた》い上げた。

この世界は、世間から遠く離れたところ。ちょうど、通信さえも届かないワームホールのような、一般人には決して踏み込めない深層で、何か重要な決めごとが行われ動いている。戦いの神や共存の神、あるいは邪神。それらに似せてはいるものの、そこにいるのは紛れもない『人間』だ。

どちらにせよ、そこは僕には絶対に手の届かない場所。そう思っていた。けれど、そんな僕の前に舞い降り、あろうことか頭《こうべ》を垂れて真実の一片を見せてくれた人がいる。彼は、雲の上から僕に向かって手を差し伸べてきたのだろうか。

『雨降って地固まる』

僕は知っている。

雨は偶然に降るもんじゃないし、地面も偶然固まるなんてない。

十八、新しい生活

僕は定期的にスカラのカウンセリングとモトウの検査を受けている。今のところ精神的に安定しているようだし、能力についても変化はない。スカラに言わせると「ネットワーク、そして、エリイのおかげじゃないの」だそうだ。もちろん僕に異論はない。エリイがいて、そしてネットワークを感じられる。最高に幸せだ。

そして、
飛行士養成所で二年間を過ごし——

養成所を卒業してすぐ、エリイにプロポーズした。

結婚式は、テレパスの村で行われた。

僕はもう、そこに住んではいないけれど、ワンが強く希望して、エリイも快く受け容れてくれた。

青空の下、純白のウェディングドレスを纏《まと》った、エリイと言う名の女神が、少しうつむき加減ではにかんで、僕に手を差し伸べる。

ネットワークが祝福で満たされる中、式の牧師を買って出てくれたキャプテンに促され、僕はベールをそっと持ち上げて、エリイと誓いのキスを交わした。

「ピュー」

バズが口笛を鳴らし、スカラが「このお調子者」と、背中にパンチを食らわすが、二人とも目を潤ませていた。モトウは、あの懐かしい観測機を模して作った撮影用ドローンの操作に余念がない。忙しいスケジュールを調整して、みんな駆けつけてくれたのだ。

そして、リアルタイムのビデオメッセージが流れる。

それこそが、式のハイライトだった。

特設の大きな３Ｄスクリーンに登場したのは、なんと、
伝説の飛行士――

「シグマ！」

ネットワークも大興奮。彼は今、宇宙機構のトップにいる。世情に疎《うと》い者でも知っている世界的な有名人だ。

何も知らされていなかった僕もエリイも目が点になって数秒間お互いを見やり、そして身体を震わせながら手を取り合って巨大スクリーンを仰ぎ見た。チラッとスカラの方を見ると、彼女はスクリーンのシグマとお揃いのえくぼで微笑んで、僕らにウィンクを返した。

また見事にしてやられたようだ。

「ベータ、エリイ、結婚おめでとう」

みんなが、彼の言葉を一言も聞き漏らすまいとスクリーンを注視する。

「ベータ、君の勇気と、そして、エリイ、君の献身的な愛情が、宇宙時代の礎《いしずえ》となる。私はそう思っている。心から感謝の意を表したい。ありがとう。そして、おめでとう」

大きな拍手が起こった。伝説の飛行士からの思いがけない大げさな賛辞が照れくさくて、思わずエリイと顔を見合わせた。

「そして、君たち二人は、テレパスと私たちを繋ぐ礎でもある」

リーダーシップ――シグマは僕らにそれを求めている。そう感じた。

「ベータ、君の選択と決断が、テレパスと私たちに新しい関係をもたらした。そして今、君は『宇宙飛行士』だ。自らの努力で君は夢をつかんだ。おめでとう」

一段と大きな拍手が上がり、僕は思いきり、照れた。そして拍手が止むのを待って、シグマは、みんなにこう呼びかけた。

「テレパスの皆さん」

シグマの凛《りん》とした呼びかけに、ネットワークフィールドは、一瞬、水を打ったように静まりかえる。

「かつて君たちの仲間を実験と称して苛《さいな》んだこと。そして、それ以外にも数々の非礼があったことをお許し下さい」

フィールドがざわついた。

そうして頭を下げた後、シグマは大きく声を張る。

「テレパスの皆さん。君たちに、そのような行為は二度としないと約束する。どうか、私たちを信頼して下さい。そして、どうか勇気を持って私たちと手を繋いで下さい、このベータのように。積極的に交流を持って、このような素晴らしい結びつきを広げてくれないか。テレパスと私たちで共に新しい未来を切り開く。それこそが正しい選択だと、私は強く、強く信じているから」

割れんばかりの大拍手が起こった。拍手と歓声がネットワークフィールドに伝搬していく。

共存の神が、今ここに舞い降りた気がした。

——これからは、彼らを「普通人」とは呼ばない。私たちは同じ『人類』だ！

ワンの決意が、鼓舞するようにフィールドを駆け巡る。決意を追いかけるようにして、波紋が鮮やかに虹色の光彩を放ちながら、フィールドの隅々に伝搬していく。

新しい歴史が、ここテレパスの村でも幕を開けようとしている。

＊

そして、結婚二年目の春。

忘れられない、『あの日』がやってきた——

エリイと幸せになれるよ

――やっぱり、なんか変な文章だな。

僕がそんなことを思ってメッセージを眺めていると、

「わたしね、はじめ、てっきりあなたが書いたと思ったのよ」

僕の横に来てエリイが、そう言った。結婚してからはスカラの二代目みたいに、僕の事をいつもお見通しなのだが。これについては一瞬ドキッとしたものの「いや、それはない」と、大きく首を振って否定した。けれど確かに、告白に向かう時に自分自身にそう言い聞かせたと捉えられても不思議じゃない。

「この歌、覚えてる?」

突然歌の話題になった。エリイは、音楽をかけていた。耳を澄ませば聞こえる位の音量だった。けれど、

――心に染みる歌声。

なんだか今日はいつもと違って、話題がとりとめのない感じになっている。

「あの、手術の後で君が流してくれていた」

「うん。世界の歌姫スズカナ……」

そこで僕は、初めて「世界の歌姫」の件を聞いた。しかし、どうして今この曲を流しているかは分からない。二人の時に歌声付きの音楽はめったにかけないから。

そう言えば最近、顔色が良くない。体調がすぐれないようで、気がかりだ。僕の方も重要なプロジェクトが控えていて忙しく、エリイはそんな僕の心配ばかりしているのだが。

「有名な歌手だったんだね。その歌に触れて、生まれた頃の記憶が蘇った。忘れかけていた記憶だったけれど、歌が思い出させてくれた。キラキラした世界に僕一人がいるイメージ。僕はね、生まれたての頃は、ネットワークが世界の全てで、ネットワーク・イコール・僕。この世界には僕しかいないと思っていた」

「面白いわね。ちょっとしたきっかけで蘇るものなのね。世界に自分一人だなんてわたしには分からない感覚だけれど、わたしたちの赤ちゃんも、そんな風に思うのかしら」

　またドキッとして、つい、君のお腹に目が行った。

　君は少し目を伏せてから僕のおでこを指で優しく押しやって、

「彼は初め、あなたを『赤ちゃん』のように思って統合しようとしたけれど、結局そうせずに別々の存在だと認めてくれたんでしょう」

　神秘の微笑みを浮かべながらそう言ったから、僕は、「わたしたちの赤ちゃん」が、その事を言うために言った例えなんだと解釈した――ちょっと残念――エリイは、スカラのように思ったことをずけずけ言うタイプじゃないから、会話の流れが読めないことがよくある。まあ、それはそれで楽しいのだけれど、今日は特に、読めない。

「統合というのが私にはイメージできないけれど、あなたとの出会いで彼が得たもの……何かしら」

「うーん、宇宙観……世界観かな。彼は科学文明を持っていない。宇宙を観測する技術はないから、僕に出会うまでこの世界は、ネットワークのあるテバイと、そこに降り注ぐ放射線なんかで成り立っていると考えていたんだろう。さらに、彼は昔のことをずっと忘れていた。世界のはじめから唯一の存在だったと自分を思うようになっていた。そこに、僕という別の存在が現れて……」

そこで、エリイは首を傾げた。

「何か変かな」

僕がそう聞くと、エリイは、

「テバイの彼はスーパーコンピュータのような能力だったんでしょう」

「そうだよ」

「なぜ、昔を忘れるのかしら。コンピュータが忘れるって、違和感がある」

「それはね、自分自身とネットワークを守るための、言わば自己保存の本能なんだよ。忘れると言ってもコンピュータのように内部の情報をサッと消去する訳にはいかない。有害と思われる記録、記憶だね、それをひとつひとつノイズの中に埋没させていくんだ」

「記憶をひとつひとつ……、とても根気がいるわね。なぜ、サッと消せないのかしら」

「それは彼が機械じゃなく生物だからじゃないかな。テレパスの感覚だと、無意識の底の方にあるザワザワした砂嵐みたいな領域に嘘が吸い込まれていく感じなんだけれど、彼は意識的に一つ一つそこに埋め込んでいったんじゃないかと思う、たぶん」

「それでもどうして、昔の記憶を埋没させる必要があったのかしら。どう自己保存と繋がるの」

『彼』と一体化したと言っても、『彼』の全てを知ったわけじゃない。そう言われると確かに気になる。今までそれを考えたことがなかったのだけれど。

そこでエリイは、こんなことを言った。

「彼は自我を統合していったんでしょう。その統合というイメージも分からない。だって例えば二人の人間が自我を統合したら、それぞれの自我はどうなるのかしら。二つの自我を共存させたらそれは多重人格でしょう。そのまま統合を続けると恐ろしいことになるから、どちらか強い方に吸収される……、でもそれは、どこか違う気がする。知識や経験が増えることで確かに意識は変わるけれど、そんな吸収を行ってしまうと結局弱肉強食と同じで、テバイの助け合いの精神に反する気がする」

「そうだね。僕らは融合している感じだったけれど、彼に吸収される感覚はなかった。彼と僕は違う存在として認め合った。それは確信できる。そして彼は僕らが知ることの出来ない領域を持っていた気がするんだ。だから、統合も僕らが知ることが出来ない次元の現象かも」

「そう、私たちの常識は通用しないわわね。意識の次元というのが私たちの感覚では見えないところにあるのかもしれない。それでも、もし、そんな領域が彼の中にあったとしてそこで統合が行われているとしても、記憶を埋没させるのはそれとは違う気がする。そこまでして記憶を消したのは、記憶があると何かダメージを受けるから……かしら」

普段はそんなに口数が多くないエリイだけれど、今日は違う。ただ、口数の少ない普段でも、あの一回目のコンタクトで言った「逃げてみたら」のように、僕はしばしば彼女の言葉にハッとさせられるのだが。

——ダメージ。

僕の中に、それと繋がる体験が確かにあった。

二度のコンタクトで同じ感情を僕は彼から受け取っていた。一度目は同期《シンクロ》が解けた瞬間。そして、二度目は『彼』が僕に『君こそ唯一認められる他者……かけがえのない存在だ』と、思念を送ったとき。ともに僕の心に共鳴したのは寂寥感《せきりょうかん》。なぜ共鳴したのか。それは心の奥底に同じ体験を刻んでいたから。

「孤独だ！」

そう、歴史を思い返すことは、今の自分がひとりぼっちだと認識することだ。その孤独感がどれほど精神にダメージを与えるか。テレパスの僕は、宇宙空間で嫌と言うほど思い知らされた。そして、『彼』もまたテレパスと似た能力を持つ存在だ。本来なら孤独に耐えられない存在。だから過去の記憶を消した。この世界から他者の概念を取り除けば、孤独の概念もなくなる。

『彼』は僕を友と認識することで孤独の呪縛を解き放ち、昔の記憶を蘇らせることが出来た。彼が僕を吸収するつもりなら呪縛は続くから、絶対に記憶を蘇らせたりはしない。融合はやっぱり共存だったんだ。だから、新たな仲間に自分の歴史を投げかけた。

テバイの彼について、エリイと詳しく話したことは今までなかった。分かってくれるだろうか。そう思いながらエリイと向き合った。

「過去の記憶が孤独を生むからだろうね。孤独は彼に計り知れないダメージを与える。僕をテバイに招いて、彼は僕をかけがえのない友として扱い、孤独を解消したから歴史を蘇らせた。そして最後には分身とさえ言える関係になった。でも、君の涙で、この世界には自分の知らないとても大切な感情がある事を知ったんだ。僕と彼は融合するつもりだったけれど、僕の中にある人間社会、特にエリイ、君の存在を認めた瞬間に僕を放した。放さなきゃいけないと思ってね」

「まあ……、素敵」

エリイは目をくりくり潤ませて僕を見つめる。その表情で、通じたことがわかる。やっぱり感情移入の天才かも。

「それでも僕の中に彼の影響が強く残り、たぶん彼の中にも僕の思いが残っている。そう、とても短い間だったけれど、お互いがお互いを知って大きな影響を受けた。テバイのネットワークが僕には『共存の神に見守られている理想郷』のように思えたから、何度も夢に出てくるんだろう。きっとそうだ。僕らは本当に思いを一つにしていた。そして、別れる瞬間、お互いを認めて感謝の気持ちを確かに分かち合ったんだ」

「テバイのネットワーク。それがあなたの理想郷……」エリイは胸に手を当てて目を閉じた。そのイメージを想像してかみしめているように僕には見えた。「双子の意識って、どちらかが危機を感じたときに繋がることがあると言われるけれど、そんなの非科学的だと思われているでしょう」

「えっ」

また、話が……

「でも、量子もつれのような繋がりもあるのよね。じゃあ、双子でも何かのきっかけでそんな現象が。融合まで感じていたあなたと彼は、その時はもう双子以上の関係だったから、知られていない領域で意識が繋がっていたとしても不思議じゃない」

「なるほど、否定できない考えだね。彼とのシンクロはテレパス波の交信とは違うから、い、い、その時はそこに僕らの知らない何かがあったのかもしれない」

残念なことにそれは、過去形で語らなければならない出来事。今でも、テバイを夢に見ることがよくある。あの時の心残りが、夢を見る最大の原因なんだろうか。今でも繋がっていたい。発信能力を失ってしまった今だけれど、でも、それでも繋がっていたい。

するとエリイは、

「やっぱり、素敵。大切なものがそこにある」

静かな口調。でも、今日のエリイはどことなく不安定で唐突だ。

「えっ」

思わず聞き直す。僕が愛して止まない素敵な口元が目の前にある。

そこで――

僕の脳内を百億光年先に思い切り吹き飛ばす衝撃がやってきた。

「大切なものは命。その『命の領域』で繋がるものがきっとある」

潤んだ瞳で僕を見て、それでも口元にきゅっと力を入れて、心の底から染み出てくるような、まさに聖母を思わせる声だった。

「わたしの中には、あなたの分身たちが育っている。わたしたちは『愛』というネットワークで繋がって、命を紡いでいるのよ」君の魅力的な唇が目の前に来た。そして、「あのね……」その唇が僕の耳元で囁く。

「赤ちゃん、できたの」

飛び上がってしまった！

そして、一呼吸おいて、やっと言葉が出た。

「ええっ、今……、ここで……、それ」

何でこのタイミングなんだ。あまりにも唐突すぎる。

僕のイメージの中で、エリイが聖母から突然「宇宙人」に変身した。

さっき、君が「わたしたちの赤ちゃんも……」と言った時にそのまま打ち明けてくれた方が自然じゃないかと思う。ひょっとして、あの時僕に心の準備をさせたのだろうか。まだ会話が温まっていないと感じたのだろうか。それとも、僕はあそこで「できたのかい」と尋ねるべきだったのか――分からない。女心は、永遠の謎だ。

でも、その後でじわじわと実感が湧いて、

――僕が、パパになる。

「ありがとう、エリイ」

実感が伴うと、それが想像していた以上の喜びを引き連れて全身に染み渡り、腕を思い切り広げてから、君を抱き寄せた。

ひょっとしてこれは、エリイなりのサプライズ効果を狙った言い方なのだろうか。その後さらに耳元で「双子よ」と言われ、君を抱きしめながらも――最近体調が良くなかったのはこのためかエリイの華奢な身体の中で二つの命が育つなんて神秘だなあでも二人とも男の子だったらきっとやんちゃ坊主で大変だろうなところで産声を上げるんだろうか――などと思考がグルグル回る。心の中がふわふわして変な感じだ。

でも、今日のエリイはそこで終わらない。

いつものように目を細めて素敵な笑顔を僕に見せると、少し間を置いた後、ゆっくりかみしめながら、僕に言ってくれた。それは、今まで思い出せないでいたもうひとつの大切な繋がり。

「……だから、あなたの中でも、テバイの彼を育ててね。あなたの、理想のために。それはあなたにしか出来ない。『理想郷』は夢で終わらせていいはずないもの」

養成所の厳しい訓練に明け暮れ、そして飛行士という『夢』をつかみ、エリイという最高の妻を得て『夢』のように幸せで、まるでそこが、人生のゴールのように感じて。

僕は心の奥に刻まれた一番大切ものに、知らずに蓋をしていた。いや、知らずに、ではない――飛行士になりたい。エリイと暮らしたい――僕の小さい心はそれで一杯。だから排除した。気付かないふりでノイズにしていたのだ。

『君には進化の意志が欠如している。君は進化しなければいけない。君は進化できる』

僕の心の奥底に深く刻まれていたはずだ——『彼』が僕を放したのは僕個人のためだけではない——それをエリイが、まさに今、匣の蓋を開けて取り出し、僕に投げかけた。

純粋な矢が僕を貫き、奥底で膝を抱えてうずくまっていた理想に手を差し伸べる。

——勇気を出して。そして恐れず進化して。子供たちの未来のためにも。

不思議だが、エリイのその思いが、まるでテレパス波のように僕に届いた。

「エリイ」

もう一回君を抱きしめた。

さっきより、強く……

十九、それぞれの想い

予定日の一ヶ月半前、エリイは大事を取って入院した。

「アナタたちって、注目の的だからね。記者や心ないパパラッチから身を守るのは、ここが一番よ」

いつものように悪戯っぽくそう言って、いつものえくぼを見せたのは主治医のスカラだった。もちろん僕は毎日病院に通ったが、エリイは自分の身体の事より僕を気遣って「毎日来なくても大丈夫だから」と、いつも言っていた。

僕ら以降、テレパスと一般人との交流が一気に盛んになった。僕の時もそうだったが、どうやらテレパスと一般人とでは異性の好みが違うようで、婚期を逃していたテレパスが男女問わず次々と一般人と交際し、結婚ラッシュのような現象が起こった。僕らより早く赤ん坊が生まれた夫婦も何組かいる。そして、テレパスと一般人との間に出来た赤ん坊は一様に、優れたテレパス能力を示しているようだ。それは、新しい時代の息吹きになるのかもしれない。

僕とエリイは交流の先駆けとなった第一号ということで、世間からの関心も高い。待ち望んだ新しい命が授かり、さらに注目の的になって、エリイにもプレッシャーのようなものがあったのだろう。体調を崩すことが多く、それを見かねてスカラが助け船を出してくれたのだ。メディアの取材攻勢をシャットアウトするところは、シグマが計らってくれたようだ。

出産が早まることもあり得ると言われていたけれど、僕には訓練と重要任務があった。そのための準備でこの半年間は特に目が回るほどの忙しさだったのだ。

合同月面探査。

両陣営が歩み寄り、ついに、『地球人チーム』として垣根を越え、飛行士たちが合同で月に降り立つことになった。セレモニー的な要素が大きく、宇宙での領有権問題は完全解決には至っていない。しかし、明るい未来に向けて全世界が期待する一大プロジェクトだ。そこまで持ち込んだシグマの功績は大きい。そして、探査コースにはかつてシグマやキャプテンが神の声を聞いたという場所が含まれている。あの場所で全世界の飛行士たちが地球を眺める光景は素晴らしい感動を与えるだろう、世界の人々にも飛行士たちにも。

名誉なことに僕はチームの一員に選ばれた。でも、もちろんエリイと生まれてくる子供たちの事が気になる。出産が近いこともあり、付き添うことを第一優先にしたいという僕に、エリイは強く反発した。

「二度とない機会よ。あなたの原点なんでしょう。訓練と準備も大変だったけれど、その中であなたが選ばれた。選考にはきっとシグマの意志が反映されている。絶対に行くべき。行かなくちゃダメよ」

そして最後に、真剣な目をしてこう付け加えたのだ。

「この先、後悔するような選択はしちゃいけないわ。そうでしょう、あなた」

そして予定日の二週間前――

しばしのお別れだが、エリイは寂しそうな気配は少しも見せず「帰ったら月のお話を聞かせてね」そう言って僕を送り出してくれた。

病室から出て、随分お腹が大きくなった彼女を気遣いながら歩き、ロビーで手を振った。いつものように控えめに、手を振る右手の肘に左手を当てて首を少し傾けるように僕を見る君――そんな時、突然こみ上げてきたイメージ――可愛い仕草の奥にある、そのまま何処かに消え入ってしまいそうな儚さ。風に舞う青の薄いスカーフと白いドレス。そして、赤い花の刺繍――僕は、駆け寄って思い切り抱きしめたい衝動に駆られた。けれど、周りの手前もあるし、エリイに不安を与えてはいけないと思い止まり、無理に笑顔を作ってその場を後にした。

月面では、残念なことに僕らの中で誰ひとりとして神の声を聴いた者はいなかった。シグマやベテラン飛行士のようにはいかなかった。修行が足りないと言うことか。まさか、大挙して押し寄せたものだから神様が面食らったとか、全世界に生中継されたこの特別番組を神様も視聴していたとか……は、ないだろう。

それでも、大きな感動と充実感を味わった。無色無音の宇宙空間で奇蹟のように存在感を示すエメラルド。月面から見る地球は本当にいつも映像で見るそれよりも何倍も大きかった。まさに、あのシグマの部屋で見た地球。もちろん、実体験はバーチャルを遥かにしのぐ。あのときのシグマの言葉を、僕は本物の月面でかみしめた。

――誰のものでもない。

そして帰還時。随分慣れたとはいえ、いつものように宇宙空間で孤独と格闘しつつ、ステーションが近づくのを眺めていた。

すると、いきなりやってきたのは、青空に向かって花火が打ち上がり鳩が飛び交い紙吹雪が舞う、これ以上ないというくらい典型的な祝福のイメージ――生まれたのだ。予定日よりも随分早かったが、ワン夫妻が付き添ってくれていて、テレパスの仲間たちにもリアルタイムで知らせていた。

「やった！」

そう叫ぶ僕を怪訝な様子で他のクルーが見守り、やがて、事情を察して手荒い祝福の嵐。

生まれたのは、二卵性の男の子と女の子。

しかし、その直後、イメージが一変した。

そして、今の今まで固く固く封印し、押しやっていた、僕がこの世に産み出された瞬間に作られた不可侵領域。それが、ベールを一枚ずつ剝がすように……、浮き出た。

僕が産み出された瞬間――突然僕のフィールドにぽっかりと暗い穴が空いた。お腹の中の僕を慈しみ包み込んでいた優しい存在、これからもずっとそうしてほしいと願っていた存在が、僕の場所から僕だけ残して忽然と消えた。衝撃に打ちのめされて僕はひとり、ネットワークフィールドを眺める。感知出来るのは哀悼のモノクローム世界。僕の幼い意識では遠くがかすんで見えない。テレパスたちが作るその領域は、今にも消え入りそうな祝福があちらこちらに残っていた。僕は自身のフィールドを深くノイズに埋もれさせると、意識を偽りの世界から引き剝がし、祝福の余韻を求めて力の限り自分自身を拡散させようとする。あれこそが僕の場所。飛び出すんだ、外へ、もっと広い世界へ！――

テレパスの赤ん坊は、泣かない。
たとえ、大切なものが目の前から失われても。

産声を上げずこの世界に産み出たふたりの子供たちはまだ、母親の温もりを知らない。自分たちを慈しみ包み込んでいた存在の行方も知らず、安らかな寝息を立てている。
テレパスの母と、テレパスでない妻に愛された、僕のフィールドの不可侵領域は、もう、ノイズに埋もれることはない。命を燃やして、エリイは今、集中治療室で闘っている。

＊

「ごめんなさい。アナタには絶対隠していてって。私も父やキャプテンに相談して、みんなで何度も説得したんだけれど、そんな時エリイの意志は、ダイヤモンドより固い」

エリイは一命を取り留め、回復を見せている。そして笑顔で二人の赤ん坊を抱き、僕に初めて言った言葉が、このスカラと同じ「ごめんなさい」だった。いつもより明るい調子でそう言われたら、僕は微笑むしかなかった。

しかし今、シグマのことを父と初めて言うスカラに、いつもの快活さはない。

薔薇病。

その兆候が分かったのは、世話係の選考で最有力の候補になって検査を受けたとき。船内でスカラが僕にテレパスの薔薇病を説明して、特に女性の出産が危険と強調したのは、暗にエリイにも念押ししたかったからだという。彼女の両親も薔薇病で亡くなっていた。エリイが僕に隠していた理由は、船内では余計な心遣いをさせたくないから、そして付き合い始めてからは僕との子供を強く望んだから。

エリイは、スカラから妊娠を告げられたとき、同時に再検査の結果も知った――楽な出産なら持ちこたえられるが、難産になると危ない。双子の場合は極めて危険が高いと考えられ、母体の安全を優先すべきである――それが、赤ちゃんができたと言った『あの日』だ。

忙しかったと言うのは言い訳に過ぎない。僕は彼女の変調に気付きながら、それを深刻には受け止めなかった。

「私を非難するなら、気の済むまでやっていい。何ならぶん殴ってもいいわよ、二、三発」

いつもとは真逆のトーンだが、スカラはスカラらしくそんなことを言うと、僕に正対した。

「確かに、無理にでも子供は諦めてもらって母体を救うのが医師の務めだと思う。でもね、ベータ、エリイは心の底からアナタの子供を遺したかったのよ。そう、アナタとテレパスの未来に向けて。それがエリイの生き甲斐だった。父もキャプテンも私も何度も説得したわよ。でも、エリイは譲らない。そしてアナタには絶対秘密にしてと頑なに訴え続ける。ちょうどアナタの手術の時『ダメ！』って、バズでも引きはがせなかったあのエリイなのよ。助かっても、当然病状は悪化して進行する。でも、応えてあげるしかなかった。そして、必死に手を尽くした……」

僕はただ、スカラの診察室でスカラと同じようにうなだれている。スカラは彼女の悪行も包み隠さず打ち明ける――なんと、月面調査の準備を名目に僕にいろいろな雑用を押しつけて注意をそちらに向けさせたばかりか、出産予定日まで本当の予定日より遅く僕に教えた。つかみかかって怒るべきなんだろうけれど、その気力が湧いてこない。

そして僕は父親になった。

赤ちゃんはふたりともとても可愛い。まだ、ほとんど保育器に頼っているが、健やかさを発揮して、訳の分からないイメージを狭いフィールド内にいっぱい振りまいている。

保育室と病室を行ったり来たりしながら、顔のパーツや表情にエリイの面影を探してしまう。『素敵』と、繰り返し言って聖母マリア様の微笑みを見せたエリイ。『赤ちゃん、できたの』そう告げた時の君の決意を、君の覚悟を、僕の受信触手は受け取れなかった。

そして今、スカラと向き合うこの瞬間の僕は、腑抜けだった。しっかりしなくちゃと思う。エリイのためにも。エリイが命がけでこの世に産み出したふたりの子供のためにも。でも、身体にも心にも力が入らない。早く、一刻でも早くエリイのそばに行きたい。顔を見たい。話したい。

それしか、考えられない。

「アナタも知ってると思うけれど、テレパス遺伝子は劣性じゃあなかった。むしろ一般人との交流がテレパス能力の活性化を促している。生まれてきた子供たちの前頭葉をスキャンすると、総じて発信部位が発達している事がわかっているのよ」

「じゃあ、僕と同じように、手術をして回路を切断する……」

「ふざけんじゃないわよ！」スカラはそこで今日一番の大声を出した。「長老会議の蛮行。二度とやんないわよ。死んでもやるもんか、そんな手術」

「……そう」

「新世代のテレパスに輝かしい未来を。その子たちはやがて、社会進出をして第一線で活躍するのよ。でも、それは茨の道でもある。機密を廃し、そして、一般人の偏見や妬みを真っ正面から受け止めて、道を切り開くリーダーが必要なの」

スカラの言いたいことはわかる。そして、それはたぶん、シグマの望むことでもあると。

でも、僕に、僕なんかに……

「テレパスが宇宙飛行士になる日。それを実現する事が出来るのは、アナタ以外にいないでしょう。人間相手で個人情報を扱う職業は難しいけれど、アナタに続く宇宙飛行士への道は絶対に切り開くべきよ、アナタ自身の手で」

やっぱり親子だ、シグマもきっと同じ事を言いたいはず。

「そうかもしれない。でも、そのためには『孤独に耐える』辛い訓練が必要になる」

慣れたと口では言っているが、そんな思いを未来の飛行士に体験させるのは、先輩のテレパスとして大いに抵抗がある。

「何言ってんのよ、ベータ」

ところがスカラは、そこで初めていつもの口調に戻り、僕にこう言ったのだ。

「育てるのよテレパスの宇宙飛行士を。ひとりじゃない、何十人、いや何百人よ。テレパス飛行士の集合体。そしてその中でグループ、そう、『ファミリー』よね、それ作ってファミリー単位で宇宙に出れば、孤独に耐えなくていいでしょう」

「あっ」

「『あっ』て何。まさかそんな簡単なことに気付かなかった」

「い、いや」

と言ったものの……、

つい自分勝手なイメージでテレパス飛行士を捉えてしまっていた。僕はずっとテレパスの中では異端児だった。宇宙飛行士イコール異端児。テレパスが宇宙飛行士になるには、あの、耐えがたい孤独体験がある。そして何より、今の世界のままだと発信部位の除去手術が必要。

「もう、ホント何から何まで手間のかかる子なんだから」

スカラは、全てお見通しだ。

「ごめん。でも今……、なんと言っていいか。おぼろげに見えた。未来、そう、幸せな未来の姿」

「やっと、出発点に立つ気持ちが出来たみたいね。いえ、ちょっとだけその気になった程度かしら。まあ、いいわ。もっとその気にさせてあげる」

そう前置きしてスカラは語り始めた。父シグマの想いを、真剣に。

――世界から覇権主義や紛争を取り除くことは非常に困難だ。しかし、大改革の道筋を見つけなければ人類は退潮するしかない。人類社会そのものに進化を促すことが急務になる。そして、その突破口になり得るのが宇宙。「誰のものでもない」をまず宇宙で実現する。後継となる将来のリーダーたちにも、宇宙からの視点で地球を見て未来を考えることを促す。

そして、Ω連盟との共同開発は新たな第一歩。そのΩ連盟と宇宙機構の架け橋になる存在がテレパス。Ω連盟も世界に向けてテレパス保護を呼びかけたのだから、手のひらを返すことは出来ない。そうして全世界が一致団結して宇宙開発を行う土壌を作っていく。テレパスが活躍する職場イコール秘密のない健全な職場。守秘義務のある職業での社会進出は困難。しかし、テレパスの素晴らしい情報伝達力は、宇宙での調査作業に革命をもたらす。

惑星における資源開発でもそれは力を発揮する。フロンティアでの共同作業で彼らの右に出る者はいない。テレパスの宇宙進出こそが、人類社会の進化に繋がる道だ。そのために、『宇宙に守秘義務はない』。その思想を広める。まず、宇宙から地球のしがらみに囚われない健全化を始めようと世界に提唱し、「誰のものでもない運動」を世界規模で巻き起こす。

「父にテレパスの宇宙開発を思いつかせるきっかけになった人物こそ、まさにアナタなのよ。テレパスで唯一の宇宙飛行士が、跡継ぎを育てなくてどうするのよ。知的生物とのコンタクトの件は公表不可だけれど、手術で負った深い傷は癒えないかもしれないけれど、そう、今だから言わせてもらうわ。その傷が実はアナタの成長や未来へのビジョンを曇らせているのよ。きついでしょう。けれどそれを自覚して克服しなさい。アナタは絶対に克服できるから。そして、テレパスの次世代を育てなさい。宇宙飛行士を始めとして、宇宙開発事業のプロフェッショナルを育てるのよ。道筋を作る事が出来る人物は宇宙の経験があるテレパス。そしてテレパスだけでなく一般人からも信頼が厚く、名が知られていて、極めつけは特に女性からカリスマ的断トツ一番人気のテレパス。それって、誰よ」

『変わらなくてはいけない』

『君は、飛行士のリーダーになるべきだ』

くみ取れなかったその深さが染み込んでくる……、やっと。

シグマは目指している。テレパスが主導する宇宙開発で、人類社会の進化を実現させようとしている。当然、それを快く思わない者もいるだろう。利権にしがみつく者たちは声高に「世界を分断させる勢力だ」なんて叫んで民衆を煽るかもしれない。しかし、強い意志でそれらを真正面から受け止め、未来を変えようとする人物が、いる。テレパスでないその人が、己の人生をかけて行おうとしている。そうして、独りよがりで自分勝手な夢をぼんやりと見るだけで全然前に進んでいない愚か者に、社会の奥を語ってくれた。

みんな、僕の背中を押していた。それを感じていたはずなのに、それでも真摯に捉えようとせず、理想郷を現実のものにしようと本気で前を向くこともせず、すぐに折れてしまうどうしようもない半端者のテレパス。手術で発信力をなくした後、確かに自分自身をごまかしていた。自分をどう納得させるかが第一で、その経験を未来に役立てようと真剣に考えてはいなかった。エリイに理想郷を育ててねと言われて感激したのに、出産でエリイが危ないとネットワークで感じた時からその気持ちは完全に飛んで消え去った。そして、スカラの言った『ファミリー』。真剣にテレパスの未来を考えていたら絶対に思いついたはずだ。

――なんて情けないヤツ！

『宇宙船のそこら中がテレパスだらけ』

——なんて幸せな未来！

これが、これこそが、僕の理想の未来の形。

「いいこと、ベータ。エリイがアナタに何を望んだか。今すぐにとは言わないけれど、今度こそちゃんと向き合いなさい。命を燃やしてアナタに託したのは、二人の子供のことだけじゃなかったはずよね」

スカラの言葉が、僕の全身に染み渡る。そうして、ひとつの決意として形になる。

心に刻み、命を燃やして。

そう、『進化する！』。

エリイ、だいじょうぶ、だよ。

真に闘うべき者、それがどんなヤツかを知ったから。

本当の決意が生まれるのは、本当の自分自身と向き合えたときなんだろう、きっと。

「スカラ、お願いだ」

「なあに」

「あれ、やってくれ。二、三発」

「オーケー、全力で気合いを入れてあげる」

こんなとき、スカラは想像を超えたパワーを発揮する。僕はそれも思い知った。

*

＊

十数年後――

「ねえ、ママ、ママあ、これ見てよワタシ一人で作ったんだから。ちょっとシンクロして中に入って飛ばすから見てて」

「ダメだよテルダ。ここは病院だぞ。しかもその回路はまだまだ未完成だろ。僕だったらシンクロ効率をもう少し考えて設計する。まあ、発信力がすごいことは認めてやるけれど」

「いいじゃん、お兄ちゃん。パパの政治力のおかげでこんな広ーい豪華な個室よ。これはなんか飛ばさないとでしょ」

「バカか、お前」

「イッターイ。パパア、お兄ちゃんに『モミジ』された。スカラおばさんばりの」

「おいおい、二人ともやめなさい」

「ウフフ」

エリイは入退院を繰り返す日々だが、それでも笑顔を絶やさない。私は目が回るほど忙しい日々を送っている。とはいえ、エリイと語らう時間は最優先で作っている。時間管理と自身の気持ち次第で家族との時間は持てるものだ。まあ、もっぱらエリイは私の愚痴の聞き役なのだが。

子供たちはすくすくと育っている。ギリシア文字繋がりで私は兄はガンマ、妹はデルタと提案したのだが、それはエリイによって即座に却下された。兄のカルマは母親似だ。意志が強く真面目にコツコツと課題をこなしていくタイプ。それに対して妹のテルダは誰に似たのか、おてんばで甘えん坊。しかし、周囲を驚かすようなひらめきがある。二人とも、私が主宰するテレパス・アストロアカデミーで首席を争う逸材だ。少々親バカが入っているかもしれないが。カルマとテルダだけでなく、機器への同期能力《シンクロ》を持つテレパスたちが次々に誕生している。私と同じように総じてそういう子供たちは理工系に強い興味を抱き、そして、宇宙が大好きだ。

シグマの想いは、少しずつだが確実に世界に浸透しつつある。私の中でも、未来は確かな形を取ってそこにある。さらに今後、同期能力《シンクロ》を持つ者は確実に増加する。彼らは機械をまさに手脚のように動かせるから、宇宙での危険な船外活動の必要がない。また、同期《シンクロ》能力がなくても、テレパスの意思統一力は当然一般人を凌駕するためミーティングすら必要なく、『ファミリー』という見事に統率された集団を形成する。そうして宇宙で、より高度な危険度の高い作業が彼らに割り当てられていく。もちろん、そこに一般人の嫉妬もあるだろうが、全世界が一つになって宇宙開発をするという理念は浸透して、宇宙産業は拡大し発展を続けるだろう。作業は多岐に亘り、常に優秀な人材を欲する。その中でテレパスの集団力は群を抜いており、誰もが認めざるを得ない、世界は「宇宙に守秘義務は存在しない」をスローガンに、「誰のものでもない運動」の拠点が宇宙であることを認めつつある。将来、テレパスこそが「誰のものでもない運動」の象徴となり、宇宙開発の最先端を担う存在として認められていく、いや、認めさせてみせる。

シグマは言った。

「やがて他の知的生命体と否が応でも交流を持たねばならない時代が来るだろう。君たちはそのモデルでもある。お互いが優れた部分を磨き、足りない部分を補い共存する社会が宇宙全体に広がる事を願いたい。その準備が整ったとき初めて、あの月で聞いた声の主が姿を現してくれる。私はそう確信しているんだよ」

しかし――

時はまた、エリイの病状をも確実に進行させていく。

そして、その時が訪れた。

「イヤだーっ」

独特の感覚で察したのか。テルダがエリイの手を握って叫ぶと、そのままベッドに顔を埋めた。お手製の宇宙船が音もなく天井付近で旋回し始めた。無意識に同期《シンクロ》をしてしまったようだ。カルマはそんな妹をなだめるように、無言で優しく彼女の頭に手を置いた。

エリイはゆっくりゆっくり、私たち家族ひとりひとり、そして真上の船を見つめ、

「だいじょうぶ……だいじょうぶ……。だいじょうぶ……」

差し出した私の手を握って浮かべた最後の微笑みは、まさしく聖母のそれだった。そのとき、テルダお手製の船から温かい何かが降り注いだ気がした。エリイの最期の瞬間を見届ける厳かで崇高な何かを、私は感じていた。


人は死んで星になる。そんな、ありふれた言葉が、心に染みる。

南の空の、蠍の雄姿。真紅のアンタレス。そこに私はエリイを感じてしまう。

春は明け方に、冬は目を閉じて、眺める五百五十光年先のアンタレス。遙か昔の輝きだ。足跡を残したアンタレスの紅光がこの地球に届くのは何百年も後のこと。

でもエリイを感じる。

何百光年離れていても、その光が何百年も昔でも、手を伸ばせばすぐそこにいて、そして、手を差し伸べてそばで微笑んでくれる君の温かさを、感じる。

エリイ――

君から差し伸べられた手の感触は決して薄れない。

私はこれからもずっと星空を見上げよう。

二十、エピローグ　そして未来へのプロローグ

『シグマ&スカラ』と名付けられた、地球を周回する近接した大小二つの宇宙ステーション。その大きい方、シグマステーション内の最も広い部屋に、もちろん、テレパスのファミリーだけでなく一般人の国際宇宙局幹部たちも多く集まっていた。

「ベータさん、お久しぶりです」

「ベータ隊長、お元気にしておられましたか」

今は退任してただの爺さんになった私に、そんな幹部たちや多くのテレパスが寄ってきて輪が出来る。観測機の発見を受けて、それがかつて私が同期《シンクロ》したものであることやテバイの『彼』との交流、つまり異星生命体との接触、私の手術の顚末から始まる全てを、概略ではあるが国際宇宙局宛の内部メッセージで皆には知らせた。真相を伝えるのなら、不都合なことも含め全てをさらけ出す。シグマの教えだ。そして、当然のことながら、局内はものすごい騒ぎになっている。全世界に伝わるのも時間の問題だ。

宇宙機構とΩ連盟の宇宙開発局を統合したのはシグマの功績で、彼は国際宇宙局の初代局長としてその手腕を存分に発揮した。そんな彼でも、ここまでテレパスのネットワークが世界に浸透するとは思ってもいなかったことだろう。

一般人のネットワークはＡＩ技術の発展により、多方面に亘って優れた芸術作品を生み出したが、同時にそれは人間の持つ能力の限界をも知らしめた。そして何よりそこは、ＡＩを用いた偽情報の蔓延とＡＩを用いた偽情報削除とのいたちごっこが果てしなく繰り返され、何が真実か、人間では専門家でも区別がつかない混沌の場でもあるのだ。そんな時に登場したのがテレパスネットワークだった。

開発のリーダーは息子のカルマだ。モトウを師と仰ぎテレパス波の研究にいそしんだ彼は、一般人でもテレパス波を受信できる装置を開発した。今やヘルメットさえ装着すれば誰もがテレパスのネットワークを感じ取ることができる。もちろん一般人は発信力を持たないから、私と同様にそこで思考のキャッチボールは出来ない。それでも、ネットワーク全体に漂う牧歌的とも表現される独特の雰囲気に癒される人が多いようだ。もちろん、テレパスネットワークにも本人がそれと知らずに発信する誤情報は出る。しかし匿名性が皆無、つまり発信者の身元を隠すことが出来ないので、悪意に満ちたものはなく、しかも、発信者がどのようにして得た情報かもすぐに特定可能。誤りがあっても容易に修正される。このテレパスネットワークをさらに普及させるべきか、それとも一般人の発信が出来る従来のネットワークの混沌を解決することに力を注ぐべきか。それが論争となっており、マスメディアの多くは、プライバシー保護の観点からテレパスネットワークの普及には否定的だ。ただし利用者からは、「きちんとフィルターがかかっていて問題ない」「マスメディアは大げさに騒ぎすぎ」との意見が主流だ。

「父さんの発信力だって、今の医療技術なら取り戻すことができるんだよ」

カルマはいつもそう言ってくれるが、私は拒み続けていた。拒む理由はいろいろあった。まず第一に、発信力を取り戻すことで、私の手術の経緯が明らかになる。そして、物証に欠けるファーストコンタクトをテレパスネットワークは信じ、一般人ネットワークは一笑に付す。そんな無用の対立の引き金になりたくなかった。しかしながら、観測機という物証が出現し、私はそれを洗いざらい告白した。手術については、二度と起こしてはならない教訓とするようにと告げて納得してもらっている。第二は、その発信力に対する恐怖感。激情に突き動かされ、何をしでかすか分からない自分自身への恐れ。そして第三の理由は、『意地』だ。この選択が正しい、そう思うんだと、私は私自身に言い聞かせてきた。いまさらそれを変えることは出来ない。そんな意地だ。ちなみに、かつてキャプテンが言っていた『発信力でテレパスを操る』ことは不可能だと判明している。機械の回路は支配できても、人間の意識の動きはテレパス波で操れる種類のものではなかった。つまり、テレパスにとって誰かを洗脳することなど不可能。若かりし頃の私なら「真っ当な真実のみで洗脳するのは無理。それには歪曲・誇張・恐怖そして、嘘が不可欠」などと、うそぶくかもしれないが。

ちなみに、全世界のテレパス人口は数十万人に達している。一般人同士から生まれた子供にも、テレパス能力を持つ者が現れ始めているのだ。極めて稀なパーセンテージではあるものの、母数が人類全体のカップルだからかなりの数になる。もともと人類はテレパスの因子を持っており、テレパスの認知度が上がることで活性化された、そして、テレパスネットワーク拡大で今後加速的にさらに増加するとの見方もあるようだが、これが、昔スカラの言っていた「進化爆発」なのか。それとも、キャプテンの言う「神のご意思」なのだろうか。

――ダメです、アクセスが拒否されました。

思念波を受けて、私は「はっ」と我に返った。発信力を失っても、思考が別の場所に持って行かれる癖は改善していない。これはテレパスと言うより、私自身の特性のようだ。

皆は所定の席に着いており、一般人たちはネットワーク受信のヘルメットを着けている。今、厳重なシールドが施された別室から、ファミリーの一人が観測機への同期《シンクロ》を試みて失敗したことが報告されたのだ。

――じゃあ、ワタシの出番ね。邪魔はしないでよ。

それに対してすぐさまファミリーの思念が交錯する。

――それはいけませんって。

――やめて下さい。

――隊長の身を危険に晒すことは出来ません。

出番ねの発信者は、娘のテルダ。彼女は飛行士で作るテレパスファミリーの三代目隊長だが、六十歳が近いと言うのに、向こう見ずな性格と旺盛な好奇心は相変わらずだ。まあ、そうでなくても、あのメッセージを知ったならば、いても立ってもいられなくなるのは当然なのだが。

――うるさいっての。もう、待てないんだから。うだうだ波を出さずに黙って見てなさい。ハイ、シンクロ！

思念波でテルダが啖呵を切ったその瞬間。

皆は一斉に固唾をのんだ。私にもし発信力があったら、フィールドはとんでもないことになっていたことだろう。

そうであってほしいと願い、あり得ない事と自分自身を納得などさせられず、そして、今回の告白に至った、私の心の中で薄れることのない存在。毎夜、空を眺めて想わざるを得ない女性。

「エリイ」

――ママぁ。

子供の姿になったテルダが若い母親に抱きつき。そして彼女らは背景と同化していく。

そのフィールドは、二十色の虹。万華鏡の幾何学模様が優雅に波打ち、光が和音と連動する。慈しみ助け合いながら繋がっている。包まれている。慈愛に満ちた、命への優しさが全てに浸透した、そうすることで作られる限りなく強固で美しいネットワーク。そして私たちはその構成員。

「理想郷だ！」

テルダの優れた発信力によって見事に映像化されたそれは、あのシグマのオフィスで見たバーチャル映像を超える臨場感で、私たちの脳内に飛び込んできた。

テレパスも一般人も等しく、ただただ圧倒されて息をのむ。新しい世界の扉が今、開かれた。その瞬間に私はいる。しかし私は、感動と同時に歯がゆい思いに捕らわれていた。私がエリイを感じても、エリイは私を感じることが出来ない。今の私には発信力がない。

——パパ。残念。『彼』が選んだのはパパじゃなくてママだったんだって。

そんな私に追い打ちをかけるように、子供のテルダの思念が無邪気に語りかけてくる。

——パパとは親友になったけれど、みんなのところに帰さなくちゃいけない。でも、そうしたらとっても寂しくなってしまう。孤独に耐えられないってことね。だから、パパを孤独から救ったママにすごく憧れたみたい。時間がなかったけれどパパの中にあったママをなんとかまるっぽコピーして育てたんだって。はじめは全然ダメで無視されまくったらしいわ。『彼』そう言うの苦手だったのね。でもようやく仲良くなれて嬉しくて「エリイとしあわせになれる」って、メッセージを送ったそうよ。届いた?

「……届いた……、よ」

かろうじてそう答えた。それは自分自身のことであると同時に私への激励でもあったはずだ。私の背中を押してくれた友からの最後のメッセージ。しかし、その「届いたよ」は今、テルダにも『彼』にも、そしてエリイにも届かない。エリイに出会えた感動と、そのもどかしさが重なり合って心を締め付ける。

子供のテルダは、理想郷を背景に、さらに私に語りかける。

――ここにシンクロ出来るのは今のところ二人だけ。そう、私とパパだけだって。理由は、今のママはこういうの初心者だから、『彼』と接続経験がある人としかシンクロできないの。びっくりしちゃったけれど私ともつながったことがあるって。それから『彼』は、パパを放したあとで、もう一回だけパパとつながったそうよ。分かる？

「もう一回だけ繋がった……」

届かない私の言葉よりも早く、息子のカルマが反応して思念波を出した。

――その繋がりは量子通信の原理かもしれない。量子もつれを利用して、何百光年離れていても瞬間的に情報共有が出来る。実現不可能だとされているが、テルダ、そこをもっと詳しく聞いてくれ。頼む。

――それも残念。『彼』なら分かるかもだけれど、テバイ、あの惑星ね、そこから離れるのは死んでもイヤでテバイで最期を迎える方を選んだんだって。そしてママを観測機に積んで送った。どっちにしても認識できる次元が違うから、二次元生物に三次元の説明をするのと一緒で、説明は無理みたいね。そして遠く離れすぎてたら、いつも出来るんじゃなくて、誰かの死に直面するみたいな時にシンクロするとテバイとつながることがある。それ、ワタシ、なんか分かる。ママの最期のとき、何でか自分で作った船にシンクロしちゃったけど、とっても温かい存在がその中にいたもの。パパも、最後に『彼』とつながった時のことおぼえてる？

衝撃の連続で私は震えを止めることが出来ず、とうとう医務室に運ばれた。

あのとき、ワンの生命の危機を察して「力をくれ！」と叫んだとき、『彼』は応えたのだ。力を貸してくれたのだ。あれは、私個人の力ではなかった。

そして……

そんな『彼』はもう、この世にいない。

三日後――

麻酔の前に、私は医師にもう一度確認した。

「本当に軽い手術なんですね。もし生命への危険があるなら、正直に言って下さい。重い手術を軽いと言って安心させようなんてことは」

――ベータさん、もう何度も念押し、していますが。

医師は思念を送りながらあきれたように腕組みをした。

――私はテレパスなんですよ。嘘はつきません。テレパスの人口も増えて、医療の分野でも、もちろんまだテレパス専用ではありますが、テレパスの優秀な医師は増えています。あの『伝説の医師ワン』の後を継ぐ者たちです。そしてナノ医療とバイオ医療の発達により、高齢者でもこんなの楽勝で耐えられます。発信機能を一から作るとなればそりゃあ無理な相談ですが、修復なんて朝飯前。そして、修復前よりも性能を格段に上げて差し上げます。なにせ、ワタシは名医ですから、ご安心下さい。

どこかで聞いたような台詞だ。

今から私は、発信力回復手術を受ける。

世界は一夜にして様変わりをした。テルダの発信映像は、地上にも届いていた。それはシグマがかつて精力的に行っていた、宇宙から地球を見る体験学習よりも大きい、凄まじい程の効果があった。何よりも一度に体験できる人数の桁が違う。まさに異次元の衝撃を全世界にもたらしたのだ。理想郷のイメージは、言葉では表し切れない。誰も見たことのない、次元の違う美しい世界を、言葉でなく実際に体験することで、まさしく人生観が変わる。

国際会議が開かれようとしており、そのメンバーには多くのテレパスが含まれていて私もその中の一人だ。私の「人類初のファーストコンタクト」もそこで認定されるようだが。

――父さん、心配ないよ。

手術室に向かう私に対し、フィールドで差し出されるカルマの温かい手。すでに隊長として惑星テバイの調査に向かっているテルダからは、「パパ、だ・い・じょう・ぶ、だよ」というメッセージが届いており、そして、数多のテレパスからの激励がフィールドを埋め尽くしていく。

――ありがとう、私は宇宙から地球への使者。ファーストメッセンジャーになろう。

これが、ネットワークに届かない私の思いの最後。シグマが、そして私たちが宇宙で目指した変革が今、地球上でも始まりを迎えたのだ。

マスメディアから出されていたテレパスネットワークの認可取り消し動議は即座に否決

された。しかし、テレパスネットワークを体感できるヘルメットは金額面での問題もあって、一般家庭に広く普及するまでには至っていない。補助金を出して廉価での販売を地域間格差なく促進する計画、そして、購入できない人々のために、世界各地で理想郷の無料体験を行う計画立案が国際会議の重要議題となった。世界同時発信を定期的に行い、何度も繰り返すことで、この理想郷をより多くの人に体験してもらう。しかし、テルダはバリバリの現役だから超多忙で、今も宇宙を飛び回っている。従ってその役割は私に任されることになる。これから先、おそらく私たち二人以外でも同期《シンクロ》可能になることだろうが、私はできる限りこの役目を続けたい。

老人にもまだまだ出来ることがある。

理想郷をより多くの人に体感してもらう。

未来を担う若者や子供たちが、その体験で何を思い何を感じるか。どれだけの人の共感を得て世界を変えることができるか。それらは、未知数だ。そしてもちろん、理想郷を体験した者が全て、その日から世界の改革に取り組むなどはあり得ない。私がよい例だ。しかし、それを知って成長するのと知らずに成長するのとでは、違いがあるはずだ。また、それを知って友人や我が子に向き合うのと知らずに向き合うのとでも違いがある。その一歩の違いの何万回何億回の繰り返しが世界を変える原動力になることを私は信じたい。

ファーストコンタクトの栄誉など私にとってはどうでもいい。しかしながら理想郷の発信者として私のその肩書きは、人々により大きなインパクトを与え、理想世界への推進力となるはずだ。かつて、シグマの本が私にそうしてくれたように、理想の夢の形を多くの人たちに伝えていこう。それこそが、私にとっての輝かしい誇りだ。

そして――

エリイ、今は一人ぼっちで寂しい思いをしていることだろう。

そんな君に、今度は私から手を差し伸べさせてくれ。

理想郷ではやはり、

愛する人と手を取り合っていたいから。

了

著者プロフィール

丸都 立球（まると りっきゅう）

京都府出身　兵庫県在住
数学に関する著書あり
星新一・小松左京・筒井康隆の日本SF3巨匠に心酔し
海外作家は、アイザック・アシモフ、アーサー・C・クラーク、
そしてコナン・ドイルのファン

アンタレス　～あるテレパスの告白～

2025年3月15日　初版第1刷発行

著　者　丸都 立球
発行者　瓜谷 綱延
発行所　株式会社文芸社
〒160-0022　東京都新宿区新宿1－10－1
電話　03-5369-3060（代表）
03-5369-2299（販売）

印刷所　株式会社暁印刷

ISBN978-4-286-26218-5